大學英語教學研究

趙娟 著

財經錢線

前言

　　我們現在正處於一個「互聯網+」的時代，這是一個知識爆炸式發展、信息飛速傳遞的時代。層出不窮的新知識在世界範圍內流動，地球儼然變成了一個小村落。而英語是傳播新知識、新信息的主要語言工具。要想成為這個時代的引領者，做一個國際化人才，就應該廣泛地汲取國際化的文化和知識，能夠讀懂用英語書寫的科研成果和知識文獻。閉門造車，局限於本國語言和知識的時代已經一去不復返了。在某種程度上，可以說，凡是想在自己所從事的專業領域取得較高的成就，就必須學好英語。大學英語正是以此為目的為廣大青年學子所開設。大學英語教學目標是培養學生的英語應用能力，增強跨文化交際意識和交際能力，同時發展其自主學習能力，提高其綜合文化素養，使他們在學習、生活、社會交往和未來工作中能夠有效地使用英語，滿足國家、社會、學校和個人發展的需要。由此可以發現國家對大學英語教學的重視。

　　大學英語課程是提高學生的綜合素質和核心競爭力的一門重要

課程，大學英語教師和學生都應該重視這一門課程。但大學英語教師應該怎樣教好這門課程？學生應該怎樣學？教師如何幫助學生應對各種不同的英語測試？這些問題都非常棘手，難以給出全面而精準的回答。本書不揣淺陋，擬對這些問題做一番嘗試性的探討。

本書共分四章。第一章簡單介紹了大學英語課程（大學英語課程的教學要求、課程設置、教學模式、教學評估），並詳細分析了大學英語教學的原則及大學英語教材。

第二章著重論述大學英語的「教」。筆者從大學英語教師角色、大學英語教師話語和課堂提問幾個角度探討教師如何教學。教師話語是教師在教學過程中採用的一種語言。教師話語不僅是教師執行教學計劃的工具，同時還是學生語言輸入的一個重要來源，因此教師話語在組織課堂教學和學習者的語言習得過程中起著至關重要的作用。筆者在此討論了教師話語的定義、教師話語與語言學習的關係和教師話語的遵循原則，旨在提高外語教師話語的效能。提問是課堂教學中一種有效的教學手段，能有效地提高師生之間的溝通，有助於課堂活動的展開和課堂中的師生互動。而教師提問→指定學生→學生回答→教師反饋這種單向的提問模式被廣泛運用於課堂教學中，這種單一的模式無法增進大學英語教學的課堂互動。筆者試圖打破這種單一模式，試圖把三種提問模式，即師—生課堂提問、生—師課堂提問以及生—生課堂提問運用於大學英語課堂教學，旨在促進課堂互動，提高學習效果。

思維方式是溝通文化與語言的橋樑。思維方式的差異本質上是文化差異的表現。思維方式是一個複雜的系統。根據不同的角度、標準、特點和理解，思維方式可以分為各式各樣的類型。筆者從四個方面對比了中西方思維方式和語言結構特點，最後探討了中西方思維方式的研究對英語教學的啟示。

翻譯教學是培養翻譯人才的重要途徑，是翻譯學學科建設的重要組成部分。筆者在反思傳統翻譯課程課堂教學模式不足的基礎上，以建構主義觀為理論依據，探討如何將交互式教學模式應用於翻譯課程教學中，如何把師生互動、生生互動、學生與翻譯市場互動貫穿於教學前、教學中和教學後三個階段。

英語教學包括語言知識的教學和語言運用的教學。英語教學就是讓學生不僅具有語言知識而且要具有交際能力。筆者通過對交際能力的闡述，分析教學中容易忽視的問題，試圖完善交際教學法在英語教學中的實施，提高英語教學水平。

第三章著重論述大學英語的「學」。本章論述了學習策略的概念、類型和學習學習策略的原因，並對大學英語學習策略（如大學英語詞彙學習策略、大學英語聽力策略、大學英語閱讀策略等）的使用現狀做了實證調查，並提出了一些較好的策略培訓方法。

第四章著重論述大學英語的「測」。本章對大學英語四級、六級的題型做了簡單介紹，並著重分析了大學英語四級、六級考試的應試技巧，包括寫作應試技巧、聽力應試技巧、閱讀理解應試技巧和

翻譯應試技巧。

　　本書條理清晰、觀點明確、論證合理，論據也較充分，對於大學英語教師的教學工作有一定的指導性，並且對於學生提高應試技巧，攻克大學英語四級、六級考試也不無裨益。但囿於作者水平、知識和見解的限制，本書也難免存在紕漏，望讀者不吝賜教。

趙　娟

目錄

第一章　大學英語課程與教材　1

第一節　大學英語課程簡介　1

一、大學英語課程的教學要求　1

二、大學英語的課程設置　4

三、大學英語的教學模式　4

四、大學英語的教學評估　5

第二節　大學英語教學的原則　6

一、交際性原則　6

二、以學生為中心原則　7

三、興趣性原則　9

四、輸入優先原則　10

第三節　大學英語教材　11

一、《新視野大學英語》　11

二、《全新版大學英語綜合教程》　15

第二章　大學英語教師教學策略　17

第一節　大學英語教師角色　17

一、大學英語教師在傳統教學中扮演的角色　17

　　二、大學英語教師角色的改變　18

　　三、大學英語教師角色轉變的方法　21

　　四、大學英語教師角色轉變的意義　25

第二節　大學英語教師話語　26

　　一、教師話語的定義　27

　　二、教師話語與語言學習的關係　28

　　三、教師話語遵循的原則　29

第三節　大學英語教師提問模式　31

　　一、提問的功能和作用　32

　　二、課堂提問模式的類型及運用　36

第四節　大學英語教學中的中西方思維對比教學　43

　　一、中西方思維方式對比　43

　　二、中西方思維方式對英語教學的啟示　45

第五節　翻譯教學模式　47

　　一、翻譯教學存在的問題　47

　　二、交互式翻譯教學模式的研究現狀　48

　　三、交互式翻譯教學模式的應用　49

第六節　大學英語教學中交際能力的培養　52

　　一、交際能力的概念　52

　　二、教學中容易忽略的問題　53

　　三、教學與交際能力培養　55

第三章　大學英語學習策略研究　58

第一節　學習策略的概念　58

第二節　學習策略的類型　59

第三節　學習學習策略的原因　60

第四節　大學英語學習策略　63

一、大學英語學習策略現狀調查　64

二、學習策略培訓實施的基本方式　65

三、大學英語詞彙學習策略　67

四、大學英語聽力策略　76

五、大學英語閱讀策略　81

六、大學英語學習策略培訓　86

第四章　大學英語四級、六級考試分析　90

第一節　大學英語四級、六級考試簡介　90

一、大學英語四級、六級考試的性質　90

二、大學英語四級、六級考試的作用和影響　91

第二節　大學英語四級、六級考試題型與分值　91

一、四級、六級考試總分值及占比與考試時間　91

二、四級、六級分項題型描述與分值比例說明　91

三、大學英語四級、六級考試評分標準　94

第三節　大學英語四級、六級考試技巧　94

一、寫作應試技巧　94

二、聽力應試技巧　109

三、閱讀理解應試技巧　132

　　四、翻譯應試技巧　153

參考文獻　155

後記　165

附錄 1　英語學習策略調查問卷　166

附錄 2　常用英語諺語　169

第一章　大學英語課程與教材

　　大學英語教學是高等教育的一個有機組成部分，大學英語課程是大學生的一門必修的基礎課程。大學英語是以外語教學理論為指導，以英語語言知識與應用技能、跨文化交際和學習策略為主要內容，並集多種教學模式和教學手段為一體的教學體系。

　　大學英語的教學目標是培養學生的英語綜合應用能力，特別是聽說能力，使他們在今後學習、工作和社會交往中能用英語有效地進行口頭和書面的信息交流，同時增強其自主學習能力，提高綜合文化素養，以適應中國社會發展和國際交流的需要。

第一節　大學英語課程簡介

一、大學英語課程的教學要求

　　中國幅員遼闊，各地區、各高校之間情況差異較大。大學英語教學應貫徹分類指導、因材施教的原則，以適應個性化教學的實際需要。

　　大學階段的英語教學要求分為三個層次，即一般要求、較高要求和更高要求。這是中國高等學校非英語專業本科生經過大學階段的英語學習與實踐應當選擇達到的標準。一般要求是高等學校非英語專業本科畢業生應達到的基本要求。較高要求或更高要求是為有條件的學校根據自己的辦學定位、類型和人才培養目標所選擇的標準而推薦的。各高等學校應根據各自的實際情況確定教學目標，並創造條件使那些英語起點水平較高、學有餘力的學生能夠達到較高要求或更高要求。

　　三個層次的英語能力要求如下：

1. 一般要求

（1）聽力理解能力。能聽懂英語授課，能聽懂日常英語談話和一般性題材的講座，能聽懂語速較慢（每分鐘130~150詞）的英語廣播和電視節目，能掌握其中心大意、抓住要點；能運用基本的聽力技巧。

（2）口語表達能力。能在學習過程中用英語交流，並能就某一主題進行討論，能就日常話題用英語進行交談，能經準備後就所熟悉的話題進行簡短發言，表達比較清楚，語音、語調基本正確；能在交談中使用基本的會話策略。

（3）閱讀理解能力。能基本讀懂一般性題材的英文文章，閱讀速度達到每分鐘70詞；在快速閱讀篇幅較長、難度略低的材料時，閱讀速度達到每分鐘100詞；能就閱讀材料進行略讀和尋讀；能借助辭典閱讀本專業的英語教材和題材熟悉的英文報刊文章，掌握中心大意，理解主要事實和有關細節；能讀懂工作、生活中常見的應用文體的材料；能在閱讀中使用有效的閱讀方法。

（4）書面表達能力。能完成一般性寫作任務，能描述個人經歷、觀感、情感和經歷的事件等，能寫常見的應用文；能在半小時內就一般性話題或提綱寫出不少於120詞的短文，內容基本完整，中心思想明確，用詞恰當，語意連貫；能掌握基本的寫作技能。

（5）翻譯能力。能借助辭典對題材熟悉的文章進行英漢互譯，英漢譯速為每小時約300個英語單詞，漢英譯速為每小時約250個漢字；譯文基本準確，無重大的理解和語言表達錯誤。

（6）推薦詞彙量。掌握的詞彙量應達到約4,795個單詞和700個詞組（含中學應掌握的詞彙），其中約2,000個單詞為積極詞彙，即要求學生能夠在認知的基礎上在口頭和書面表達兩個方面熟練運用的詞彙。

2. 較高要求

（1）聽力理解能力。能聽懂英語談話和講座，能基本聽懂題材熟悉、篇幅較長的英語廣播和電視節目，語速為每分鐘150~180詞，能掌握其中心大意，抓住要點和相關細節；能基本聽懂用英語講授的專業課程。

（2）口語表達能力。能用英語就一般性話題進行比較流利的會話，能基本表達個人意見、情感、觀點等，能基本陳述事實、理由和描述事件，表達清楚，語音、語調基本正確。

（3）閱讀理解能力。能基本讀懂英語國家大眾性報刊上一般性題材的文章，閱讀速度為每分鐘70~90詞；在快速閱讀篇幅較長、難度適中的材料時，閱讀速度達到每分鐘120詞；能閱讀所學專業的綜述性文獻，並能正確理解中心大意，抓住主要事實和有關細節。

（4）書面表達能力。能基本上就一般性的主題表達個人觀點，能寫所學專業論文的英文摘要，能寫所學專業的英語小論文，能描述各種圖表，能在半小時內寫出不少於 160 詞的短文，內容完整，觀點明確，條理清楚，語句通順。

（5）翻譯能力。能摘譯所學專業的英語文獻資料，能借助辭典翻譯英語國家大眾性報刊上題材熟悉的文章，英漢譯速為每小時約 350 個英語單詞，漢英譯速為每小時約 300 個漢字；譯文通順達意，理解和語言表達錯誤較少；能使用適當的翻譯技巧。

（6）推薦詞彙量。掌握的詞彙量應達到約 6,395 個單詞和 1,200 個詞組（包括中學和一般要求應該掌握的詞彙），其中約 2,200 個單詞（包括一般要求應該掌握的積極詞彙）為積極詞彙。

3. 更高要求

（1）聽力理解能力。能基本聽懂英語國家的廣播電視節目，掌握其中心大意，抓住要點；能聽懂英語國家人士正常語速的談話；能聽懂用英語講授的專業課程和英語講座。

（2）口語表達能力。能較為流利、準確地就一般性或專業性話題進行對話或討論，能用簡練的語言概括篇幅較長、有一定語言難度的文本或講話，能在國際會議和專業交流中宣讀論文並參加討論。

（3）閱讀理解能力。能讀懂有一定難度的文章，理解其主旨大意及細節，能閱讀國外英語報刊上的文章，能比較順利地閱讀所學專業的英語文獻和資料。

（4）書面表達能力。能用英語撰寫所學專業的簡短的報告和論文，能以書面形式比較自如地表達個人的觀點，能在半小時內寫出不少於 200 詞的說明文或議論文，思想表達清楚，內容豐富，文章結構清晰，邏輯性強。

（5）翻譯能力。能借助辭典翻譯所學專業的文獻資料和英語國家報刊上有一定難度的文章，能翻譯介紹中國國情或文化的文章；英漢譯速為每小時約 400 個英語單詞，漢英譯速為每小時約 350 個漢字；譯文內容準確，基本無錯譯、漏譯，文字通順達意，語言表達錯誤較少。

（6）推薦詞彙量。掌握的詞彙量應達到約 7,675 個單詞和 1,870 個詞組（包括中學、一般要求和較高要求應該掌握的詞彙，但不包括專業詞彙），其中約 2,360 個單詞為積極詞彙（包括一般要求和較高要求應該掌握的積極詞彙）。

上述三個要求是作為各高等學校在制訂該校大學英語教學計劃時的參照標

準。各高等學校可以根據各自學校的實際情況，對三個要求中的聽力、口語、閱讀、寫作、翻譯以及詞彙量的具體要求與指標進行適當的調整，但要特別重視對聽說能力的培養和訓練。

二、大學英語的課程設置

各高等學校應根據實際情況，按照《大學英語課程教學要求》（以下簡稱《課程要求》）和各自學校的大學英語教學目標設計出各自的大學英語課程體系，將綜合英語類、語言技能類、語言應用類、語言文化類和專業英語類等必修課程和選修課程有機結合，確保不同層次的學生在英語應用能力方面得到充分的訓練和提高。

大學英語課程的設計應充分考慮聽說能力培養的要求，並給予足夠的學時和學分；應大量使用先進的信息技術，開發和建設各種基於計算機和網路的課程，為學生提供良好的語言學習環境與條件。

大學英語課程不僅是一門語言基礎課程，也是拓寬知識、瞭解世界文化的素質教育課程，兼具工具性和人文性。因此，設計大學英語課程時也應當充分考慮對學生的文化素質培養和國際文化知識的傳授。

無論是主要基於計算機的課程，還是主要基於課堂教學的課程，其設置都要充分體現個性化，考慮不同起點的學生，既要照顧起點較低的學生，又要為基礎較好的學生創造發展的空間；既能幫助學生打下紮實的語言基礎，又能培養他們較強的實際應用能力，尤其是聽說能力；既要保證學生在整個大學期間的英語語言水平穩步提高，又要有利於學生個性化的學習，以滿足他們各自不同專業的發展需要。

三、大學英語的教學模式

各高等學校應充分利用現代信息技術，採用基於計算機和課堂的英語教學模式，改進以教師講授為主的單一教學模式。新的教學模式應以現代信息技術，特別是網路技術為支撐，使英語的教與學可以在一定程度上不受時間和地點的限制，朝著個性化和自主學習的方向發展。新的教學模式應體現英語教學實用性、知識性和趣味性相結合的原則，有利於調動教師和學生兩個方面的積極性，尤其要體現學生在教學過程中的主體地位和教師在教學過程中的主導作用。在充分利用現代信息技術的同時，要合理繼承傳統教學模式中的優秀部分，發揮傳統課堂教學的優勢。

各高等學校應根據各自學校的條件和學生的英語水平，探索建立網路環境

下的聽說教學模式，直接在局域網或校園網上進行聽說教學和訓練。讀、寫、譯課程的教學既可以在課堂上進行，也可以在計算機網路環境下進行。對於使用計算機網路教學的課程，應有相應的面授輔導課時，以保證學習的效果。

為實施新教學模式而研製的網上教學系統應涵蓋教學、學習、反饋、管理的完整過程，包括學生學習和自評、教師授課、教師在線輔導、對學生學習和教師輔導的監控管理等模塊，能隨時記錄、瞭解、檢測學生的學習情況以及教師的教學與輔導情況，體現交互性和多媒體性，易於操作。各高等學校應選用優秀的教學軟件，鼓勵教師有效地使用網路、多媒體及其他教學資源。

教學模式改革的目的之一是促進學生個性化學習方法的形成和學生自主學習能力的發展。新教學模式應能使學生選擇適合自己需要的材料和方法進行學習，獲得學習策略的指導，逐步提高其自主學習的能力。

教學模式的改變不僅是教學方法和教學手段的變化，而且是教學理念的轉變，是實現從以教師為中心，單純傳授語言知識和技能的教學思想和實踐，向以學生為中心，既傳授語言知識與技能，又註重培養語言實際應用能力和自主學習能力的教學思想和實踐的轉變，也是向以培養學生終身學習能力為導向的終身教育的轉變。

四、大學英語的教學評估

教學評估是大學英語課程教學的一個重要環節。全面、客觀、科學、準確的評估體系對於實現教學目標至關重要。教學評估既是教師獲取教學反饋信息、改進教學管理、保證教學質量的重要依據，又是學生調整學習策略、改進學習方法、提高學習效率和取得良好學習成果的有效手段。

對學生學習的評估分為形成性評估和終結性評估兩種。

形成性評估是教學過程中進行的過程性和發展性評估，即根據教學目標，採用多種評估手段和形式，跟蹤教學過程，反饋教學信息，促進學生全面發展。形成性評估特別有利於對學生自主學習的過程進行有效監控，在實施基於計算機和課堂的教學模式中尤為重要。形成性評估包括學生自我評估、學生相互間的評估、教師對學生的評估、教務部門對學生的評估等。形成性評估可以採用課堂活動和課外活動記錄、網上自學記錄、學習檔案記錄、訪談和座談等多種形式，以便對學生學習過程進行觀察、評價和監督，促進學生有效地學習。

終結性評估是在一個教學階段結束時進行的總結性評估。終結性評估主要包括期末課程考試和水平考試。這種考試應以評價學生的英語綜合應用能力為

主，不僅要對學生的讀、寫、譯能力進行考核，而且還要加強對學生聽說能力的考核。

在完成《課程要求》中一般要求、較高要求或更高要求層次的教學後，學校可以單獨命題組織考試，或參加校際聯考、地區聯考、全國統一考試，以對教學進行終結性評估。無論採用何種形式，都要充分考核學生實際使用英語進行交際的能力，尤其是聽說能力。

教學評估還包括對教師的評估，即對其教學過程和教學效果的評估。對教師的評估不能僅僅依據學生的考試成績，而應全面考核教師的教學態度、教學手段、教學方法、教學內容、教學組織和教學效果等。

各級教育行政部門和各高等學校應將大學英語課程教學評估作為學校本科教學工作水平評估的一項重要內容。

第二節 大學英語教學的原則

大學英語教學會隨著教學地點、對象等各方面因素的變化而發生變化，但只要是大學英語教學就會擁有一些共性。通過對這些共性的分析便可以總結出大學英語教學過程中普遍適用的原則。

一、交際性原則

語言是交際的重要工具，人們學習語言的主要目的不是掌握語言的語法和詞彙，而是利用這些語言進行交流和表達思想。海姆斯（Hymes，1972）指出，交際是在特定語境中說話者和聽話者、作者和讀者之間的意義轉換（Negotiation of Meaning）。根據海姆斯對於交際的定義可以得出以下幾點認識：

第一，交際有兩種形式，即書面語和口語。

第二，交際必須在一定的語境中發生。

第三，必須要至少兩個人的參與才能構成交際活動。

第四，交際時參與者之間的互動。

根據以上內容可知，交際就是利用語言在不同的環境中進行得體的交流。大學階段是學生將自己所學的英語知識系統化，並逐漸將理論知識轉化為實踐能力的重要時期。在此階段，教師必須在教學中充分遵循交際性原則，使學生將自己所學的英語知識運用到各種交際實踐中，進而鍛煉交際能力，提高交際技能。想要達到這一目的，教師就要在教學中做到以下幾點：

1. 認識課程本質

英語教學不僅是一門知識課程，還是一門重要的技能培養型課程，對於大學階段而言，技能的培養顯得尤為突出。教授、學習和使用是大學英語教學的基本過程，其中使用是大學英語教學的核心。大學英語教學的核心不是學生能夠掌握多少知識，而是看其是否能夠利用交際工具培養自身的交際技能。大學英語的學習與學習游泳、打籃球類似，只有通過不斷實踐才能得到質的提升。只有認清了大學英語教學的這一重要本質才能更好地學習英語，培養英語技能。

2. 設計情境

英語交際必須要在一定的語言環境中進行，在交際性原則下必須要為學習者創造適當的情境。情境的設計必須包括時間、地點、參與者（身分、年齡等）以及交際方式（口頭形式還是書面形式）、談論的主題等。

以上這些因素都對交際產生重要影響，而交際雙方的身分、年齡、教育背景等會對交際內容產生影響。一個具有較高社會地位的人在交際中的語言比較禮貌、正式，而中下階層的人的話語則比較口語化。例如，「Can you tell me the time?」這句話可能是向別人詢問時間，也可能是因為遲到而受到責備。此時不同的情境對於感情和思想的表達具有重要影響。因此，在大學英語教學過程中應以交際性為原則，為學生設計一些情境，並且這些情境的設計應盡可能地與學生的實際生活相聯繫，使學生在英語學習中有一種身臨其境之感。為學生創造情境不僅可以提高學生的學習興趣，還可以很好地幫助他們學以致用。

3. 精講多練

大學英語教學主要就是教師的講和學生的練，在大學階段，學生已經具備了一定的英語基礎知識，因此教師在講解時可以選擇一些重點內容，突出講解重點知識，不必面面俱到。英語作為一種培養型技能，對其的掌握必須要經過大量實踐。因此，教師的講解應該以簡明扼要且重點突出為宜，講解的目的是為了更好地指導學生進行實踐。學生要在教師講解的重要知識的指導下開展實踐，只有通過不斷的練習實踐學生才能提高英語交際能力。教師理論性知識點的講解要以指導學生實踐為原則，而學生的實踐活動應盡量多樣化。

二、以學生為中心原則

學生是教學活動的主體和內在因素，教師要想充分激發學生的主觀能動性、提高教學質量，就必須要以學生為中心。所謂的以學生為中心，是指在教學過程中從學生的實際情況出發設計和組織教學活動，進而培養學生的交際

能力。

在英語教學中，教師的指導作用不容忽視，但是充分調動學生的積極性才是教學質量有效提高的保證。以學生為中心需要教師在教學中為學生的學習創造條件。教師的「教」必須建立在學生「學」的基礎上，教師的「教」要以學生的「學」為依據。教師在教學中的所有活動都必須考慮學生的心理和需要，根據學生的反應來調節自己的教學活動。要做到以學生為中心，教師應在以下幾個方面突出學生的中心地位：

1. 教材分析

在對教材進行分析時，教師要充分理解和把握教學內容，並利用自己的教學經驗對教材進行篩選，選出一些適合大學生實際情況的學習目標和學習任務。教師可以對教材內容進行最優化處理，使其更加符合敘事的學習經驗和心理訴求。

2. 備課

備課是教師教學的重要環節，教師可以通過備課瞭解學生。教師可以通過學生在課堂上的表現、測試成績等瞭解其學習狀況，這些情況的瞭解有利於教師根據學生的學習水平、接受能力、學習風格以及學習態度等來設計教學實踐活動。教師在備課中應盡量設計一些開放性較強的任務，這樣可以促使所有學生都參與進來，使學生真正成為學習的主體。

3. 教學活動

教師要根據學生的特點、知識結構、學習興趣等進行形式多樣的活動設計。學生的性格不同，性格開朗外向的學生往往善於表現自己，因此其對教學活動的參與度較高。而那些性格比較內向的學生不善言談，羞於表達自己，因此對於教學活動的參與度較低。這就要求教師在尊重學生差異性的基礎上設計一些能夠使所有學生都可以參與的教學活動。教學活動設計必須要能夠激發學生的參與積極性，並且能夠保證學生的全面參與。

4. 教學方法和教學手段

教師的教學方法和教學手段必須多元化。不同的教學手段具有不同的效果和作用，教師應合理利用這些教學手段，使其作用最優化。直觀的教具可以刺激學生的感官，使學生通過視覺、聽覺等來加強對知識的記憶。形象化的教學手段，如幻燈片、投影、模型等都可以將知識直觀地展示出來，使學生在一種輕鬆愉快的氛圍中學習語言。除此之外，教師還應對學生在學習過程中的表現做出適當且及時的評價，使學生能夠改正自己的缺點，彌補自己的不足。

三、興趣性原則

中國儒家的經典著作《論語》中有「知之者不如好之者，好之者不如樂之者」論斷。中國古代的教育家孔子將學習分為三個境界，即知學、好學、樂學，肯定了興趣在學習中的重要性。對於學習而言，興趣是最好的老師。學者周娟芬認為，學習興趣可以推動學生去探索世界，追求真理。學習興趣是學習動機的一個重要組成部分，它可以促使學生對所學的內容抱有一種積極主動的態度。鑒於興趣對大學英語教學的影響，教師應充分激發和培養學生的英語學習興趣。為有效地幫助教師培養學生的學習興趣，教師應從以下幾方面入手：

1. 尊重並瞭解學生

學生是學習的主體，是整個學習活動的重要參與者。到了大學階段，學生已經形成了自己的人生觀、價值觀。在教學活動中，教師應充分尊重學生的心理，從學生的需求出發去安排教學內容，而不以自己的經驗為準繩為學生規定一些強制學習的內容和任務。大學階段是英語學習的高級階段。在初級階段，學生的自制能力較差，需要在教師的監督和指導下才能順利完成學習任務。而大學階段的學習具有一定的自我管理能力，學生能夠對自己的學習負責，因此教師在教學中應盡量放開，不要過多地干涉學生的學習，尊重並瞭解學生的興趣、愛好以及學習心理。

2. 防止死記硬背

交際實踐是英語學習的高級階段，在英語學習的高級階段，學習仍然需要牢記一些語法知識以及詞彙等內容，而這些知識的學習具有一定的規律。教師應該在教學活動中為學生介紹一些有效的英語學習策略，以便於學生對知識的記憶和理解。教師應科學地設計教學過程，在教學過程中盡量創設真實的情境，使學生在真實的情境中習得並內化知識。

3. 增強交流

在大學班級中，學生都來自不同的地區，學生的性格、習慣等都有所差異，教師作為教學活動的主要組織者應對學生一視同仁。教師應通過各種不同的活動來增進與學生的交流，瞭解學生，與學生建立良好的關係。實踐表明，學生對於課程的喜愛程度與教師存在著密切的關係。性格活潑且富有幽默感的教師使學生願意與教師接近，學生也會因為喜歡某個教師而喜歡上其教的課程。也就是說，學生對英語的態度在很大程度上受到其對英語教師態度的影響。

四、輸入優先原則

輸入是指學生通過聽和讀來獲得語言材料。而相對於輸入，輸出則是指學生通過說和寫來表達自己的思想。心理語言學研究表明，輸入是輸出的基礎，只有足夠的輸入才能產生輸出能力。語言輸入的量越大，學生的語言輸出能力也就越強。

美國語言學家克拉申（Krashen）在其語言監控假說中指出，有效的語言輸入一般具有以下幾個特點：可理解性、恰當性、足夠的輸入量。根據克拉申對輸入特點的分析可以將輸入分為以下五種類型：

1. 可理解性輸入和不可理解性輸入

可理解性輸入是指以學習者現有的知識水平可以理解的知識輸入，這些知識材料的難度應略高於學習者現有的知識水平，通常用 $i+1$ 表示，其中 i 表示語言學習者現有的知識水平，而 1 則表示略高於現有水平。不可理解性輸入是指在學習者現有的知識水平下無法理解的語言材料。可理解性輸入可以促進學習者知識的習得，而不可理解性輸入對語言知識的習得無益，有時還會對知識的習得產生干擾。

2. 粗調輸入和精調輸入

粗調輸入是指比較原始的、沒有經過任何處理的語言材料，而精調輸入是指經過調整後的語言輸入。

3. 自然輸入和非自然輸入

自然輸入是指學習者通過聽和讀所得到的語言材料，而非自然輸入是指單詞、詞組和句型的背誦和記憶。

4. 外部輸入和內部輸入

外部輸入是指學校和社會為學生提供的語言輸入，而內部輸入是指學習者自身語言練習或利用語言進行交流的活動。

5. 反饋輸入和非反饋輸入

反饋輸入是指教師對學生的某一學習行為或舉動所做出的反應，而非反饋輸入是指除反饋輸入以外的語言輸入。

根據以上對語言輸入的分析，教師在教學中應盡量為學生創造接觸英語的機會，課本上的教學內容是無法滿足學生的知識需求的，教師應為學生提供盡可能多的課外知識。除此之外，學生在日常生活中可以接觸到的英語很多，學生應注意觀察，自主豐富自己的語言輸入內容和形式。

第三節　大學英語教材

教材在英語教學中起著毋庸置疑的重要作用，是融時代特色、教學培養目標、先進教學理念和學習認知規律於一體的教學材料。2007年出版的《大學英語課程教學要求》是現在大學英語教材編寫的主要依據，明確指出了大學英語教學應培養學生的英語綜合應用能力、交際能力、學習能力以及文化素養。

一、《新視野大學英語》

《新視野大學英語》於2001年首次出版，是一套教學理念獨到、教學模式創新的立體化大學英語教材。自出版以來，該教材便受到高校師生的廣泛好評。其所引領的將計算機網路技術引入大學英語教學的模式取得了顯著的教學效果。

《新視野大學英語》是教育部「新世紀網路課程建設工程」重點項目之一，已通過教育部驗收，審定級別為優秀。《新視野大學英語》是教育部普通高等教育「十五」國家級規劃教材，也是教育部大學外語類推薦教材，曾獲得上海市優秀教材一等獎。

1.《新視野大學英語》教材簡介

《新視野大學英語》提供課本、光盤與網路課程三種不同的載體，既可以選擇使用，也可以組合使用；既保持了傳統課堂教學的優勢，鼓勵優秀教師講授課程，也提倡傳統課堂教學與基於網路和計算機教學的課程相結合，為實現《課程要求》提供了條件和基礎。《課程要求》指出：「各高等學校應充分利用多媒體和網路技術，採用新的教學模式改進原來的以教師講授為主的單一課堂教學模式。新的教學模式應以現代信息技術，特別是網路技術為支撐，使英語教學不受時間和地點的限制，朝著個性化學習、自主式學習方向發展。」在《新視野大學英語》的設計中，《讀寫教程》與《聽說教程》同為主體教材，也體現了《課程要求》關於「大學英語的教學目標是培養學生英語綜合應用能力，特別是聽說能力」的改革要求。

《新視野大學英語》系列教材的設計、編寫和製作主要從以下幾方面進行思考和開拓，延伸了大學英語的發展空間。

（1）傳統的課本與光盤、網路課程。《新視野大學英語》同步提供課本、

光盤與網路課程。傳統的課本是幾千年文化的承襲，為人類社會培養了一代又一代的社會棟梁。課本有其特有的編寫體系，摒棄課本會嚴重影響長期形成的教學習俗。課本仍然是不可取代的、行之有效的根本性教學工具。課本與光盤、網路課程的同步推出，有助於拓寬教學內容，使教學內容可以從課本開始，通過因特網這一媒介，延伸到多元化的信息世界；課本與光盤、網路課程的同步推出，有助於廣大教師對教與學的思想轉化和手段更新，使傳統的「灌注式教學」能逐步演化為自主選擇、參與式的教學；課本與光盤、網路課程的同步推出，會引起教學模式的轉變，既可以實現由教師現場指導的實時同步學習，也可以實現在教學計劃指導下的非實時自學，還可以實現通過使用電子郵件、網上討論區、網路通話等手段的小組合作型學習。

（2）課堂教學與網路教學。《新視野大學英語》不僅繼承了傳統課堂教學的優良傳統，還兼有網路課程的許多長處；不僅包括教學內容的傳輸，還有學生學業管理模塊；不僅跟蹤學生學與練的過程，還自動記錄學習的情況，提供平時學習成績的查詢。此外，網路課程還為教師提供了試題庫及實施考試的工具和環境。《新視野大學英語》充分利用了網路實時和異時交互的工具，在網路課件內量身定做了網上討論區和電子郵件及郵件列表系統，使學生在《新視野大學英語》網站上能夠方便快捷地實現互動交流，開展小組合作型學習。然而這一切只是對課堂教學的延伸、補充和加強，絕不是取代課堂教學。面對面的課堂教學仍然是師生交互的重要手段。在網路課程內容日益豐富的情況下，教師應適量減少內容的重複講解，同時要加強面授形式的課堂教學與輔導。

（3）基本教學內容與教學內容的拓寬。《新視野大學英語》的網路課程提供了極為詳盡的教學內容，包含了傳統教學模式中最基本的內容。同時，網路課程還提供了網上工具，便於教師自行製作教案或修改網路已提供的教案，以便豐富和完善教學內容。此外，網路課程還利用互聯網的便捷，提供了與課文內容相關的網址，為學生提供了個性化學習的空間。但有一點不可忽視，即面對基本教學內容與拓寬的教學內容之間的選擇，教師應以基本教學內容作為教學的主要戰場。

（4）語言學理論與教學實踐。從20世紀80年代開始，中國陸續引進了許多語言學、應用語言學的著作，廣大高校英語教師在教學實踐的同時，潛心研讀理論，主動將理論應用於教學實踐和教學科研。《新視野大學英語》的編者們在設計、編寫和製作過程中，就十分注意理論對實踐的指導作用。著名語言學家威多遜（Widdowson）指出：「以交際為目的的語言教學要求一種教學方

法，把語言技能和交際能力結合在一起。」同時，「從課堂教學的角度來說，儘管在課堂中有些練習或課堂活動可能會側重於某一種技能的訓練，可是其成功往往需要學習者使用到其他的交際技能」。《新視野大學英語》就體現了這樣一種以應用為本，聽、說、讀、寫多位一體的教材設計理念，把提高學生綜合應用能力放在首位。

2.《新視野大學英語（第三版）》編寫依據

《新視野大學英語（第三版）》認真貫徹《國家中長期教育改革和發展規劃綱要（2010—2020）》和《關於全面提高高等教育質量的若干意見》的精神，在立足於大學英語教學實際的基礎上，引入先進外語教學理念，融合國際優質教育資源，採用科學的教學設計和多樣的教學手段，有效地提升了學生英語綜合應用能力，支持教師提高課堂教學質量，推動了大學英語教學邁向新臺階。

《新視野大學英語（第三版）》在設計和編寫中遵循以下整體原則：

（1）在課程性質上體現工具性與人文性的有機結合。《新視野大學英語（第三版）》一方面遵循通用英語階段語言學習規律，採取有效的教學方法，全面提升學生的英語實際英語能力；另一方面通過學習材料和活動設計培養學生的人文素養與綜合素質，使學生在認識世界、瞭解社會、發現自我的過程中，樹立正確的價值觀，增進文化理解力，提高跨文化交際能力，從而實現工具性和人文性的有機統一。

（2）在教學目標上體現個性化教學的需求。《新視野大學英語（第三版）》針對大學英語課程體系中通用英語課程的教學要求開發，總體目標是培養學生英語聽、說、讀、寫、譯的語言技能，同時達到增加知識、拓展視野、提高能力、提升文化素養的目的。該教材共有四個別級，在主題內容、詞彙分布和練習形式等方面充分考慮了難度的遞進，學校可根據學生的起點水平進行個性化選擇，使學生通過不同級別的學習達到通用英語階段的基本要求或提高要求。

（3）在教學理念上體現「以教師為主導、以學生為主體」。《新視野大學英語（第三版）》體現了「以教師為主導、以學生為主體」的教學理念，採用豐富多樣的練習，激發學生學習興趣，便於教師靈活指導，選取最佳的教學方法，鼓勵學生主動參與，提高課堂教學效果。此外，該教材註重培養學生的學習能力和學習策略，通過探究式、合作式活動引導學生積極思考和創新實踐，通過對新知識、文化點和學習策略的講解幫助學生掌握正確方法，使教學活動真正實現由「教」向「學」的轉變。

（4）在教學手段上體現教學的立體化、個性化與便捷性。《新視野大學英

語（第三版）》充分體現了信息技術給教育模式帶來的變革。該教材根據學生學習特點、教師教學習慣和學校教學環境的變化，創建升級版外語數字化教學平臺，為教、學、評、測、研提供全方位的支持，實現課堂教學與自主學習的有效結合。同時，開拓交互式、開放式、移動式的功能和資源，滿足學生在多模態環境下的個性化學習，進一步提升大學英語教學效率和學習效果。

3.《新視野大學英語（第三版）》教材特色

（1）選材富有時代氣息，體現思辨性和人文性。該教材充分考慮到時代發展和新一代大學生的特點，選材富有時代氣息，主題多樣，涵蓋社會、歷史、經濟、哲學、科技、文化等不同領域。選篇註重思想性和趣味性的結合，文章安排註重觀點的相互碰撞和補充，註重激發學生的思辨力與創新思維，培養學生以多元化的視角看待個人、社會和世界。視聽說分冊包含豐富的英國廣播公司（BBC）原版音（視）頻，語言鮮活、語音純正、語境真實，展現各國風土人情和文化傳統，開拓學生視野，增強學生的文化感知力和理解力。

（2）練習活動形式多樣，培養語言能力和跨文化交際能力。《新視野大學英語（第三版）》保持了練習的豐富性和系統性，並進一步加強了練習的思辨性、應用性和文化對比性。練習設計遵循語言學習的內在規律，目的明確、安排有序，既包括單項技能訓練，也包括綜合語言運用，輸入與輸出結合，線下與線上結合。語言活動註重思維訓練，培養跨文化意識，通過批判性問題啓迪學生思考，通過對比翻譯引導學生理解和表達中西方文化差異，通過場景真實的交際任務培養學生解決實際問題的能力。

（3）教學設計循序漸進，打好基礎，學用結合。《新視野大學英語（第三版）》的教材設計基於對大學生英語水平和高校英語教學現狀的細緻調研，其編寫充分考慮了基礎教育階段與高等教育階段英語教學的銜接，各級別定位清晰，難度逐步提升。該教材通過科學嚴謹的材料選擇與詞彙編制，對核心詞彙及搭配的重點練習以及對語言技能的綜合訓練，幫助學生進一步打好語言基本功。同時，該教材注意語言知識與語言應用的關係，通過練習引導學生掌握規律，舉一反三，活用語言，提高語言的實際應用能力。

（4）教學資源豐富立體，引領混合式教學模式。《新視野大學英語（第三版）》倡導課堂教育與自主學習結合的混合式教學模式，通過創建全新的外語數字化教學平臺，提供豐富的教學資料、立體的教學環境和便捷的教學管理功能。除主幹課程外，網路課程體系中新增配套類課程（如「長篇閱讀」和「綜合訓練」等）和拓展類課程（如文化課程、口語課程、寫作課程、ESP課程等），院校可自主選擇線下、線上或混合教學的模式。同時，新的教學平臺

同步推出「優課」（Uclass）和「外研隨身學」等移動教學和學習工具，優化教學體驗，提升教學效率，幫助學生充分利用碎片化時間，向主動學習、自主學習、個性化學習的方向發展。

（5）教學與評估並重，幫助教師實現教學相長。《新視野大學英語（第三版）》為教師提供豐富多樣的數字化教學資源，便於教師進行個性化教學，還創建了教師實時共建和分享備課資源的「一起備課」（Ucreate）交流平臺，鼓勵教師合作創新。同時，該教材提供全面的形成性與終結性評測手段，便於教師及時、準確瞭解學生學習狀況，調整教學思路，改進教學方法。此外，對基於數字技術的混合式教學模式、網上合作學習模式、教學評估模式等新領域的探索，還能為教師提供研究思路與實證數據，助益教師的教學與學術發展。

二、《全新版大學英語綜合教程》

李蔭華、王德明主編的《全新版大學英語綜合教程》旨在指導學生在深入學習課文的基礎上，從詞、句、語、篇等角度進行聽、說、讀、寫、譯多方面的語言操練，著重培養學生的英語語言能力和綜合應用能力。該教材採用折中主義（Eclecticism）的教學法，在具體做法上，使用的是基於主題的從輸入（聽、讀）到輸出（說、寫）綜合訓練的教學路子（A theme-based and comprehensive from-input-to-output training approach）。

1. 《全新版大學英語綜合教程》的編寫宗旨

《全新版大學英語綜合教程》的編寫宗旨是遵循外語教學的客觀規律，滿足中國當代大學生學習的實際需求，既適用於課堂教學又便於學生上機、上網自主學習，既有利於鞏固語言基礎又能更好地培養學生較強的英語綜合應用能力，尤其是聽說能力，使他們在今後學習、工作和社會交往中能用英語有效地進行口頭和書面的信息交流。

2. 《全新版大學英語綜合教程》編寫的指導方針

《全新版大學英語綜合教程》編寫的指導方針是充分汲取中國在外語教學中長期累積起來的行之有效的經驗和方法，詳盡分析、研究中國學生在英語學習過程中以及在跨文化交際中經常產生的問題，學習、借鑑國外的教學理論和方法並根據中國的教學需要和現有條件加以消化、改造、吸收，自行規劃、設計，自行選材、編寫。為此，該教材採用了集中外多種教學法之長的折中主義教學理念。

3. 《全新版大學英語綜合教程》的編寫原則

（1）倡導基礎課堂教學+計算機/網路的新型教學模式。教學中多媒體和

網路技術的引進，既以可改善語言教學環境和教學手段，又便於學生個性化學習和語言操練，有助於師生之間的溝通。但這一模式不應一成不變，它應根據各校、各班級的具體情況而有所不同。此外，在利用現代信息技術的同時，應充分發揮傳統課堂教學的優勢，使之相輔相成。

（2）提倡學生自主學習，同時主張充分發揮教師的主導作用。教師能否組織好教學——包括課堂教學和計算機輔助學習——是教學成敗的關鍵。除了課堂教學，教師更應加強課外輔導，應指導學生掌握正確的學習方法和學習策略。

（3）在加強聽、說的同時，充分兼顧對學生讀、寫、譯等應用能力的培養。使學生能較好地掌握英語的書面語，這不僅是大學英語課程本身的性質使然，更是中國多數大學生今後學習、工作的需要。而學生的外語學習，特別是說、寫方面的實踐活動，必須以讀、聽一定量的語言素材輸入為前提。因此，必須通過課堂內外、網上網下、大班小班、自學面授等一系列互動互補的教學環節，才能全面提高學生的聽、說、讀、寫、譯的應用能力。

（4）選用當代英語的常見語體或文體的典型樣本作為素材。選文語言規範、富有文采、引人入勝、給人以啟迪；題材廣泛，以反映現實生活為主，科普內容亦佔有一定比重；體裁多樣；語體兼顧書面語和口語。

（5）充分考慮對學生的文化素質培養和國際文化知識的傳授。大學英語課程不僅是一門語言基礎課程，也是拓寬知識、瞭解世界文化的素質教育課程，兼有工具性和人文性。因此，教材在文化背景介紹和知識拓展方面也有相應的板塊設計。

（6）主幹課程——《全新版大學英語綜合教程》——採用每一單元設一主題的形式。主題選自當前生活中的重大題材，以便將語言學習貫穿在瞭解、思考、探討現實生活的各種問題的過程中，充分體現交際法的教學原則。其他課程的相應單元與該主題亦有一定的呼應。

（7）練習設計從有利於提高學生語言應用能力出發，針對中國學生的薄弱環節和實際需要，做到有的放矢；形式盡可能採用交互方式（如 Pair Work、Group Discussion、Debate 等），或者採用「任務」方式（Task-based Approach）。

（8）考慮到學生參加大學英語四級、六級考試的實際需要，除了在各教程中均設有一定數量的類似四級、六級考題形式的練習外，還特地在《全新版大學英語綜合教程》中參照四級、六級考卷設計了「自我測試」（Test Yourself），以幫助學生熟悉考試題型。

第二章　大學英語教師教學策略

誇美紐斯曾經說過，教師是太陽底下最光輝的職業。大學英語作為中國高等教育中最基礎的課程，普及面最廣、修學年限最長、課時最多、學生最肯費力。應當說，大學英語教師從事的職業也就顯得更加璀璨輝煌。在大學英語教學全過程中，大學英語教師始終處於主導地位。他們在大學英語教學過程中發揮的作用和產生的影響是不言而喻的。

第一節　大學英語教師角色

大學英語教師想要在大學英語教學中充分發揮自己的作用，培養學生的創新意識，使他們的能力得到有效的發展和提高，首先必須明確自己的身分和角色。

一、大學英語教師在傳統教學中扮演的角色

受中國尊師重教的文化傳統的影響，教師長期被視為知識的播種者，教師在教學中的示範性特點尤為突出。

長期以來，大學英語教學一直沿用著「以教師、教材和課堂為中心」的原則。教材所提供的知識成為教師課堂講授的內容。許多教師往往只憑藉一本教材、一本教學參考書就可進行教學。在傳統英語課堂上，教師講解詞義，學生卻忙著在電子辭典裡查單詞，或忙著看解釋更詳細、例句更多的各類參考書。大學英語教師主要充當的是知識傳授者的角色，更多地關注自己教學任務是否完成，學生考試成績是否理想，而很少關注學生在學習過程中的情感投入、個性發揮、思維能力的發展和自主能力的培養。教師扮演的角色通常為語言知識的傳授者、語言行為的示範者、課堂活動的控制者和評價者。作為語言

知識的傳授者，教師要認真傳授學生需要掌握的英語語言知識；作為語言行為的示範者，教師要在聽、說、讀、寫、譯的技能訓練中先為學生做示範，然後由學生來模仿；作為課堂活動的控製者和評價者，教師要設計和控製好課堂上的問答、聽寫、導論等活動的內容、步驟和時間等，並且要對參與活動的學生在課堂上的表現做出客觀的評價。可見，在傳統的英語教學中，教師是課堂的主角，教師的講解占據了課堂大部分的時間。

漸漸地，教師扮演傳授者、示範者、控製者和評價者角色的傳統英語教育暴露出了一定的弊端，即教師角色過於單一、靜態，無法有效地調動學生的學習興趣和積極性。

二、大學英語教師角色的改變

隨著信息技術的飛速發展，計算機、多媒體和網路等技術開始滲透到人類生活的方方面面，同樣也出現了大學英語課堂上。基於此，學生的運用學習目標也發生了根本性的變化，即由過去的培養高級科研人才，到今天的普通工作者；由過去的學習讀、譯能力，到今天的培養英語的綜合運用能力。基於這些改變，大學英語教學模式和大學英語教師的角色也必然要產生一定的變化。

在信息技術及各種媒體的迅猛發展下，教師教學已經不是學生獲取語言知識的唯一途徑，教師和學生的差別也不僅僅是知識量的不同，因而教師必須更加註重學生智力、情感、個性、精神和人格的發展。傳統教學中教師單一的「控製者」角色已經無法適應如今大學英語教學發展的需求。因此，在如今的大學英語教學中，教師除了要扮演好控製者、傳授者、評價者的角色，還應努力成為教學的組織者、引導者、促進者、激勵者、資源提供者等。

1. 信息資源的收集、分析和提供者

改革後的大學英語教學模式是以強大的網路資源作為後盾的，學生可以接觸大量的信息資源，但他們卻往往顯得無所適從，不知道應該如何利用。因此，教師的職能應發生相應的變化，不應只是傳統意義上知識的傳授者和灌輸者，而應在學生的學習過程中為其提供各種信息資源。教師在確定學習某主題所需信息資源的種類和每種資源在學習過程中所起的作用後，要廣泛地收集各種分散的學習資源、學習信息，把這些資源和信息加以分析和處理，然後以多媒體和網路的形式有選擇性地提供給學生。

2. 課堂教學中的組織者和合作者

在課堂上，教師的主導作用表現在教師既是語言知識的傳播者，又是組織學生掌握知識、進行練習活動的召集者。學生參與學習活動的積極性和學習效

果在很大程度上取決於教師的課前精心設計，當然也不排除課堂上教師憑教學智慧巧妙地抓住預設外的情況靈活教學。教師需要根據不同專業、不同年級學生的現有語言水平、學習特點和學習動機等，將教學內容、教學方法等適當變通，與學生的生活和學習需要緊密聯繫起來，從新知識的導入、知識的延伸、問題的提出與解決、討論話題等方面，預先設定有趣的案例、靈活多樣的課堂練習等，力爭讓盡可能多的學生參與到語言學習活動中來，讓每個學生都有機會運用語言表達自己的思想。需要注意的是，教師需要把握一定的「度」，既不能放任學生，又不能完全「牽」著學生走。對於不同學習能力的學生，教師要特別注意分層設計練習，讓不同層次的學生根據自身的能力和興趣等自願選擇，在多媒體技術的輔助下，自主設定練習時間和環節等，這樣可以滿足學生的不同學習需要。

在大學英語課堂教學中，教師不妨「降低身分」，扮演與學生共同探索新知、掌握新技能的合作者角色。在學生獨立學習或進行協作討論活動時，教師不要認為把自己該講的講完就算完成任務了，而置學生學習的狀況於不顧。大多數學生希望採取「教師主體，師生互動」的模式。由於學生個體差異的存在，完全靠學生自己學習不可能很好地完成學習任務，教師應當參與到學生中來，或者扮演一個小角色，或者給予適當的指導，與學生一起學習、一起活動，主要目的是起到「穿針引線」的仲介作用。必須注意的是，教師參與學生的學習活動時，要注意克服教師的「權威」形象，避免在無形之中又將學生置於被動地位的局面。最好的辦法是教師不要過多地參與某一組的活動，不要過多地提示或建議，盡量只在學生需要幫助的情況下參與活動。

3. 學生學習過程的引導者和幫助者

無論是知識的輸入還是輸出，都要靠學生自身的知識建構和內化，教師無法代替學生完成這些過程。大部分學生的學習動機較強，卻苦於找不到適合自己的有效的學習方法，教師應該在知識的講授、知識點的訓練中註重學習方法的點撥和學習思想的滲透，善於運用啓發性的方法逐步引導學生領悟知識的內涵、熟練掌握語言的技巧。教師可以指導學生形成良好的學習習慣和方法。例如，如何進行課前預習以提高聽課效率，如何利用聯想記憶、對比記憶、歸納記憶等方法識記單詞，如何提高識別語段和概括中心大意的能力，如何通過收聽英文廣播提高聽力，等等。教師尤其要註重對那些自學能力較差、學習動力不強、學習態度不認真的學生加強引導，把他們從「學不好就不想學，越不想學就越學不好」的惡性循環中「解救」出來。教師要鼓勵他們不要怕基礎差，不要怕羞，踏踏實實、一點一滴地在語言實踐練習中累積；要鼓勵他們減

少思想深處對教師的依賴，幫助他們樹立自信心。引導是教師在學生遇到困惑時的幫助，是對學習方法、語言思維等方面的指點，是建立在學生熟悉的、已經掌握的知識點和技能的基礎上的提升。學生在得到教師的及時引導後，能獲得成功感，繼而能進一步激發學習動機和自主探索的願望。教師的引導有助於提升學生的語言能力，更有利於學生形成自主學習的習慣和能力。

在傳統的教學活動中，教師是教學活動的主體，知識是由教師傳授給學生的。教師的講解占去了課堂的大部分時間，而學生則處於學習的被動地位，成為語言知識的被動接受者。實際上，學生才應是學習的主體，缺少了學生的「學」，英語學習就失去了意義。科德（Corder, 1998）曾經說過：有效的語言教學不應該違背自然過程，而應該適應自然過程；不應阻礙學生，而應有助於學習並促進學習；不能讓學生去適應教師和教材，而應讓教師和教材去適應學生。因此，在新的教學模式下，教師不應只是單純地傳遞知識，而應該是學生學習活動的引導者和幫助者，是為了使學習者能夠積極探究知識而進行的有效幫助，幫助學習者根據自己頭腦裡的認知結構自主建構知識體系。

4. 信息化學習環境的管理者和開發者

新的教學模式是以計算機、網路、教學軟件、課堂綜合應用為主的個性化和主動的教學模式，教師除了能根據教學目標、教學對象、教學內容、教學條件來選擇合適、有用的媒體外，還必須擔當起信息化學習環境的管理者和開發者的角色。在傳統教學模式中，教師的管理主要是控製和調節課堂教學，保證教學過程能夠順利進行。而在新的模式下，學生除了課堂學習外，還要利用多媒體和網路進行獨立學習和協作學習。因此，教師不僅要掌握多媒體技術及與此相關的網路通信技術的基本知識和技能，做好信息化學習環境的管理工作，還要能設計開發先進的教學課件，並將它們融於教學活動中，為學生營造一個集知識性和趣味性為一體的學習環境。

5. 學生學習的評價者

信息時代對學生學習的評價，不同於傳統的課堂教學的評價。學生除了在課堂上學習和參加考試外，還有大量的時間進行英語網路自主學習。因此，教師應具有綜合評價能力，以問題為導向，整理學習者的各種數據，按照整理的結果，重點評價學習者解決問題的過程。教師還應確定評價的標準和評價的項目，結合收集的數據，直接提問學習者，從學習者的答案和評價的數據中進行評價。

6. 終身學習者和教學的研究者

大學英語教學改革迫切要求教師提高自身素質，不斷探索教育教學的新規

律，這就要求大學英語教師還必須身負終身學習者和教學研究者的角色。一方面，教師應樹立「終身學習」的理念，成為終身學習者。第一，教師應繼續打好紮實的基本功。對以英語為工具的大學英語教師而言，較高的英語水平和技能是非常重要的。教師可以通過因特網閱讀原版的英語書籍、報紙雜誌，可以通過撰寫論文來提高自己的專業水平，還可以通過考研、考博、在職攻讀研究生課程、進修等來獲得重新學習的機會。①第二，教師應註重自身知識結構的更新。在飛速發展的社會環境中，為適應不斷發展變化的科學技術，教師要有意識地不斷更新自己的知識體系和能力結構，不斷地學習各種最新的教育理論，保證自己職業能力的適應性。第三，教師要掌握現代信息技術。新的教學模式充分運用了計算機、網路、教學軟件等現代信息技術手段，掌握相關的知識和技能已成為英語教師的必備技能之一。另一方面，教師還要成為教學的研究者。大學英語教師要強化自己的科研意識，把教學研究作為教學工作的一個有機部分，充分認識到教學研究對提高自身素質和教學水平的重要性。教師一旦以研究者的心態置身於教育教學情境之中，以研究者的眼光審視自己所進行的教育教學實踐，就會更自覺地去思考教育教學理論，對新問題會更敏感，更有創見。②

三、大學英語教師角色轉變的方法

1. 轉變教學觀念

教師的教學觀念是指教師對教學所追求的目標以及為什麼要追求這種目標的認識，它是教師對教學的一種主觀期望和價值判斷。③

大學英語教師應衝破舊的教學模式，擯棄落後的傳統觀念，重新定位自己的教學角色。教師要從一個規定教學大綱和方法的被動接受者變成一個課堂活動的組織者，從一個現成理論或他人成果的消費者變成一個以課堂教學為主要對象的理論探討者與研究者。

在大學英語教學中，教師只有轉變了自身的教學觀念，以學生為主體，與學生密切合作，才能誘發學生的學習動機，從而更好地調動學生的學習積極性、主動性、自覺性和創造性，讓學生在有效的時間內掌握更豐富、更紮實的知識與技能。

---

① 陳國崇.新世紀大學英語教師面臨的挑戰與對策［J］.外語界，2003（1）：48-53.
② 王惠萍.論英語教師的角色定位［J］.寧波大學學報，2001（3）：63-64.
③ 李森，張家俊，王天平.有效教學新論［M］.廣州：廣東教育出版社，2010.

2. 大學英語教師應具備的素質

（1）語言素質。目前，一些大學英語教師特別是精讀課教師，習慣使用傳統的教學方法。在講解英語課文時，這些教師大多仍採用「朗讀-釋義-翻譯」的老套路。教師成了課堂上的「主角」，授課沒有重點、難點，課堂缺乏啓發性的問題，既不講解語言點，也不講解文化點。產生這些問題的最大原因就是教師語言素質不高。

所謂語言素質，就是教師應該具備的英語語言綜合水平。教師既要系統地掌握英語的語音和語法體系，具有較大的詞彙量，又要具備良好的聽、說、讀、寫、譯等能力。教師較高的英語水平主要體現在其所說的英語流利、地道，所寫的英語規範、順暢。學生在學習英語的過程中，一定的語言輸入，特別是真實、地道的語言輸入是非常重要的，而英語教學通常都是在學生對英語一無所知的情況下開展的。對於中國的英語學習者來說，他們缺乏真實的英語環境，大部分的語言輸入都是依靠英語課而獲得的，因而教師的英語水平就顯得尤為重要，教師較高的水平才可以確保為學生提供高質量的語言輸入。說一口地道的英語，很容易將原本沉默、枯燥的課堂變得活躍；寫一手漂亮的英文，更容易使學生的文章錦上添花。此外，如果教師的英文很地道，那麼學生也就有了模仿的榜樣，也就明確了學習的目標。

（2）文化素質。在大學英語教學中，除了要培養學生的聽、說、讀、寫等基本技能外，還應導入一定的文化知識。文化導入不僅可以活躍課堂氛圍，使學生對英語學習有更大的興趣，還可以使學生不斷累積文化知識，從而更好地使用這門語言。

基於此，大學英語教學中的文化教學應包括目的語文化教學和本族語文化的教學。

①目的語文化教學。在運用英語進行跨文化交際的過程中，人們很容易發現一些由於缺乏對目的語文化的瞭解而導致的語言錯誤和交際失誤，從而意識到目的語文化的導入對英語學習的重要性。人們普遍擁有兩點認識：一是外語學習者在學習外語的過程中最迫切需要瞭解和掌握的內容首推目的語文化。至於本族語文化，我們畢竟已經有多年的學習累積和親身經歷。二是目的語文化的導入對於外語習得的促進作用要比本族語文化來得直接和明顯。

②本族語文化教學。文化教育中對目的語文化的側重本無可厚非，但由此而貶低和忽視本族語文化引入和表達則無疑走進了認識的誤區。長期以來，人們對本族語文化在外語學習者中的負遷移印象深刻，卻往往忽略了以跨文化交際為目標的外語教學中本族語文化同樣可以發揮其正遷移的效應，掌握本族語

文化對外語學習大有裨益。束定芳、莊智象（1996）認為，本族語文化在外語教學中至少有兩個重要的作用：一是作為與外族文化進行對比的工具，以此更深刻地揭示外族文化的一些特徵，從而也加深對民族文化本質特徵的更深的瞭解；二是通過對學生本民族文化心理的調節，培養了學生對外族文化和外語學習的積極態度，從而調動學生學習外語和外族文化的積極性，增強他們學習外語的深度。

③正確處理本族語文化和目的語文化的關係。關於在外語教學中融入本族語文化，王宗炎先生（1994）的告誡可謂意味深長：「對自己的文化，語言和人家的文化、語言該怎麼看待，這是個複雜的問題。強國或強大民族傾向於自高自大，認為人家的什麼東西都不如自己，這是民族中心主義；弱國或弱小民族自卑，認為人家什麼東西都比自己好，這是懼外心理。」怎樣正確處理本族語文化和目的語文化的關係，陳申在《外語教學中的文化教學》中建議使用一種開放的選擇模式，在學習的過程中，通過本族語文化和目的語文化的相互作用而決定取捨。外語教學中的文化教學應該包含一個多方位的三維學習模式，強調雙向文化互相作用，強調通過學習而創新。我們提倡目的語文化和本族語文化的兼容並蓄，但也並不是指必須把二者擺在完全對等的地位而平分秋色，本族語文化可在目的語文化導入的階段有所側重，目的語文化的導入可適度側重於學習瞭解目的語文化並指導交際時的言行舉止，本族語文化的學習則主要側重於和目的語文化的對比及交際時本族語文化如何表達。

（3）理論素質。由於英語教學是一個典型的系統工程，並且如今的英語教學已從原來的單學科支持轉向了多科學、交叉學科支持。因此，借鑑語言學、心理學、人類學、文化語言學、計算機語言學等理論進行英語教學已經成為一個事實。另外，從學生的角度來看，在學習英語的過程中，大腦會不斷變化，意識、價值觀也會發生改變。可見，大學英語教師只有具備一定的理論知識才能真正揭示這些運作的原理。

然而，中國的英語教師存在重技能、輕理論的情況，他們認為熟能生巧，沒必要懂太多理論上的東西。這種極端觀點顯然是錯誤的。因為教師只有具備了良好的理論素質，才能更好地理解課程大綱的實質，才能採用恰當的教學方法進行教學。

（4）合理使用教材素質。大學英語教師還應具備一定的駕馭教材的素質，要使自己真正成為教材的主人。這種駕馭能力主要體現為對教材的評價能力和使用能力。首先，教師要能對教材的優劣進行基本的評價。英語學習一般需要大量的教材，除了主要教材外，還應該為學生選擇一種或多種輔助教材，這就

對教師的評價能力提出了較高的要求。其次，教師要能夠合理地使用教材。教師在使用教材的過程中應該做到能對教材的內容進行適當的補充和刪減，能替換教學內容和活動，能擴展教學內容或活動步驟，能調整教學順序，能調整教學方法以及能總結教材使用情況。

（5）教學實踐素質。教師的教學實踐素質具體體現在傳授和培養英語知識和技能的能力、教學的組織能力和綜合教學技能三個方面。

①英語知識和技能的能力

在英語教學中，知識和技能是課堂教學的主要內容，這也是教師實踐能力的重要方面。對於英語基本知識，教師應能夠向學生進行必要的講解。另外，技能的示範也是教師需要具備的基本能力。技能訓練需要先做一些示範，如發音、書寫、朗讀、說話等，然後由學生模仿。可見，掌握一定的英語知識和技能是教師展開教學實踐的基本前提。

此外，為了更好地傳授英語知識和技能，教師還要適時地對學生進行提問。很多有經驗的教師都會將提問作為英語教學的重要手段。

②教學的組織能力

教師的組織能力就是動員和組織學生進行學習的能力，表現在能夠有效地掌握課堂和有效地動員學生積極參與學習等方面。教師要有效地組織教學，需要做到關注教材的內容，自身的言語和語言表達，關注學生理解和表達的準確性，關注課堂情緒和紀律，關注學生的注意力。

動員學生積極地參與課堂活動並不是一件容易的事情，教師需要具備一定的創造性才行。教師一旦進入課堂就要使自己進入一種創造的境界，活躍思維，使自己較快地運用知識和技能，從而感染學生，使學生積極主動地投入到活動之中。

③綜合教學技能

綜合教學技能是指除了英語教學中所需要的語言本身之外的教學能力，如書寫、唱歌、繪畫、製作、表演等。教師的綜合教學技能越高，就越能更好地完成教學任務。具體來說，英語教師的綜合教學技能應該包括：板書字跡公正規範，能唱、會畫、會製作、善表演。具體來說，教師可以結合學生的學習進度編寫、教唱學生喜歡的英文歌；教師可以畫簡筆畫，並能靈活運用於教學中；教師可以設計製作使用於英語教學的各種教具，如幻燈片、軟件、錄像等；教師可以用豐富的表情、協調的動作表達意義或情感，使教學有聲有色。

（6）技術素質。人類科技的進步極大地推動了教育的發展，尤其對英語教學的發展影響很大。20世紀初，幻燈片作為一種輔助工具開始進入英語課

堂，隨後又出現了電影和唱片。20世紀20~30年代，無線電廣播和有聲電影為英語課堂教學帶來了新的氣息。20世紀40年代，錄音和電視也進入了教育領域。20世紀50~60年代，程序學習和電子計算機也先後問世，並且作為當時較為先進的手段運用於教學中。20世紀70年代，英語教學中又出現了電腦、衛星傳播等先進的手段。20世紀80年代，人工智能實現了高度擬人化。20世紀90年代以後，數字化技術、信息和網路技術、計算機的功能發展均進入了一個尖端時代，英語教學實現了全方位、立體式的效果。

可見，作為21世紀的大學英語教師，應具備靈活使用傳統的電化教學設備，巧妙地使用現代化的教育技術，如計算機、計算機網路等技術素質。

（7）科研素質。科研就是用國際上公認的程序尋求兩個或兩個以上變量之間的相互關係。而對於英語教學的科研工作，其目的是找出影響英語學習成績的變量以及這些變量與學習成績之間的關係。中國學者劉潤清指出，課堂實踐為教學研究提供了豐富的第一手資料，而研究成果反過來又能指導並服務於教學實踐。通過反覆的研究與探索，教師的水平和能力會得到顯著的提高，進而正面影響到學生的學習效果，對培養出大批覆合型人才有不可估量的作用。

具體來說，英語教學的科研對象主要涉及三個方面，即本體論、實踐論、方法論。本體論主要討論的是哲學方法的問題，涉及兩大問題：一是語言的本質，二是語言學習的過程。其中，語言學習的過程又分為兩個方面，即第二語言的心理過程和學習者的個體特徵差異。實踐論研究的是如何實施，如大綱的制定、教材的編寫、語言技能的培養等。方法論主要研究的是教學方法和手段。

總之，一位優秀的英語教師除了是教學的實踐者外，還應是教學與學習規律的研究者。

四、大學英語教師角色轉變的意義

1. 可以為學生提供適宜的語言學習環境

教育絕不是單邊的文化傳授，而是將人的創造力激發出來，將生命感、價值感喚醒，使人得以成為自覺、自由活動的人。

（1）教師角色發生的具體變化。教師角色的轉換是指從傳統的以教師為中心的課堂角色轉向以學生為中心的課堂角色，通常也會帶來課堂活動的變化。這些變化主要包括以下幾個方面：

①由教師控制課堂話題轉向由學生控製；

②課堂會話活動由在教師的具體限制下進行轉換為由學生自主進行；

③課堂提問的問題由教師已知正確答案轉換為提問參考性問題；
④學生由按照教師提問回答或思考轉變成學生既可以提問也可以回答；
⑤由讓學生說出正確句子為目標轉變成讓學生自由表達想法；
⑥由教師對學生所說話語正確性的評價轉變成對學生所講內容的評價。

（2）教師角色轉變為學生語言學習帶來的優勢。教師角色和課堂活動的轉變，可以為學生的語言學習帶來很多優勢。具體優勢如下：
①學生在課堂上的發言更加主動；
②語言行為的種類有所增加；
③學生可以得到個性化的指導；
④減少了課堂上的焦慮情緒；
⑤學生學習英語的動機和興趣得到增強；
⑥學生獨立學習的能力得到增強，合作精神得到培養。

2. 可以提升教師的業務水平和綜合素養

教師角色轉變後，教師已經成為參與者、導師、研究者、促進者、激勵者等，教學也已經從「講學」變成了「導學」，從善「教」變成了善「導」。當代的大學英語教學對教師提出了較高的要求，教師只有超越並提升自己，才能由學習的代替者變成引導者。

當代的大學英語教學的一個特點就是學生在課堂上有較多的活動時間，學生在完成任務的過程中都離不開語言表達的技能。因此，要幫助或指導學生完成任務，也就對教師的業務水平提出了更大的考驗。課堂教學中，教師要從學生「學」的角度來設計教學活動，使學生的學習活動有明確的目標，並有大一點的梯度和連續性。另外，教師設計的任務活動應該保證學生能獲得知識或得出結論，從而使他們得到運用語言的能力。

教師還應具備一定的組織能力、應變能力和自我調控能力。既要保證學生自己完成學習活動，又要保證能在必要的時候控製住學生的注意力。教師要善於引導、鼓勵和啟發，巧妙提問、點撥、迂迴，收放自如。教師還要為學生創設豐富多樣的學習環境，與學生共享自己的情感與方法，與學生共同增長知識和技能。教師的教學方法越好，學生學習的效果就會越好。

第二節　大學英語教師話語

教師話語不僅是教師執行教學計劃的工具，同時還是學生語言輸入的一個

重要來源，因此它在組織課堂教學和學習者的語言習得過程中起著至關重要的作用。①教師話語的數量和質量會影響甚至決定課堂教學的成敗（Hakansson，1986）。教師話語一方面具有目的語使用的示範作用，另一方面也是學生語言輸入的重要途徑（Nunan，1991）。拉森·弗里曼（Larsen-Freeman）與朗（Long，1990）的研究表明，環境因素對於成人第二語言習得的影響遠遠大於學習第一語言的兒童，這種影響主要在於學習者所獲得語言輸入的數量與種類。對中國大部分學習者來講，「英語口語環境除課堂之外，其他使用英文口語的環境很少」②，而教師話語所占課堂學時高達 70%~80%（Nunan，1991）。這意味著我們應該更多地關注英語課堂教學中教師話語作為語言輸入的質量、作為教學媒介的交際模式的選擇。

一、教師話語的定義

《朗文應用語言學習辭典》（*Longman Dictionary of Applied Linguistics*，1989）指出，教師話語是教師在教學過程中使用的語言。為了便於與學習者進行交流，教師常違反正常語言的規則，簡化其語言。簡化範圍包括：第一，比正常講話慢，聲音大，發音較為誇張；第二，使用簡單的詞彙與語法；第三，對話題進行自我重複，並且常將話題置句首，如 Her passport? Where did she leave her passport? 與此類似，奧斯本（Osborne，1999）則認為，教師話語是在語音、詞彙、句法和篇章上都有明顯改變（Modified）的語言，並指出教師話語有以下特徵：在語音上發音誇張，較少使用縮略的形式，往往有延長的停頓；使用更多的基本詞彙，較少使用不定代詞及習慣用法；在句法上較少使用從句，所用句子往往嚴謹，說話低於正常語速（200 詞/分鐘）；從篇章上來看，較多使用第一人稱；在交際中，教師處於主動地位，並多以主動發問來獲得信息。

簡言之，從語言形式上看，教師話語經過人為的改變、簡化、更慢、更簡單、更加注意發音的清晰。從功能上看，教師話語在於解釋語言、提供和獲取信息。此外，教師話語所表現出的交際模式多為下行（Top-down）單向溝通，教師和學習者之間存在信息差與權力距離（Power Distance）。

---

① NUNAN D. Language Teaching Methodology [M]. Cambridge：Cambridge University Press，1991.

② 康志蜂，陸效用. 中國英語口語教學的現狀、問題及對策 [J]. 外語與外語教學，1998（9）：32-35.

二、教師話語與語言學習的關係

教師話語是語言輸入的渠道之一，課堂又被大多數學生認為是重要的語言環境，教師話語的影響可能相應地被看重。此時，教師話語的質量高或低可能會影響學生心理上的認同或排斥，從而間接影響語言學習。那麼，什麼樣的教師話語與學生的語言學習有關係呢？

第一，根據埃利斯（Ellis）對輸入頻率與準確輸出關係的論述，重複和準確的語言的單位輸入頻率越高，它們在輸出語中出現的可能性就越大。當教師的語言豐富，並有意識地經常多重複一些相關關鍵詞或習語時，學生就極有可能輸出這些關鍵詞或習語。關鍵詞或習語必須保證是以交流的、互動的形式出現，而不是以講詞彙或短評的形式單獨處理。

第二，從派克和肖德隆（Parker & Chaudron）直接的研究出發，埃利斯（Ellis）進一步指出，一方面，在非交互輸入的情況下，學生對話語的理解受說話人語速和對信息的闡釋性調整的影響，如重複、意譯、使用同義詞等過剩的方式進行的調整等方式。赫洛伯、蘭伯特和薩伊格（Holobrow, Lambert & Sayegh）的一項實驗顯示，一個文本以學生的母語口頭敘述後再閱讀時，學生對它的理解比直接邊聽邊閱讀原文或直接閱讀原文的效果更好。另一方面，在交互輸入的情況下，信息量、信息類型、交互者雙方的意義協商程度都影響學生的理解。對教師而言，其一，適當的語速是學生跟進的前提；其二，由於處理文本有時是非交互性輸入，在文本基礎上的重複、意譯、同義詞替換等能促進學生對文本的理解。大學英語課堂不鼓勵母語提示，但嘗試用簡化的英語敘述文本應該是可理解的。

第三，一些學者（Nobuyoshi & Ellis）的研究顯示，當學習者被推動，如給予澄清請求時，學生語言輸出質量提高。埃利斯（Ellis）又提出，確認核實和澄清請求就是自然環境中常用的意義協商方式，澄清請求是指說話人要求對話者提供更多信息或請對話人解釋他前面說的話。從他們的研究中我們可以注意到兩點：其一，與學生進行意義協商時，使用確認核實方式並不意味著課堂失控；其二，澄清請求需要被更多使用。這樣，我們能為學生提供一個意義協商方式近似自然環境的課堂，促進學習者的輸出水平。

第四，合作方式交談指教師有意識地與學習者一起黏合重整某一詞、某一表達法，促進學習者慢慢地正確輸出該詞或表達法。我們的學生大多都具有表達基本意思的能力。但有趣的是，總有些學生說話時「she」和「he」不分，第三人稱動詞需要加「s」時，總會漏掉。埃利斯（Ellis）指出，這些有關詞

素的錯誤如果在合作式交談中提出，學生的句法學習會受到影響。實際上，即使經常指出，這些學生也會繼續犯同樣的錯誤。這些從側面給我們一個啟示，即在交談時單獨處理學生的語言錯誤不能促進語言學習。從上述分析可以看出，教師話語對學生的理解和語言學習有相當影響。如果教師對文本、主題或任務有整體的、綜合的把握，就有可能進行有效的交互輸入，促進學生的理解，並以確認核實、澄清請求的意義協商方式促進學生的輸出水平。僅關注語言現象去處理文本或主題不利於學生語言學習。

三、教師話語遵循的原則

英語課堂中教師話語主題是為了教學，如通過指令、解釋、提問和反饋等手段向學生傳遞信息或控制學生的課堂行為性，但又不可避免地具有交際性。奧爾賴特（Allwright，1984）認為，課堂中的所有活動都是通過人與人之間的交際這一過程得以進行的。[①]另外，在日常教學過程中，教師和學生之間還存在一定的社會關係。因此，除了傳遞信息之外，教師話語也擔負著調節師生關係的功能。為了保證課堂話語的有效輸入，保持課堂氛圍的和諧融洽，教師需要考慮話語的有效性、合作性和禮貌性等問題。

1. 具備言語的有效基礎

教師話語首先應該具備有效性，即教師在各種言語環境下都能以學生可接受的方式完成教學任務。哈貝馬斯（1989）曾提出四個「言語的有效性要求」：第一，言說者必須選用使言語交往雙方能相互理解的「可領會表達」，即要求有「可領會性」；第二，言說者的表達必須是聽者可理解的內容，陳述內容應是真實的，即要求有「真實性」；第三，言說者的話語必須真誠地表達自己的意向，以使聽者能夠信任他，即要求有「真誠性」；第四，言語者的話語符合約定俗成的規範，以使交往雙方都能在確認此規範的前提下達成共識，即要求有「正確性」。教師話語如果滿足了這四個要求，也就具備了言語的有效性基礎，從而使理解和溝通成為可能。

2. 遵循合作原則和禮貌原則

為了更好地完成交際任務，教師要考慮怎樣具體地運用語言才能使學生更易於理解和樂於接受所表達的思想。利奇（Leech，1983）在討論交際中語言形式的有效使用時，把語用原則分成「人際修辭」和「篇章修辭」，其「修

---

① ALLWRIGHT D. The Importance of Interaction in Classroom Language Learning [J]. Applied Linguistics, 1984 (5): 156-171.

辭」指的是在交際中有效地運用語言，由交際雙方所遵守的原則和準則組成，其中合作原則和禮貌原則屬於人際修辭，作用於交際中的人際關係。以下從教師話語這一角度，談談如何遵守這兩種原則。

（1）合作原則。美國哲學家格賴斯（Grice）認為，在所有的語言交際活動中，為了達到特定的目標，說話人和聽話人之間存在著一種默契，一種雙方都應該遵守的原則，即合作會話原則，具體體現在數量準則、質量準則、關聯準則和方式準則中。①這四條準則中的前三條與教師「講什麼」有關，第四條與「怎麼講」有關。數量準則啟示教師注意講課的信息量，要傳授學生渴望獲取的知識，對於學生已經知道的知識應該不講或少講。質量準則提醒教師注意所講內容的真實性，即使遇到難題也不要為了面子而講出沒有根據或不真實的話。關聯準則要求教師上課話語要切題，要圍繞課文的學習目標和重點進行，不要借題發揮。有的教師知識比較豐富，從一個簡單詞彙，如「peace」，就可能談到中東局勢、世界大戰……感慨或許還未發完，下課的鈴聲已經響起。方式準則在表達方式上提出了要求，教師話語應言簡意賅，條理清楚，要避免冗長詞綴和語意含糊。

（2）禮貌原則。在言語交際中，語用能力是決定交際成功與否的關鍵，拉考夫（Lakoff，1977）曾指出，語用能力包括兩條規則，一是要清楚，二是要禮貌，並把格賴斯（Grice）提出的會話準則統稱為「清楚原則」。②埃斯坎德利·比達爾（Escandell-Vidal，1998）認為禮貌是一種社交條件下言語行為的恰當性，在語言使用中體現為和一定的文化規範相一致的言語行為。③利奇（Leech，1983）根據英國文化的特點列舉了六條禮貌準則，包括策略準則、慷慨準則、贊揚準則、謙虛準則、贊同準則和同情準則。這六條準則同樣也適用於教師話語。④具體來說，贊揚準則具體體現為教師應盡量減少對學生的批評，增加贊揚性話語，如「Well done」「What a clever idea」「Wonderful! Keep it up」。鼓勵和表揚可以增強學生學習和生活的信心，取得更好的成績。同情準則要求教師盡量避免對學生的厭惡，如不要看到某個學生上課走神、睡覺或說話就對其產生厭惡的情緒，我們要設身處地為學生考慮一下：他是有什麼心事還是身體不好？我們應主動找他談談話。學生知道教師注意並很關心他，會改

---

① GRICE H P. Logic and Conversation［C］//COLE P, MORGAN J. Syntax and Semantics: Speech Acts. New York: Academic Press, 1975: 307-308.
② 冉永平. 禮貌的關聯論初探［J］. 現代外語, 2002（4）: 387.
③ 冉永平. 禮貌的關聯論初探［J］. 現代外語, 2002（4）: 390.
④ LEECH G. Principles of Pragmatics［M］. London: Longman, 1983: 132.

變以前不好的行為。考慮言語行為的禮貌問題時，不應忽視說話人相對於聽話人的社會地位及身分、言語行為本身具體的難易程度等因素，也就是禮貌的得體性。上課的場合和對象要求教師話語要得體，使用過分禮貌或不禮貌的形式都會使語言顯得不得體。何兆熊（1999）曾舉例，我們想請一個熟悉的同班學生把門關上，用 Please close the door 或 Will you close the door 是足夠禮貌的，也是十分得體的說法；如果說 Would it be possible for you to close the door 就顯得過分禮貌，而 How many times do I have to tell you to close the door 就不夠禮貌。①另外，顧曰國（1992）根據漢文化對言、行的禮貌要求，對利奇（Leech）的策略準則和慷慨準則進行了修訂，同時提出禮貌在漢文化中有四個基本要素：尊敬他人、謙虛、態度熱情和溫文爾雅。這些禮貌要素同樣值得借鑑。具體來說，教師的話語首先要尊重學生，肯定、欣賞的同時還要顧及他們的「面子」。有的學生「面子」很薄，一經打擊，可能再也不主動甚至失去了學習的信心；教師要謙虛，教師的語言要熱情，對於學生的提問、質疑，即使非常簡單，也不要說「這麼簡單都不會，自己想想去吧」，這樣說的結果往往是學生以後再也不願提問題了；溫文爾雅是指教師的語言要符合某種標準，如正確、簡明、健康、邏輯、有效等。②

教師話語是語言輸入以及組織、實施教學的媒介，如何更有效地運用它來達到最佳輸入和交際效果是所有外語教師面臨的挑戰。遵循言語規律（與言語環境相適應、正確選擇語體組成話語、適合交際目的和任務）和提高自身的言語修養（讓語言具有正確性、豐富性、簡明性、健康性、邏輯性、生動性、有效性等）是外語教師為之努力的方向，它將貫穿整個教師職業生涯。

第三節　大學英語教師提問模式

課堂提問是組織課堂教學的中心環節。課堂提問的有效性受到了廣大學者和教育工作者的關注。正如鄭樹棠等所說，「課堂提問仍然是課堂教學中最主要的活動」。提問作為教師最常用的課堂教學手段，是教師話語活動中非常重要的一部分。在大學英語課堂的教學過程中，提問發揮著舉足輕重的作用。一方面，通過課堂提問，教師可以瞭解學生的知識掌握狀況，同時可以根據學生

---

① 何兆熊. 新編語用學概要 [M]. 上海：上海外語教育出版社，1999：223.
② 顧曰國. 禮貌、語用和文化 [J]. 外語教學與研究，1992（4）：10-17.

掌握的信息對下一步的教學內容和教學進度做出相應的調整。另一方面，通過課堂提問，學生可以有機會展示自己，提高自己的語言表達和語言組織能力，促進課題教學過程中的師生互動，提高學生的學習興趣和主動性。

一、提問的功能和作用

心理學家史蒂文斯（Stevens）對課堂提問進行了深入的科學研究。她通過錄音和觀察，先後4年時間對100名中學教師在教學中的語言行為進行了分析，內容包括語言時間所占比率、提問次數與速度、問題類別等項目。她發現，教師在課堂上的提問數量格外驚人——平均每天大約提問395個問題，並且教師之間差異較大。[①] 1967年，心理學家帕特（Part）等人調研了190個小學教師的提問理由。結果發現，69%的教師認為，提問是為了檢查理解，有助於知識的教學；54%的教師認為提問的目的在於診斷學生的困難；37%的教師把提問看成對事實的記憶；只有10%的教師聲稱提問是為了激勵學生思考。

美國教學理論專家L.H.克拉克和I.S.斯塔爾歸納了課堂提問的19種功能：

（1）查明某人所不知道的知識；

（2）查明某人是否掌握某項知識；

（3）發展思維能力；

（4）促使學生學習；

（5）作為訓練或練習的手段；

（6）幫助學生組織學習材料；

（7）幫助學生解釋學習材料；

（8）突出學習的重點；

（9）指出某些關係，如因果關係；

（10）發現學生的興趣；

（11）培養鑒賞能力；

（12）作為復習的手段；

（13）練習表達思想；

（14）揭示學生的心理過程；

（15）表達意見的一致或不一致；

（16）與學生建立親密的合作關係；

---

① STEVENS R. The Question as a Measure of Efficiency in Instruction [M] // TEACHERS COLLEGE. Teachers College Contributions to Education. New York: Columbia University, 1912.

(17) 用以診斷教學;

(18) 用以評價教學;

(19) 引起不專心的學生的注意。①

以上歸納雖然比較詳細，但有羅列之嫌，列舉項目顯得瑣碎，內涵時有重疊之處。比較而言，威倫等人對提問功能的闡述顯得精練一些。威倫 (Wilen)、愛仕拉爾 (Ishler)、凱茨沃特 (Kindsvatter) 等學者一致認為，教師在課堂上激勵學生互動的方法是使用提問。研究表明，提問在課堂上的使用一直有增無減。特別是在提倡互動和激勵課堂討論的環境下，人們對課堂提問的研究和使用給予了越來越多的關注。他們在其他研究者對課堂提問研究的基礎上，歸納出提問的幾個基本作用：

（1）提問能被用來完成課堂教學中比較寬泛的教學目的。例如，回憶以前讀過或學過的材料，判斷學生的能力、態度和傾向，激勵批判性和創造性的思維，喚起學生對課程的興趣，鼓勵對問題的反思討論，調查學生的思維，使學習材料個性化，鼓勵學生參與討論，評估學習進展，管理和控制學生行為。

（2）提問能積極影響學生的學業成績。研究發現，教師的高頻率的口頭提問與學生的學業績效呈正相關關係。幾種提問的技巧也與學生的績效呈正相關關係。例如，提出一些措辭清楚的問題，探明學生對問題的反應，問題面向全班學生，在答問的志願者和非志願者之間保持平衡，在提出問題及回答問題之後要有適當的等待時間，對學生的回答要有反饋。

（3）提問能促使學生更積極主動地加入到課堂互動之中。研究者認為，可以讓學生採用圓桌座位方式，或者是半圓形的座位排列，這樣能促進交流，創造以學生為中心的、談話式的、輕鬆的氛圍。

（4）提問能被用於鼓勵學生思考。提問能給學生以語言進行思考和表達思想的機會，高認知水平的提問能培養學生的批判性思維。

（5）提問能促進學生提出更好的問題。研究者認為，如果提問頻率太高（每分鐘 2~4 個問題），那麼學生幾乎不能提出問題，教師應減少提問的數量給學生形成提問的時間。一些學者認為，應鼓勵學生「僭越」教學的角色，鼓勵學生充當「教師」，培養學生在閱讀一些內容之後提出問題。②

漢金斯 (Hunkins) 在《提問技巧與策略》一書中歸納出了 4 種提問的

---

① L.H.克拉克, I.S. 斯塔爾. 中學教學法（下）[M]. 趙寶恒, 蔡俊年, 等, 譯. 北京：人民教育出版社, 1985：54-55.

② WILLIAM WILEN, MARGARET ISHLER, JANICE HUTCHISON, et al. Dynamics of Effective Teaching [M]. New York：Longman, 2000：180-181.

功能：

（1）提示重點的功能。通過提問，教師可以提示學生哪些教材內容應予以重視、哪些過程或方法有助於學習等，可以達到引導的效果。

（2）擴增的功能。有關教材的探討，借著問題的提出，不但可以擴大範圍、增加瞭解，而且可以提升認識層次，由記憶性知識到分析、推理、評鑒性知識，乃至創造性思考等。

（3）分布的功能。提問可以引起學生的參與，共同研討同一問題，大家提出各種意見，相互切磋，可收到集思廣益的效果。

（4）秩序的功能。教師可以運用提問維持教學秩序，使教學得以順利進行。①

卡林和桑德《發展提問技巧》一書中，歸納出提問的功能主要如下：
（1）引起興趣和注意，激發學生積極參與教學活動；
（2）評鑒學生課前準備情形，並考察其對家庭作業的瞭解程度；
（3）診斷學生課業上的優點和弱點；
（4）復習並提示教過的教材內容；
（5）鼓勵學生討論問題；
（6）指導學生探討問題，並朝著新的方向去思考；
（7）激發學生主動地探索更多的資料以增進瞭解；
（8）建立積極的自我觀念；
（9）幫助學生懂得應用所學的知識概念；
（10）評測教學目標達成的程度。②

教師提問和學生提問能對課堂互動起著如此重要的作用，但從大學英語課堂教學提問的實際效果來看卻不太理想。很多教師常常採用展示式問題，即圍繞著所講授的語法項目、詞彙、課文內容進行提問，這些問題對鞏固知識和檢查學生是否掌握語言知識有一定的作用。但如果教師經常問這一類已有固定答案的問題則會對學生的外語學習有著某些不良影響。很多國內學者的研究已經發現，僅僅依靠提問的類型改變並不能增強教學效果。「不論提問的類型如何，大學英語課堂中的教師提問大多數時候得到的是學生的沉默。」③「教師的

---

① HUNKINS F P. Questioning Strategies and Techniques [M]. Boston：Allyn and Bacon，1972.
② CARIN ARTHUR，SUND ROBERT B. Developing Questioning Techniques [M]. Columbus，OH：Charles E. Merrill Publishing Company，1971.
③ 秦銀國，郭秀娟. 英語課堂學生沉默與教師提問 [J]. 安徽工業大學學報（社會科學版），2008（1）：127-128.

提問無論難易與否，絕大多數學生選擇的是沉默，教師的課堂提問無法增進中國大學英語教學的互動狀況」。①因此，大學英語教師可以試圖打破外語課堂單向的教師提問-學生回答的提問模式，嘗試著把師-生課堂提問模式、生-師課堂提問模式以及生-生課堂提問模式運用於大學英語課堂教學。

外語課堂教學中的提問在國內外研究中已取得不少成果。在國外，如朗和薩托（Long & Sato, 1983）將課堂提問模式分為兩種：展示性問題（Display Question）和參考性問題（Referential Question）。其研究發現，教師的課堂提問主要以展示性問題為主，而且在課堂上學生與教師的互動以展示性問題為主。布羅克（Brock, 1986）對兩種提問模式進行了研究，通過研究也發現教師們更喜歡採用展示性問題而不是參考性問題。努南（Nunan, 1987）在其研究中也發現，在課堂教學中教師提出的展示性問題占90%。其他研究者（如Liang, 1996; Pearl, 2000; David, 2007）在對 ESL 教師提問的研究中也得出這一結論，即教師提出的展示性問題多於參考性問題。「教師不但可以通過提問使學生參與交流，還可以通過提問使學生調整自己的語言，使其更具有可理解性。」②國外研究者先後總結了許多成功運用課堂提問的經驗。顯而易見，多年來，提問「一直是語言教學所關注的一個焦點」③。

在國內，很多學者也對外語教師的課堂提問做了較深入的調查，得出了很多很有價值的研究結果。例如，王坤（1998）、歐陽文（1999）、胡青球（2004）、宋振韶（2004）等都對課堂提問做了大量的研究。周星、周韻（2002）對浙江大學公共外語部教師的課堂提問做了研究，研究結果表明展示性問題要遠遠多於參考性問題（73%~82%）。從這些研究可以看出，大部分研究都著重於分析英語教師課堂提問的類型、提問後的等候時間、提問技巧的運用、反饋形式等幾個方面來研究大學英語教師的課堂提問模式，對於學生課堂提問的研究相對較少。本書主要針對大學英語課堂提問中出現的問題，把師-生課堂提問模式、生-師課堂提問模式以及生-生課堂提問模式運用於大學英語課堂教學中。下面以《新視野大學英語（第三版）》第三冊第一單元《永不言棄》為例進行具體分析。

---

① 李慶生，孫志勇. 課堂提問：是獲取信息還是挑戰？——對大學英語課堂中教師提問功能的會話分析 [J]. 中國外語，2011 (1)：58-64.

② RICHARD J, LOCKHART C. Reflective Teaching in Second Language Classroom [M]. Cambridge: Cambridge University Press, 1996: 185.

③ NUNAN D. Language Teaching Methodology [M]. New York: Prentice Hall, 1991: 192.

二、課堂提問模式的類型及運用

要想提高英語課堂提問的效率，充分發揮課堂教學的積極作用，教師首先應該全面地瞭解課堂提問模式。課堂提問不僅僅是傳統意義上單向的教師向學生提問模式，即教師提問→指定學生→學生回答→教師反饋，而應該還包括學生向教師提問以及學生與學生之間的互相提問。教師提問→指定學生→學生回答→教師反饋這種單向的提問模式被廣泛運用於課堂教學中，這種單一的模式無法增進大學英語教學的課堂互動。大學英語教師應該靈活地將三種提問模式，即師-生課堂提問、生-師課堂提問以及生-生課堂提問運用於大學英語課堂教學，促進課堂互動，提高學習效果。

1. 師-生課堂提問模式

在課堂教學活動中，最普遍的課堂提問模式就是教師提問-學生回答，以至於大多數人往往將師-生課堂提問理解為唯一的課堂提問模式。語言學家從不同的角度，對課堂中教師提問的類型進行了不同的分類。本書選取朗和薩托（Long & Sato，1983）根據教師提問引出的課堂互動交流的性質，把問題分為展示式問題和參考式問題。

（1）提問類型。

①展示式問題。展示式問題是對已知信息的提問，它的主要目的是讓學生展示他們的語言知識，是教師檢查學生學習情況的一種最直接的手段。這類問題的答案通常在句法和詞法上比較簡單，教師預先設計好答案，並暗示學生採用某一句型或書上現有的答案回答。下面就以《新視野大學英語（第三版）》第三冊第一單元為例進行分析。本單元以英國首相溫斯頓·丘吉爾、科學家阿爾伯特·愛因斯坦和托馬斯·愛迪生、美國總統亞伯拉罕·林肯等偉人為例，說明成功的秘訣就是永不言棄。

Para 1

T：According to the first paragraph, for what did Winston Churchill achieve fame?

S：He achieved fame for his wit, wisdom, civic duty, and abundant courage.

Para 3

T：What did Albert Einstein and Thomas Edison have in common?

S：They were thought to be slow learners in childhood, but they overcame their childhood difficulties and made magnificent discoveries that benefit the entire world today.

Para 4

T：What enabled Abraham Lincoln to succeed despite all the misfortunes in his life?

S：His strong will.

Para 7

T：According to the text, what is the secret of success built upon?

S：The secret of success is based on a burning inward desire, a robust, fierce will and focus—that fuels the determination to act, to keep preparing, to keep going even when we are tired and fail.

這幾個問題都是典型的展示性問題，都是圍繞課文內容，考查學生對學過的課文的掌握情況。教師提出展示性問題的目的主要就是檢驗學生是否對課文內容有全面的理解，然後決定是否進入下一個環節的教學。同時，教師的這類問題有助於學生更清晰地理解課文，給學生提供了更多的語言輸出、使用目的語的機會。

②參考式問題。參考式問題沒有確定的答案，學生回答時可各抒己見、自由發揮。在回答問題之前，學生要進行緊張的思維活動，在腦海中快速搜索已學過的詞語和句法來組織句子，按實際需要來進行回答。只有通過提問學生參考式問題，教師才能真正瞭解學生的實際語言運用水平。

T：After learning this unit, how do you understand the remark「It's not how many times you fall down that matters. It's how many times you get back up that makes success!」

「你摔倒了多少次並不要緊，你能多少次重新站起來對成功才至關重要。」對這句話的理解，學生可以自由發揮，不同基礎的學生可以分別選用單詞、短語或句子來表達。

T：You may have tried and failed many times before you finally get success. But it doesn't matter. What matters is whether you can summon up all your courage again and again to face the hardships standing in the way of success.

T：Can you name several other important components for the secrets of success? Give your reasons.

對於成功的關鍵是什麼，學生可以給出不同的回答，如「luck, talent, determination, good relationship with colleagues, the effects of family background」等，這有利於鼓勵學生主動參與課堂，提高課堂教學效果。

（2）提問方式。根據課堂觀察，在大學英語教學中，教師的提問模式有：

第一，指定學生回答（Nominating）；第二，要求學生集體回答（Chorus-answering）；第三，學生自願回答（Volunteering）；第四，教師自己回答（Teacher Self-answering）。由於自願回答的學生通常都是班級中成績較好的學生，因此這種提問方式對於提高成績較差的學生的語言能力來說是不利的。但如果過多地採取指定學生回答問題的方式，又會使學生在課堂上處於被動地位。此外，教師也時常對自己的提問進行回答。這種方式雖然有助於節省有限的教學時間，但卻大大降低了提問本身的意義，同時也使學生變得更加依賴教師。教師怎樣能夠通過自己的話語在課堂上營造一種活躍的語言學習氣氛，並通過靈活運用各種提問方式引導所有學生，不管成績是好還是差，其性格是外向還是內向，都積極參與到課堂活動中來，這是一個值得全體語言教師下功夫研究的問題。

（3）等待時間。教師在提問以後等待學生回答問題的時間長短對教學也有著重要的意義。努南（Nunan, 1991）指出，教師的等待時間在語言教學課堂中很明顯是重要的，這不僅因為學生需要更長的時間對用目的語進行的提問加以理解，而且還由於羅（Rowe）所觀察到的情況：

羅（Rowe, 1974、1986）闡述道，在他所觀察的課堂裡，總體說來，教師在指定一個學生回答提問之時，等待的時間還不足兩秒鐘，如果三秒鐘後學生還不能回答，教師就要開始干預了。他強調指出，當教師確實有耐心將等待的時間延長到三到五秒或更長時，他觀察到有更多的學生便會對課堂進行更多的參與。其具體如下：

①學生對問題回答的長度增加；
②學生能恰當回答問題的比例提高；
③學生不能回答的機會減少；
④學生在回答時增加了自己理性的思索與推測；
⑤學生與學生之間對信息的比較有所增加；
⑥學生推理性的語句增加；
⑦學生能更多地提出自己的疑問；
⑧學生在課堂裡能參與進行口頭交際的機會與時間也有增加。

努南（Nunan）的闡述和羅（Rowe）的觀察說明了教師的等待時間的意義。

（4）教師反饋。

①教師反饋的分類。教師的反饋用語通常分為肯定的反饋（Positive Feedback）和否定的反饋（Negative Feedback）兩大類。肯定的反饋是指用「Good, Yes, Okay, That's all right」等用語對學生的回答表示贊賞。否定的反

饋包括三個方面：一是忽視學生的回答，即學生回答正確時教師不表揚；二是批評，比如「No, Nonsense, You always discourage me, I'm so disappointed at that, How can you come up with such answer, Hurry up」等；三是急於對學生出現的語音、句法、用詞方面的錯誤進行糾正，中斷學生的回答。

②教師反饋對學生的作用。教師對學生回答問題的不同反饋，對學生造成的心理影響是不一樣的。肯定的反饋對增強學生自信心、提高學生學習興趣、擴展學生思維角度等方面都起著積極的作用；而否定的反饋，特別是教師對學生的批評，往往使學生感到羞愧，並使他們在課堂上處於被動，不敢勇於回答問題，學習興趣下降，並放棄試圖作出正確回答的努力。

由於肯定的反饋對學生起著鼓勵與促進的作用，因此教師在開展教學的過程中，對於學生的正確回答應給予表揚，即使回答不完全正確，教師也應帶著欣賞性的口吻給予評判。比如教師可以說：「That's almost right, but who can give a better answer? I appreciate your first part of the answer, but …」等。而對於否定的反饋則應盡量避免。學生回答錯誤時，教師應盡量不要對他們採取冷漠、批評的態度，而應鼓勵他們下一次做得更好。

(5) 分析與改進。在課堂教學中，教師應該採用查詢式問題還是展示式問題是因時、因人、因地而異的。筆者認為，教師應當認識到教師提問對課堂教學的重要性，在設計問題時要全方位地考慮，把語言知識和交際能力融為一體，設計出有一定內涵和深度的問題，避免提問方式單一化。教師應盡可能地少用展示式的問題，多用查詢式問題，給學生創造更多、更真實的交際機會，提高運用語言的能力。

在中國傳統的外語教學中，由於受到各種考試的影響，外語教學的目標註重語言形式，忽視運用語言能力的培養，教師的課堂提問大都是採用展示式問題，圍繞著所講授的語法項目、詞彙、課文內容進行提問，檢查學生是否掌握了語言知識，這些對鞏固知識和檢查學生有一定的作用。但實踐證明，如果教師經常「明知故問」地問這一類已有固定答案的問題，會對學生的外語學習有著某些不良影響。

①不利於培養學生的創造性思維。由於展示式問題是有固定答案的，學生會習慣性地從課文和教師的話中找現成答案，而不是通過獨立思考。為得到教師正面的評價，學生會猜想教師想要什麼樣的答案，而不是自己積極思考什麼樣的答案才是正確、合適的。這樣就不利發展學生的創造力及思維能力。學生一方面依賴課本，從中找答案；另一方面又依賴教師，因為如果答案錯了，教師會給出正確的答案。長此以往，學生便養成依賴書本、依賴教師的學習習慣

和思維方式。同時，學生會把教師的正確答案認為是終結信息的信號，認為沒有進一步交際的必要，因而抑制了學生高層次的思考，這樣就不能真正促使學生進行積極的思考，無法提高學生的語言運用能力。

②不利於培養學生的交際能力。展示式問題是對已知的信息提問，師生交流中缺乏「信息溝」，使課堂交際缺乏真實性，學生只需按要求機械地回答，而不是按實際需要回答。這既不具有交際特徵，也不能訓練學生的語言運用能力，學生漸漸地會對這些死扣書本、機械式的「假交際」厭煩，其參與欲望也會「由熱漸冷」，逐漸失去了學習的興趣。當學生習慣了這種用現成的語言和答案進行的交際活動，一旦到了真正的交際中，沒有「參考答案」時，便不知所措了。這就解釋為什麼現在有些學生，雖然在課堂上十分活躍，與教師對答如流，但在真實的交際中卻無法開展交流。

查詢式問題是真正的問題，它能引出真實的交際。喬伊（Joy, 1993）認為，在課堂上創造真實的交際能為學習者帶來很多優點，如為學習者提供交流和切磋的機會；真實的聽眾；真實的任務；提供接觸和生成豐富多變的語言的機會；提供闡釋觀點和想法的機會；學習者有意識的認知過程；適當的焦慮氛圍和學習者的自我控製（Joy, 1993）。

課堂中真實的交際使學生保持新鮮感、適度的緊張感和強烈的參與感，真實交際的不可預見性使師生之間存在「信息溝」，雙方都期待著新信息，因而產生較強的交際欲望。大衛·努南（David Nunan）在研究了有關學習者在課堂上練習口語活動後指出，學習者若有較強的交際欲望會加快其語言學習的速度。

真實的交際過程又是自發性的，為了使交際流暢地進行下去，雙方都要努力不斷地對來自對方的信息進行認知和釋解，這就刺激了學生內部的認知機制的運行，並激活他們原有的知識結構。學生運用所學的語言知識及交際策略去協商解決交際中產生的問題，在解決意外交際問題的過程中促進新知識的認知結構的形成，並使之轉化為內在的知識，變消極接受為主動吸收，從而達到最好的學習效果，最終促進語言學習。因此，教師在課堂上應結合教學內容，著力創造出與之相關的真實的交際環境，活化教材，針對不同學生、不同內容、不同階段，設計出不同類型的問題，將問題與學生的生活經歷相銜接，讓學生發揮創造性的思維能力，給學生空間去發展語言能力，調動他們的學習積極性和主動性，激發他們的表達欲望，提高他們的思維能力和語言運用能力，提高學習效果。通過靈活多樣的提問方式引導所有學生積極參與到活動中來，給予學生充分的思考時間，對學生的回答盡量給予肯定反饋。

2. 生-師課堂提問模式

學生提問是課堂參與形式中比只是被動回答問題更高層次的「認知捲入」(Cognitive Involvement)，國外的研究都證明了這種認知捲入的作用和價值，並累積了一定的研究成果。學生課堂提問的功能可用圖 2.1 表示。

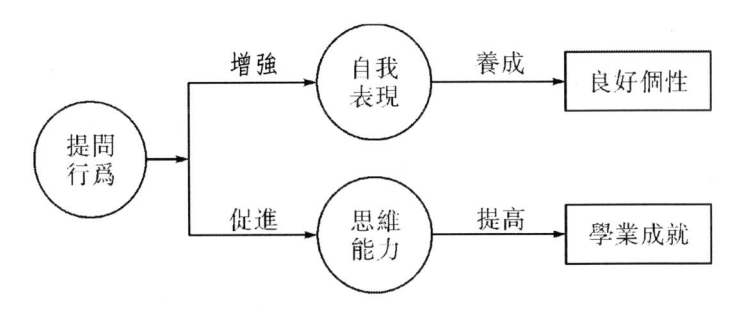

圖 2.1 提問行為的功能及其作用機制[1]

學生提問有很多優勢，但是在實際的課堂教學中學生提問未得到應有的關注和重視。在真實的課堂教學中，教師為了順利實施自己的教學計劃，並沒有留出應有的時間給學生提問。歐陽文（1999）認為，學生提不出問題，主要有五個方面的原因：觀念障礙、信息障礙、教師權威障礙、教學方法障礙、技能障礙。[2] 王坤（1998）認為，教師的心理負擔是阻礙教師鼓勵學生提問的因素。教師的心理負擔有三種：怕「誤事」、怕「冷場」、怕「難堪」。[3]

在英語課堂上，教師應留出適當的時間給學生，並鼓勵學生有問題就可以直接提出來。我們仍然以《新視野大學英語（第三版）》第三冊第一單元為例。

S：Ms Zhao, we are interested in Sandra Day O'Connor. Could you tell us something about her?

T：She was the first woman Supreme Court Justice of the United States of American, serving from her appointment in 1981 by Ronald Reagan until her retirement in 2006. She was the first woman to be appointed to the Court.

S：Ms Zhao, what do you think is the secret of success? Could you share some of your own personal experiences?

---

[1] 宋振韶，張西超，等.課堂提問的模式、功能及其實施途徑 [J].教育科學研究，2004 (1)：34-37.

[2] 歐陽文.學生無問題意識的原因與問題意識的培養 [J].湘潭大學學報，1999，23 (1)：128-131.

[3] 王坤.鼓勵學生自己提問題 [J].學科教育，1998 (7)：14-16.

教師可以簡單回答學生提出的問題，並鼓勵學生課後利用網路去獲得他們需要的資料。

3. 生-生課堂提問模式

生-生課堂提問模式中，學生提出問題，學生自己解決問題。這種提問模式能把提出問題和解決問題的權利交給學生。如果教師能正確引導生-生提問模式，學生的學習熱情能得到提高，學生的思維能力能得到鍛煉，學生與學生之間的溝通合作能力能得到提高。但在現實的大學英語課堂教學中，由於許多教師擔心不能有效地控製課堂，並且擔心無法按時完成教學任務，生-生課堂提問模式很少被運用。

作為大學英語教學的一線教師，我們應該充分運用好這個模式。例如，在學完每一個單元後，留出 20 分鐘左右的時間給學生相互提問、討論，鼓勵學生之間的交互活動。我們還是以《新視野大學英語（第三版）》第三冊第一單元為例。

S1：... in your opinion, what is the secret of success?

Ss：Money, determination, hard work... （學生可以給出不同的答案）

S2：After a lot of failures, would you stop and give up?

Ss：It depends. （學生各抒己見，有時候甚至還可以展開辯論）

在學生互相提問和解答的過程中，教師作為引導者和組織者，監控每一個小組及整個課堂學習的進程。另外，每個班創建一個微信群、QQ 群和公共郵箱，在學習的過程中，每個學生都可以把自己的問題提出來，讓不敢在課堂上表達的學生有機會把自己的問題提出來。問題提出後，教師應先鼓勵每個學習小組的學生互相合作、積極解答。在碰到實在無法解答的問題，學生就可以將其帶到課堂中來。教師既要指導學生如何學，更要指導學生如何思考問題、解決問題。

大學英語課堂應是一個充滿「互動和交流」的場所。大學英語的學習要通過涉及真正交際的活動來提高學習效率。單向的課堂提問，即教師提問→指定學生→學生回答→教師反饋，無法真正地培養學生的英語綜合運用能力。《新視野大學英語（第三版）》採用了豐富多樣的練習，體現了「教師為主導，學生為主體」的教學理念。作為大學英語教師，我們要充分認識各種提問模式的特點以及各自的優勢和劣勢，合理地對學生提問；適當增加參考性問題的提問，培養學生獨立思考的能力；積極鼓勵學生向老師和同學提問，通過探究式、合作式活動引導學生積極思考、創新實踐，使教學活動真正實現由「教」向「學」的轉變。

第四節　大學英語教學中的中西方思維對比教學

　　思維方式是溝通文化與語言的橋樑。思維方式的差異本質上是文化差異的表現。長久生活在不同區域的人，具有不同的文化特徵，因而也形成了不同的思維方式。從地理和文化的角度看，全世界可以分為東方和西方兩大區域，東方以中國為代表，西方古代以希臘、羅馬為代表，近代以西歐和北美為代表。東方和西方擁有不同的地理環境、生活方式、生產方式、行為方式、交往方式、歷史背景、政治制度、經濟制度、風俗習慣、宗教信仰、語言文字以及不同的哲學觀、倫理觀、價值觀、審美觀、時空觀、心理特徵、表達方式等。從總體上看，東方和西方的思維方式具有不同的特徵，如東方人偏重人文，註重倫理、道德，西方人偏重自然，註重科學、技術；東方人重悟性、直覺、意向，西方人重理性、邏輯、實證；東方人好靜、內向、守舊，西方人好動、外向、開放；東方人求同、求穩，重和諧，西方人求異、求變，重競爭；等等。

一、中西方思維方式對比

　　思維方式是一個複雜的系統，根據不同的角度、標準、特點和理解，思維方式可以分為不同的類型。下面將從四個方面對比中西方思維方式及語言結構特點。

1. 綜合與分析

　　綜合思維是指思想上將對象的各個部分聯合為整體，將它的各種屬性、方面、聯繫等結合起來。分析思維是指在思想上將一個完整的對象分解為各個組成部分，或者將它的各種屬性、方面、聯繫等區分開來。中國人偏好綜合，導致思維上整體優先，而英美人偏好分析，導致思維上部分優先的特點。

　　漢民族習慣於整體思維，這在漢語的形式上得到了充分的反映。在表達時間、地理位置、介紹人物身分等時，漢語常常先整體後局部，以從大到小的順序排列。而具有解析式思維的英美民族的思維程序是從小到大，從局部到整體。例如，在時間方式的表達上，中國人是年-月-日-時-分-秒，而英美人特別是英國人恰恰相反，是秒-分-時-日-月-年。在寫地址時，中國人是國家-省-市-區-路或街-門牌號碼，而英美人則正好相反，門牌號碼-路或街-區-市-州-郵政編碼-國家。在社會關係的屬性上，中國人的順序是姓-名，如果有職務，順序是姓-名-職務，而且，在交際中，為了提高對方的地位，如果

職務是副職的話，還習慣上把「副」字省去。而英美人是名-姓，如果有職務，應該明確是正職，還是副職，不可模糊，正職的順序是職務-姓-名。

2. 直覺與邏輯

中國傳統思維註重實踐經驗，註重整體思考，因而借助直覺體悟，即通過靜觀、體感、靈感、頓悟的知覺，從總體上模糊而直接地把握認識對象的內在本質和規律。西方傳統思維註重科學、理性、分析、實證，因而必然借助邏輯，在論證、推演中認識事物的本質和規律。

例如：

The isolation of the rural world because of distance and the lack of transport facilities is compounded by the paucity of information media.

因為距離遙遠，交通工具缺乏，農村與外界隔絕。這種隔絕又由於通信工具的不足而變得更加嚴重。

比較這兩個句子，英文句中只有一個主語和一個謂語動詞，其他都用名詞和介詞的形式將句子連成一體；而漢語句採用了數個動詞按照事理推移的順序，一件件事交代清楚。可見，英漢兩種語言在句式結構上的最大區別在於英語重形合而漢語重意合，即英語句子以主謂結構為主幹，控製句內各成分之間的關係，其他動詞只能採用非限定形式，表示其與謂語動詞的區別。英語句子雖然看起來繁瑣累贅，但實際上則是通過嚴整的結構表達出一種中心明確、層次清楚的邏輯意念。而漢語句子主要是連動句和流水句，不是突出以說明主語的謂語動詞為中心，而是按時間先後順序的客觀事理的推移。

3. 具象與抽象

從思維的結構分析，整體思維似乎偏愛具象的思維模式，即人們可能以經驗為基礎，通過由此及彼的類別聯繫，溝通人與人、人與物、人與社會，達到協同效應。而抽象思維是運用概念進行判斷、推理和思維活動。從總體上看，傳統中國文化思維具有較強的具象性，而西方文化具有較強的抽象性。

體現在語言上，漢語用詞傾向以實的形式表達虛的概念，以具體的形象表達抽象的內容。例如：In line with latest trends in fashion, a few dress designers have been sacrificing elegance to audacity. 譯文：有些服裝設計師為了趕時髦，捨棄了優雅別致的式樣，而一味追求袒胸露體的奇裝異服。抽象名詞 elegance 和 audacity，對於習慣抽象思維的英美讀者來說，詞義明確、措辭簡練，但對於習慣於具體思維的中國讀者來說，則必須將這些抽象名詞所表達的抽象概念具體化，才符合漢語讀者的思維習慣和漢語遣詞造句的行文習慣。

而英語用詞傾向於虛，大量使用抽象名詞和介詞。尤其在現代英語中，出

現了介詞代替動詞、形容詞，甚至是一些語法結構的現象，如要表達「這本書太難，我看不懂」，「The book is above/beyond me.」比「The book is too difficult for me to read.」顯得更簡練、生動。

4. 歸納與演繹

由於受「天人合一」及「關係」取向的影響，中國人在說話、寫文章的時候往往把思想發出去還要收攏回來，落到原來的起點上，這就使話語或語篇結構呈圓形，或呈聚集式。在談論某個問題時，我們不是採取直線式或直接切題的做法，總是一個由次要到主要、由背景到任務、從相關信息到話題的發展過程，往往把諸如對別人的要求和意見以及自己的看法等主要內容或關鍵問題保留到最後或含而不露，這是一種逐步達到高潮式。而演繹法不僅成為西方學者構建理論體系的一種手段，而且成了西方人比較習慣的一種思維方法。他們談話、寫文章習慣開門見山，把話題放在最前面，以引起聽話人或讀者的重視。美國人看中國人的信是越看越糊塗，一般看到信的末尾才有幾句是對方真正要談的問題，前面都是寒暄。美國人讀中國人的信往往先看後面。正如徐念詞先生所描述的，這是一種逆潮式，其特點是「起筆多突兀，結筆多灑脫」。中方語篇是「起筆多平鋪，結筆多圓滿」。而西方語篇是「果」在前，「因」在後，與中方語篇的「因」在前，「果」在後形成鮮明對比。

二、中西方思維方式對英語教學的啟示

中西方人格既有衝突的一面，又有融合的一面。對於我們來說，認識思維的差異還不是最終的研究目的，尋找中西方文化思維的仲介點，尋找整個人類範圍的文化思維融合點，這才是最有意義的事情。作為外語教師，我們可以從以下幾個方面做些嘗試。

1. 融合中西方思維方式的優點

中西方思維方式的不同特徵，如東方呈綜合、直覺、具象、歸納式思維，西方呈分析、邏輯、抽象、演繹式思維，這只是總體性的比較，是相對的結論。也就是說，對前者而言，中國人處於較強的狀況，西方人處於較弱的狀況；對後者而言，西方人處於較強的狀況，中國人處於較弱的狀況。強弱是相對的概念，不是有無的問題。因此，中國人和西方人的思維並不是水火不相容的，而是一開始就有共同的東西。在春秋戰國時期，諸子百家中的墨子就有關於形式邏輯的一些初步論述；西方人在論述中也用比喻，也用歷史典故。但我們應該知道中國傳統思維的利弊，善於取西方思維之長，補中方思維之短。中國人在思維方式上的完善與進步，不僅有利於「跨文化人格」的發展，而且

能促進中國文化的更加繁榮和輝煌。

2. 在英語教學中創造條件和機會

在課程設置方面，除了加大語言課程中文化內容的導入，學校可以考慮增設一些較為系統的文化、哲學、史學選修課程。在有條件的情況下，本科低年級可以考慮開設一些偏重交際文化、與語言教學密切結合的選修課，如「英語文化交際習俗」「英語與英美文化」「商務英語與文化」「商務禮儀」「外事接待英語」等社會文化課程。本科高年級可以開設以介紹知識性文化為主的選修課，如「世界文化」「歐美文化」「世界文學」「英美文學」等。另外，學校應增設國別概況和歷史課程，如「英國歷史」「英國概況」「美國歷史」「美國概況」「希臘羅馬神話」「歐洲文化入門」等。對外語專業的學生，學校應鼓勵他們多選修一些按照西方思維方法編成的跨學科課程，這樣有助於學生克服自己思維方式中邏輯分析思維的不足。

英語教學不應只停留在語言的表層形式上，而是要弄清楚影響語言的各種文化因素是如何作用於語言結構的。因此，在傳授語言知識和技能的同時，我們應該努力挖掘語言中隱含的價值意義和語言規定的思維角度；註重知識文化特別是價值觀念系統的介紹，用語言文化的深層理解來解釋許多表層現象；把握一個民族的總的思維方式和價值觀念，就可以更深刻地理解人們的行為，而不僅僅是機械地去模仿這些行為。同時，這一層面的學習也會幫助學習者對文化信息進行高層次的加工和整合，在增加文化知識的同時提高文化素養和完善人格。

在教學英漢、漢英翻譯時，教師應引導學生注意思維方式的轉換過程，即按譯出語思維方式組織的句子轉化為用譯入語思維方式組成的句子，打破原句結構，按照造句規律重新組合安排。例如，將「He did not remember his father who died when he was three years ago」譯成漢語時，要按照漢語習慣遵循事情發展的時間順序來進行敘述的特點，可重新組織次序為：「他三歲時就死了父親，所以他記不起父親了。」又如，翻譯「小汽車迂迴盤旋，穿過村莊，爬越峽谷，沿著一條因解凍而漲水的小溪行駛」這個句子。在翻譯這個以動詞表示事情發展順序為特點的漢語句子時，可以考慮英語多用連詞、介詞和分詞等虛詞的特點，譯成：「The car wound through the village, and up a narrow valley, following a thaw-swollen stream」。

在英漢語篇對比的教學中，教師應運用實例啟發學生注意思維方式差異的角度來分析文章的遣詞造句、語篇結構等修飾特點。段連城教授告誡我們：「中國有許多讀者喜歡華麗、抒情的文體。報紙、電臺常發這類的通訊和特寫

……然而，對於外國讀者，由於感情基礎的差異，閱讀習慣的不同，華麗辭藻一般只能減少傳播的清晰性和效果，甚至被視為空話冗詞和誇大宣傳。尤其是英語讀者，更不習慣於用詞強烈。」有人曾對在加利福尼亞的中國留學生英語作文進行過一次抽樣調查，結果表明，中國學生在語法結構和用詞上沒有什麼大的問題，但在美國人看來卻有不少毛病，一致指出其兩大共同的缺點是「重點不突出」和「連接性差」。這主要是由於中美兩國人在寫作中謀篇佈局的習慣差異，也就是思維方式的差異。因此，英文寫作應注意用對方樂於接收的思維方式去組織信息材料。

在閱讀課的教學中，教師應先讓學生只看題目，不看內容，讓他們自己設想如果自己寫這個題目該怎麼寫，然後再閱讀課文，看作者的處理與自己在思維方式、語篇結構以及修飾手法上有何差別。講內容時，教師應多採用啟發提問式的講課方式，不僅提出微觀的、句子層面的問題，還要提出宏觀的、有關篇章的問題，如作者的寫作意圖、反映的立場、素材的來源和可信度、篇章結構和語言特點等。不僅要討論結論，更要討論思維過程。

另外，在教學過程中，教師要創造輕鬆愉快的氣氛，運用情景對話、角色模仿、案例研究、討論等形式，有效地激發學生主動參與、主動探索、主動思考、主動實踐的積極性，養成從多重視角，尤其善於站在對方立場上來觀察、思考、分析問題的習慣。例如，聽一段故事，不給故事結尾，而是讓學生自己運用合理的分析和想像，給出故事結尾。另外，我們提倡給學生布置研究探討式的課外作業、報告式的檢查、論文式的考試等。在給學生開展系列講座和討論沙龍方面，教師應增加一些語言、文化與思維關係的專題。

第五節　翻譯教學模式

一、翻譯教學存在的問題

傳統的翻譯教學以教師為中心。教師是師生交往過程中的絕對權威，其權威性貫穿於師生交往的全過程。首先，在課堂教學前，教師剝奪了學生的參與權和發言權。在課堂教學中，教師的中心地位非常突出，這主要體現在授課模式上，很多翻譯教師採用「講授法」，翻譯課被上成了「精讀課」「語法課」。教師的主要角色是講授者而學生則是傾聽者。教師在整個教學過程中充當指揮者，學生一邊聽一邊做筆記，將教師傳授的知識當成真理全盤接受，很少有學生提出疑問，整個課堂井然有序。在這種教學模式中，教師始終是課堂交往行

為的絕對中心和主體，師生之間沒有對等的對話和交流。教師在批閱學生作業後，在課堂上對照「參考譯文」來講評學生譯文或者是將參考譯文發給學生，讓學生進行對照找出錯誤。顯然，這種教學模式存在許多不足之處。此外，大部分高校在培養模式、教學方法和內容上與市場需求存在脫節的現象。

國內不少研究者認為，傳統教學模式雖然有可取之處，但值得改進。苗菊（2007）指出：「經歷了長期教學實踐的檢驗，這種教學方式不是掌握翻譯技巧、發展翻譯能力的有效方法，而是使翻譯教學滯後的原因之一。」[1]因此，筆者試圖以建構主義觀為理論依據，探討如何將交互式教學模式應用於大學英語翻譯課程的教學中，把師生互動、生生互動、學生與翻譯市場的互動貫穿於課堂教學前、課堂教學中和課堂教學後三個階段，以培養學生的實踐技能為主旨，使之適應時代發展的需要。

二、交互式翻譯教學模式的研究現狀

有很多學者嘗試對交互式翻譯教學模式進行界定。伍小君（2007）認為：「交互式翻譯教學模式是從認知活動的規律出發，以建構主義理論為基礎，提出的翻譯教學改革的一種思路；是針對傳統翻譯教學中囿於教材或語言現象，忽視學生的主體作用而提出的。」[2]錢春花（2010）認為：「交互性翻譯教學模式是通過師生交互、生生交互、師生與翻譯市場交互等交互形式，通過交流、對話、討論等交互學習方法，力圖克服傳統翻譯教學的不足，創造師生、學生互動的教學環境，激活學生的學習能動性，以期獲得最佳教學效果。」[3]由此可見，學者們對交互式翻譯教學模式的內涵達成了共識，都強調在教學過程中師生之間以及師生與翻譯市場之間的互動。

交互式教學理念對於翻譯教學具有非常重要的意義。對此，國內外學者都有闡述。外國學者，如戴維斯（Davis，2004）對如何在譯者培訓中創造有效的學習和教學環境以增強師生互動進行了探討；基拉（Kiraly，2000）、喬利納（Colina，2003）也對交互式翻譯教學進行了研究。國內學者，如陳葵陽（2005）以建構主義為理論基礎討論翻譯課堂教學的策略，伍小君（2007）開展了基於傳統課堂教學的交互式教學研究，葉苗（2007）進行了翻譯教學的交互性模式研究，戴建春（2011）開展了基於 QQ 網路平臺交互式課外翻譯教

---

[1] 苗菊. 翻譯能力研究——構建翻譯教學模式的基礎 [J]. 外語與外語教學，2007（4）：47-50.

[2] 伍小君.「交互式」英語翻譯教學模式建構 [J]. 外語學刊，2007（4）：121-123.

[3] 錢春花. 交互式教學對學習者翻譯能力的驅動 [J]. 外語界，2010（2）：19-24.

學模式構建及應用的研究,張瑞娥(2012)以建構主義理論為支撐探討了英語專業本科翻譯教學全體交往體系構建。這些研究對交互式教學研究進行了難能可貴的探索,其成果為本書提供了可資借鑑的理論、方法和經驗。本書在這些研究成果的基礎上對交互式教學模式在英語專業本科翻譯教學中的應用進行探討。

三、交互式翻譯教學模式的應用

在美國高等教育學會等組織聯合制定的本科教育七項原則之中,「鼓勵學生與教師之間的接觸是首要原則」。[1]師生互動是翻譯教學中非常重要的交往組合,也是在教學活動中最為常見的一種互動形式。但是,在國內高校英語教學中,我們並沒有充分挖掘出這種交往模式的潛在價值。

1. 師生交往互動

師生互動教學最大的特點就是發散學生的思維,培養學生的綜合翻譯能力。持續的師生互動改變了傳統師生交往中以教師為中心的做法。因此,師生互動應貫穿整個翻譯教學過程。

在教學前,教師應承認學生在翻譯教學中享有的主體地位,瞭解學生學習翻譯的需求、動機,讓學生在翻譯教學綱領性文件的制定上,在教學內容的設置上,在教學材料、教學手段和教學方法的選擇上有發言權。[2]同時,教師在選用教學材料時應著眼於選擇大部分學生較熟悉,最好是熱點、關注度比較高的問題進行互動。這樣學生才有機會主動地提出自己的觀點。此外,教師要註重選擇和翻譯課程內容相關的話題與學生進行互動,使學生能迅速融入教學環境,以便更快地進入翻譯語境,為新知識的教授營造一種良好的過渡。

在教學中,教師應保證學生在課堂交往行為中的中心地位,扮演好學生翻譯學習的合作者、幫助者和促進者的角色。教師可以將教學提綱、翻譯重點和難點、翻譯例句與例段等製作成生動活潑的多媒體課件,可插入圖表、鏈接、影視畫面等,把黑板作為輔助工具,力求講解、提問、討論與演示相結合,這樣就可以大大提高課堂教學的效率,引起學生的興趣,獲得更好的教學效果。[3]此外,在翻譯教學中,教師應該抓住學生的翻譯難點與學生展開互動。

---

[1] 李福華.高等學校學生主體性研究[D].上海:華東師範大學,2003:85.
[2] 張瑞娥.英語專業本科翻譯教學全體交往體系構建研究[D].上海:上海外國語大學,2012:173-174.
[3] 連淑能.翻譯課教學法探索——《英譯漢教程》教學方法提示[J].外語與外語教學,2007(4):30.

翻譯難點是學生比較敏感的地方，圍繞這些開展互動，可以激發學生的求知欲、激發學生的創造力以及培養學生克服困難的能力。總之，在翻譯教學中，教師要加強與學生之間的交往，指導學生主動配合教師完成教學內容的教學。

課後的師生互動也是整個教學過程中重要的一環。課後批改作業時，教師不一定以自我為中心對錯誤逐條改正，也不一定對沒有錯誤的地方不做點評。教師在講評時應該註重啓發開導學生，可以採用師生互問、共同探討的方法幫助學生克服在翻譯過程中所遇到的困難，並且與學生一起探討如何運用翻譯技巧和方法。同時，教師也應該指出學生翻譯時存在的問題和錯誤，表揚有進步的學生，肯定佳譯之處，還可以印發佳譯之作，供學生互相交流，鼓勵學生獨立思考、勇於超越、敢於創新。[①]

總之，翻譯教學中師生交往應該貫穿於教學前、教學中和教學後整個翻譯教學過程。

2. 生生交往互動

生生交往互動在翻譯教學中具有非常重要的作用。基拉（Kiraly，2000）認為，即便學習者沒有接受專門的訓練，也能為同伴的譯文提出有效的反饋，幫助同伴改善譯文質量。可見，翻譯學習者能夠利用同伴反饋，提升翻譯技巧，增強學習自主性。

生生交往應該在空間上突破教室的局限，延伸到整個教學階段。在翻譯教學中為生生交往而進行的分組是非常必要的。在分組時，應該把學生在翻譯學習中存在的差異以及同一小組內的不同成員的差異等因素都考慮進去，利用不同學生在翻譯學習中存在的種種差異讓其進行充分的交往，從而實現不同學生在翻譯學習方面能力的提升。例如，小組合作翻譯就能產生質量較高的譯文，並推動生生交往互動，營造良好的學習氛圍。

下面以湖南省懷化市漵浦縣外宣翻譯材料為例進行說明。

上課前，教師首先進行任務分配。A組找出外宣材料的特點；B組找出幾篇有代表性的外宣材料的翻譯，分析總結其翻譯方法；C組總結相關的術語；D組就專業知識點諮詢相關領域的專家學者；E、F兩組則對翻譯材料進行建議和難點提示。上課過程中不同小組將本組的總結向全班匯報，教師在學生匯報的基礎上進行相關方面的整合和總結，並將整合和總結的結論發至班上的QQ群。課後，學生翻譯這段材料，以小組為單位形成譯文並在上課之前將譯

[①] 連淑能. 翻譯課教學法探索——《英譯漢教程》教學方法提示 [J]. 外語與外語教學, 2007（4）: 32.

文發至班級 QQ 群。全班同學相互閱讀其他組的譯文，在第二次上課時不同小組之間就對方的譯文相互質疑發問、進行評價。在不同小組之間進行了充分的交往討論之後，教師將不同譯文進行整合，形成參考譯文（可以有多種參考譯文）發至班級 QQ 群。

總之，在生生交往中，教師是設計者、組織者和管理者，同時也是促進者和幫助者。合理的設計、精細的組織和嚴謹的管理是實現生生交往的必要前提。教師在生生交往中應該如催化劑一般激發學生的求知欲，其恰當的幫助會推動生生交往的順利進行。另外，教師應承擔好監督者和評價者的角色。教師的監督和評價能夠保證生生交往的效率，發揮生生交往的優勢。當然，具體情況應該具體分析，使不同交往方式起到互補的作用，優化教學效果。

3. 師生與翻譯市場的交往互動

當前，英語專業本科翻譯教學最突出的問題是教學與翻譯行業嚴重脫節。學生對翻譯市場的需求和運作以及行業入門與相關的規定知之甚少。同時，翻譯實踐材料與翻譯市場的關聯甚微。因此，翻譯教學必須從脫離實踐的學院式教學模式中走出來，面向市場，與社會實際需求保持一致。學生只有在翻譯市場感同身受，才能進一步激發他們的求知欲。師生與翻譯市場之間的互動主要包括與翻譯市場進行翻譯項目的合作、創造與翻譯市場相仿的翻譯情境、給學生增加與翻譯市場相關的翻譯實習環節、從翻譯市場中聘請相關師資培訓師生等。

教學前階段，教師主要是選擇翻譯課堂上應該教授的內容與材料，使之與社會和市場需求相符。教師應該選擇實踐性較強的教學材料，做好上課準備。同時，教師應該思考如何將選擇好的材料應用到課堂教學中，使學生積極互動，參與到教學過程中來。在教學後階段，教師幫助學生創造一些與翻譯市場相仿的情境進行實踐，並密切跟蹤學生的翻譯實踐情況，及時掌握學生的動態。此外，讓學生參與翻譯項目也是一種與翻譯市場互動的方式，既有利於學生瞭解翻譯市場的運作，切實地培養其翻譯能力，也有利於學生培養翻譯職業道德，掌握翻譯市場的規則與規範。讓學生參與一些仿真翻譯市場情境有利於學生、教師、虛擬客戶展開互動。總之，教師應該積極地創造與翻譯市場相仿的環境和社會實踐活動與翻譯市場發生聯繫。

組織學生到翻譯市場中實習是學生與翻譯市場互動的一種非常重要的方式。實習可以為學生提供真實的翻譯市場情景。真實的情景化訓練可以為學生畢業後走進市場進一步打下基礎，也切實地為學生的職業化道路掃除最後的屏障，使學生能夠輕鬆自信地應對畢業後面對的各種問題。

總體來說,翻譯教學方法應體現交互式教學的特點,這不僅因為翻譯教學活動是語言教學活動的一部分,而且也是翻譯活動本身的複雜性所致(伍小君,2007)。學生、教師、翻譯市場三個因素應該緊密地結合起來,教師充分營造翻譯市場情境,讓學生參與其中,並對其進行指導;學生則配合教師,瞭解翻譯市場的動態和需求,進行實踐鍛煉,及時向教師反映存在的問題。學生與翻譯市場的互動可以進一步為學生的翻譯職業化道路打下堅實的基礎。可見,翻譯市場為師生互動提供了良好的運作平臺。「交互式」翻譯教學模式註重學習過程各主體之間的互動,其目的在於改變教師在課堂中絕對權威的局面,激發學生參與課堂教學和參與翻譯市場實踐的積極性,為學生與翻譯市場的對接做好準備,使之畢業後能夠順利地適應市場的需求。

第六節 大學英語教學中交際能力的培養

學英語的中國學生常會遇到一個問題,即學習英語多年,雖然語法爛熟於心,單詞倒背如流,熟記的句型與習語不計其數,但是當他們與把英語當成母語的人交往時,仍然會出現交際失誤。正如紐馬克(Newmark, 1966)所說,一個熟知語言結構的學生在向陌生人要火點菸時,可能會不知道如何表達「你有火嗎?」這一說法,他可能會說「Do you have fire?」或「Do you have illumination?」或「Are you a match's owner?」而可能不會用「Do you have a light?」或「Got a match?」這樣地道的表達方式。這一現象說明,學生雖可能學到基本的語言知識,但卻沒有掌握相應足夠的交際能力(Communicative Competence)。近年來,英語教學界十分重視培養學生的交際能力,英語教師在這一方面也做了不少工作,但還是沒有徹底有效地解決這一問題。筆者認為,造成這種局面的原因主要有兩個方面:一是由於我們的教學沒有給學生創造足夠的語言環境;二是由於應試教育的盛行,英語教師往往會重語言教學而輕交際教學。本書主要從交際能力這一概念入手,探討交際能力的獲得途徑,以獲得改進英語教學的啟示。

一、交際能力的概念

20世紀60年代末70年代初,隨著社會語言學、語用學等學科的興起,語言研究的重心開始從語言結構向語言功能轉移。人們對喬姆斯基的理論提出了尖銳的批評,認為他的語言能力理論忽視了語言的一個重要方面,即語言的社

會文化性。喬姆斯基將語言能力看成理想的說話者-聽話人在脫離具體語境的前提下判別句子是否合乎語法規則的能力，然而這種能力無法保證說話者使用的語言在特定的場合中是否得體。事實上，一個人使用的語言在很大程度上取決於社會語境，如話題、場景、交際雙方的角色關係、信息、信息渠道等。因此，喬姆斯基的語言能力只能解釋本族語言的語法知識，而不能解釋其語言使用的知識。正如美國社會語言學家海姆斯指出的那樣：「沒有語言使用的規則，語法規則將變得毫無意義。」

1971年，海姆斯第一次提出了交際能力理論，將喬姆斯基的語言能力範圍擴大至四個方面：判別某一語言形式是否形式正確，判別某一語言形式在特定的場合中是否得體，判別某一語言形式是否實際可行，判別某一語言形式是否在實際中使用。這四個方面的能力組合起來就構成了交際能力。

此後，不斷有人對交際能力理論進行各種各樣的闡述，其中影響較大的是卡耐爾和斯溫。他們將交際能力分成四個層次：第一層是語法能力，包括語音、詞彙、構詞和造句等語言知識，是理解和表達語言的字面意思所必需的知識；第二層是社會語言能力，包括在不同的社會語境中得體地使用語言的能力；第三層是話語能力，包括把語言形式與內容相結合的能力，即運用形式上的黏著和意義上的連貫來達到形式與內容的統一；第四層是交際策略能力，包括交際時如何開始、如何繼續、如何調整或轉換話題以及如何組合等能力，以達到有效交際的目的。顯然，與海姆斯相比，卡耐爾和斯溫的交際能力範圍又進一步擴大了。然而，儘管不同的語言學家從不同的角度對交際能力進行了不同的闡述，但有一點是共同的，即他們一致認為交際的成功不僅依賴於說話者-聽話人的語言能力，也依賴於他們的交際能力。

海姆斯等人提出的交際能力理論對外語教學產生了重大影響。人們開始認識到要使語言學習者掌握一門語言，僅向他們傳授語言知識（即語法結構知識）是不夠的，與語言知識同等重要的還有語言使用的知識，而後者恰恰是以往外語教學中一直受到忽視的。這就造成了語言學習者雖具有一定的語言能力，但交際能力，即實際使用語言的能力相對薄弱的現象。為了改變這一現狀，英國一些教育家，如威爾金斯和威多森等人積極倡導以交際能力為理論基礎的交際法。

二、教學中容易忽略的問題

在第二語言教學過程中，筆者認為下列問題常可能被忽視：

第一，教學脫離語境。語言不是一個抽象系統，人們是在現實語境中使用

語言的。而第二語言交際教學往往容易過分強調語言的正式結構，從而忽略語言的交際價值。例如，語法老師可能給學生列舉像「He is running towards me./He is walking to the bus stop.」之類的句子。但在現實中，適合說這樣語句的語境卻很少見。另外，為了應付各種考試，教學把讀、寫看得過重，結果大量的時間都用於分析課文、釋意和單詞的解釋。即便在課堂上組織口語練習，也只不過是涉及所學課文的專題討論。因此，這種教學是脫離語境的，是不能培養學生的語境意識的。沒有語境意識，交際失誤在所難免。

我們承認語法教學在第二語言教學中起著重要作用。烏爾曾說：「語法規則是掌握英語最基本的知識。」我們不知道詞語的組合規則是不能夠成功而有效地使用詞語的。但是，過分強調語法的重要性，往往會導致學生不敢講英語，因為害怕犯語法錯誤。同時，過分強調語法會誤使學生認為，只要掌握了語法就可以進行有效地交際。例如，有人可能會把「我妻子生了個男孩」這句話譯成「My wife gave birth to a baby boy」。從語法上講，這句話並無錯誤，但它不是得體的口語。口語應說「My wife had a boy」。因此，教學中過分強調語法規則，往往使教學內容脫離語境，從而妨礙了學生有效地獲得交際能力。

第二，忽視話語意義的教學也會妨礙學生有效地獲得交際能力。句子是語言的形式，而話語（Utterance）涉及語言的功能。然而，形式與功能不總是一對一的關係。在不同的語言或非語言環境中，同樣的語言形式可能會有不同的交際價值。例如：「The dog is on my bed.」說話者可能是在陳述一個事實，也可能在說「我不喜歡你的狗到我的床上，請把你的狗弄走」。究竟是句子意思還是話語意思，要看當時的語言環境。

第三，忽視跨文化交際教學。語言是不能脫離文化而存在的。第二語言習得者不懂所學語言的文化背景是不可能獲得交際能力的。也許學生會說出完美無缺的句子，舉止行為也符合中國的文化準則，然而這種在中國人看來是非常得體的語言行為，對於一個把英語當成母語的人來說，可能是非常彆扭的。沃爾夫森曾講道：「在與外國人交往中，講母語的人往往能容忍語音和句法錯誤。相比而言，違背語用規則則常被認為不禮貌，因為講母語的人不大會意識到社會語言的相關性。」例如，把英語當成母語的人對中國人習慣上所用的「你應該（You should）……」「你必須（You must）……」之類的用語很反感，因為他們不習慣這種命令語氣。他們更喜歡用「Would you please...」「Could you please...」「I hope you could...」「I wonder whether you could...」等用語。

三、教學與交際能力培養

我們知道，對於第二語言習得者來說，交際能力相對要比語言能力更難獲得。因為交際能力不僅要求學生掌握足夠的語言知識，以便能聽懂或說出無數語句，識別語法錯誤和含糊不清的話語，而且要求學生有足夠的語境知識。因此，教學既涉及語言知識的掌握，也涉及語言的運用。換句話說，教學的最終目的決不僅僅是培養學生能說出某種話語與讀準詞語的語音，也不僅僅是能理解話語並能將其譯成本族語。教學的目的甚至都不是二者的結合。不是說或明白我們想要說或明白的東西，而是如何明明白白地去說，即我們想讓學生能自如地運用他所學到的語言，並能夠把所獲得的語言能力應用到新的語言環境，成為自覺的語言使用者。因此，要實現教學的最終目的，教學就該重視交際教學法的應用，以加強交際教學的分量。交際教學法是旨在用於外語教學或第二語言教學的方法，它強調語言學習的目的是獲得交際能力。因此，交際教學法主要強調交際的過程，即運用語言去完成不同的事以及與不同的人進行交往。一般來說，獲得交際能力的最好方式是加強交際訓練。筆者認為，加強交際教學有以下兩點值得關注：

1. 形式與功能相結合

克里帕爾和威多遜（Criper & Widdowson, 1975）曾經指出：「外語教學中存在一種傾向，那就是在語言形式和交際功能之間畫等號……致使學生錯誤地認為，要發命令一律使用祈使句，要提問就一律使用疑問句。」然而，言語交際的方式常常是靈活多樣的，決非直來直去。例如，下列各句雖不是嚴格意義上的祈使句，但都可表示「命令」：

You might stop now.

You should not shout at your mother next time.

Why don't you leave here?

You haven't finished your work.

這些句子都間接地在發出命令。因此，教學就應有意識地要求學生根據實際的場合使用適當的句式。學生要知道，在實際交際當中，表達請求時盡量避免使用祈使語氣。避免使用祈使語氣的一種方法是使用模糊限制語（Hedges）。例如，I think, I'm afraid, probably, possibly, I assume, hard to say, it seems to me, wonder 等。

另外，學生要學習瞭解母語者的背景，如母語者的社會地位、身分以及對話者之間的關係等。一般來講，同地位低的講母語者應盡量避免使用過於隨便

的表達方式。例如，你如果想向你的英國朋友借字典，你沒必要說「Would you be so kind as to lend me your dictionary?」同樣，對出租車司機說「Excuse me, would you mind taking me to the airport?」就顯得不得體，你只需說「Airport, please」就足夠了。

2. 語用規則與交際價值相一致

海姆斯說：「語言運用是有規則的，否則，語法規則就沒用。」實質上，遵守語用規則就是要有語境意識，尊重講母語者的文化信念、價值準則和語言表達習慣等。教學所強調的語用規則主要是指講母語者的語用規則，遵守了語用規則，交際才有價值。進行交際價值的教學就意味著語言教學與現實生活相聯繫，而且在教學與操作階段盡量確保這種價值清楚地被展示。實現這一目的的一個方法是將語言引入現實語境。通過將新語言引入現實語境，如某一社交情景，使學生對語言的意義和價值有一個清晰的概念。值得一提的是，教學應使學生避免使用讓人聽起來不客觀的字眼與表達方式，如用「You've made a wonderful speech.」或「Dr Smith, your lecture was such an attractive one that I'd like to listen to you for another three hours.」來贊賞一位外教生動有趣的講課就顯得不得體。這種話給人的感覺不是在贊賞，而是在嘲弄，故不能達到預期的交際效果。這種語境下，得體的說法應是「I must say, I really appreciate your talk this morning, Dr. Smith.」

教學應培養學生具有及時轉換英漢兩種語用規則的能力。一些中國式的禮貌用語往往是不適合英語語用規則的。例如，幾位中國學生請一位美國老師為他們修改所寫的入學申請，他們都非常謙虛地說：「I'm sorry to interrupt you. (I wonder if you are free or not.) You see I've never written a letter in English before, so I've probably made lots of mistakes.」美國老師聽後，感到不解，於是請進一步解釋：「So what?」「Then do you want me to do something for you?」顯然，交際出現了失誤。

有時，交際失誤不是語言運用不當，而是對各自語言行為的誤解。雙方都認為對方的行為失當。這主要是由於文化背景的不同而造成的。在甲文化中認為得體的，在乙文化中就未必是得體的。因此，對常用的英漢交際功能用語進行對比教學應是事半功倍的。英漢兩種語言中，有許多功能用語差別較大。例如，問候語、道別語、餐桌客套語、回答稱贊時的用語、接受禮物時的客套語、表示關心的用語、評價對方所購買的東西的用語以及閒談時的用語等。近年來，隨著日益增加的文化交往和互動，這些功能用語已越來越為人們所熟悉，但它們仍然是英語教學中不可忽視的一部分。

語言至少有兩套規則，即結構規則和使用規則。英語教學首先是結構規則的教學，也就是培養學生最基本的語言能力。但僅有語言能力是不夠的，是不能保證有效交際的，還需進行使用規則的教學。這就涉及了除語言之外的諸如文化觀念、風俗習慣、生活價值觀以及語言表達習慣等諸因素。因此，英語教學是語言能力教學與交際能力教學的結合，二者同等的重要，均不可忽視。

　　我們提倡以跨文化交際為目的的外語教育中目的語文化和本族語文化的兼容並蓄，旨在培養和加強外語學習者的跨文化的交際意識和敏感力。未來社會對人才的需要呼喚外語文化教學中必須重視本族語文化教學。未來社會的外語人才，不僅僅是具有較高水平的目的語語言知識、外語技能和外語交際能力，而必須同時具有較高的人文素質，高度的社會責任感與強烈的民族自尊心等。在此，本族語文化教學將起到應有的作用。外語文化教學中本族語文化教學是外語教學的必須。但在外語教學中目的語文化和本族語文化如何做到科學地均衡與銜接，仍是個值得不斷探討的問題。

第三章　大學英語學習策略研究

20世紀70年代之前，全世界的教育理論專家基本上都集中精力研究教師的教學方法，認為學生學習成績的高低取決於教師的教學方法。隨著時間的推移，越來越多的專家認識到，教學不是教師一廂情願的事，學生的學習策略在很大程度上左右著學習的效率。起點相等、素質相同的一批學生在同一位教師的指導下學習，結果成績卻不相同，有時甚至會有很大的差距。導致這種結果的原因除了學習動機之外，很重要的一個因素就是學習策略。因此，從20世紀70年代中期起，各國的教育專家就逐步把研究的重心轉向學生的學習策略。

第一節　學習策略的概念

「學習策略」作為一個完整的概念，雖然從提出到現在已經有很長一段時間，但目前人們對學習策略的概念還沒有一個統一的界定。關於學習策略的概念的界定，目前有很多說法。例如，一些專門從事學習策略研究的心理學家對學習策略的概念的界定分別如下：

杜菲（Duffy）認為，學習策略是內隱的學習規則系統。

奈斯比特和舒克史密斯（Nisbet & Shucksmith）認為，學習策略是選擇、整合、應用學習技巧的一套操作過程。

丹塞路（Dansereau）認為，學習策略是能夠促進知識的獲得和貯存以及信息利用的一系列過程或步驟。他支持學習策略應該包括兩類相互聯繫的策略：基礎策略（Primary Strageties）和支持策略（Support Strategies）。基礎策略為具體的直接操作信息，即學習方法。它包括理解－保持策略、檢索－應用策略。支持策略則作用於個體，用來幫助學習者維持一種合適的內部心理定向，以保證主策略有效地使用。它包括下列技能：一是目標定向和時間籌劃；二是

注意力分配，包括激活和維持積極的學習情緒的策略；三是自我監控和診斷，其作用是引起學習者定期檢查自己的學習情況，必要時調整自己的理解、注意和情緒，此外也包括控製和修正正在操作中的各種主策略。

凱爾和比森（Kail & Bisan）認為，學習策略是一系列學習活動過程，而不是簡單地學習事件。

梅耶（Mayer）認為，學習策略是人在學習過程中用以提高學習效率的任何活動。因此，他把記憶術、建立新舊知識的聯繫、建立新知識內部聯繫、做筆記、在書上評註、畫線等促進學習的一切活動都稱為學習策略。

瓊斯、艾米倫和凱蒂姆斯（Jones, Amiran & Katims）認為，學習策略是被用於編碼、分析和提取信息的智力活動或思維步驟。

里格尼（Rigney）認為，學習策略是學生用於獲得、保持與提取知識和作業的各種操作與程序。

第二節　學習策略的類型

根據學習策略所起的作用，丹塞路（Dansereau, 1985）把學習策略分為基礎策略（Primary Strategy）和支持策略（Support Strategy）。基礎策略是指直接操作材料的各種學習策略，包括信息獲得、儲存、檢索和應用的策略，如識記、組織、回憶等策略。支持策略主要指幫助學習者維持適當的認知氛圍，以保證基礎策略有效實施的策略，包括計劃和時間籌劃、注意力分配與自我監控以及診斷策略。

根據學習策略涵蓋的成分，邁克卡等人（McKeachie，等，1990）將學習策略概括為認知策略、元認知策略、資源管理策略，如圖 3.1 所示。

學習策略
- 認知策略
  - 復述策略（如重複、抄寫、畫線等）
  - 精細加工策略（如想像、口述、總結、做筆記、類比、答疑等）
  - 組織策略（如組塊、選擇要點、列提綱、畫地圖等）
- 元認知策略
  - 計劃策略（如設置目標、瀏覽、設疑等）
  - 監視策略（如自我測查、集中注意力、監視領會等）
  - 調節策略（如調查閱讀速度、重新閱讀、復查、使用應試策略等）
- 資源管理策略
  - 時間監督（如建立時間表、設置目標等）
  - 學習環境管理（如尋找固定地方、安靜地方、有組織地方等）
  - 努力管理（如歸因於努力、調整心境、自我談話、自我強化等）
  - 其他人的支持（如尋求教師或夥伴幫助、小組學習等）

圖 3.1　**學習策略的分類**

溫斯坦（Weinstein，1985）認為，學習策略包括：認知信息加工策略，如精加工策略；積極學習策略，如應試策略；輔助性策略，如處理焦慮；元認知策略，如監控新信息的獲得。溫斯坦與其同事們編制了學習策略量表（1990），量表包括信息加工、選擇要點、應試策略、態度、動機、時間管理、專心、焦慮、學習輔助手段和自我測查十個分量表。

根據學習策略的可教性，比格斯（Z.Biggs）把學習策略劃分為大策略、中策略和小策略。大策略的遷移性最大，距任務最遠，可教性最差；中策略可教性較佳，遷移性也較大；小策略距任務最近，可教性好，但教學的可遷移性小。因此，有的研究者建議集中研究中策略。

根據學習的進程，加涅（E.D.Gagne）把學習策略分為選擇性注意策略、編碼策略、知道何時使用某一策略、檢查學習策略的有效性。這種分類便於我們對學習策略的認識與檢查，有利於學習的指導與實際應用。

根據策略的內容不同，學習策略可分為通用學習策略和學科學習策略。通用學習策略指不與特定學科知識相聯繫，適合各門學科知識的學習程序、規則、方法、技巧以及調控方式。通用學習策略在各學科的學習中都可以使用，是具有廣泛的適用性的學習策略。學科學習策略指與特定學科知識相聯繫，適合特定學科知識的學習程序、規則、方法、技巧以及調控方式。學科學習策略研究的是結合具體學科進行的學習策略研究，如結合數學、英語等具體學科知識的數學、英語學習策略。

第三節　學習學習策略的原因

首先，學習學習策略是為了提高使用學習策略的自覺性和積極性。一個學生如果只是被動地、不自覺地使用某種學習策略，那麼他就不可能充分利用這種策略去提高學習的效益。例如，絕大部分大學一年級的新生都知道預習的重要性。但是由於大學課文的生詞量很大，許多學生無形中把預習工作「貶低」為查單詞。只有少數學生有時能不知不覺（下意識）地察覺到課文中的難點。然而，由於他們是不自覺地查找難點，沒有把這一項目當成預習的常規項目，因此這就成了可有可無的工作。這樣一來，學生在聽講的時候就不可能特別集中注意力去聽難點的講解，更不可能揣摩教師解決難點問題的思路。正因為學生心中無難點，也就無疑問，就不會主動發問了。於是，「教師講、學生記」的方式就這麼年復一年地延續下來。從某種意義上講，中國現代教學方法與歐

美現代教學方法的距離越拉越大。反之，如果一個學生能自覺、正確地使用預習的策略，把查找難點當成預習的必備任務，那麼他就會帶著問題去聽講，使自己處於「主動索取知識」而不是「被動接受知識」的狀態。這樣如果教師在課堂上沒講清楚他發現的難點，他就會主動去問。同時，由於他既要查單詞，又要找難點（當然還有其他項目），時間就顯得更緊。這樣就迫使他去尋找更好地詞彙策略，用較少的時間去解決詞彙問題。長此以往，學生發現問題的能力和解決問題的能力就會逐步提高。

其次，學習學習策略是為了使學生瞭解策略的多樣性並擇優而用之。一個學生可能自己形成學習觀念，進而形成學習方法，然後在實踐過程中又萌發新觀念，再產生新方法。但是，如果對這種周而復始的程序放任自流，任其自然發展，其結果必然是策略的更新跟不上學習內容的更新，在學習過程中「走彎路」在所難免。另外一種情況是，在從不自覺使用學習策略到自覺使用學習策略的過程中，有時有的學生會發現自己使用的是不適當或錯誤的策略。但是，這時他又不知道該怎樣改進自己的策略。例如，有的學生明知自己學習語音的方法不對，卻又不知道怎樣學習才好。前者是用錯不知錯，後者是用錯而知錯，但不管是哪一種情況，一個較簡單的解決方法就是教師在適當的時候對學生進行學習策略的引導。我們仍以背單詞為例。利用讀音規則提高背單詞的效率是個行之有效的好方法。但是，假設教師不把讀音規則教給學生，讓學生自我摸索，可以想像，學生在一年半載之內是很難將大部分讀音規則摸索出來的。這樣學生背單詞就得多費勁了。而如果教師能同時介紹幾種詞彙策略，那麼學生就會選擇自己適用的策略記單詞，從而提高學習效益。

最後，學習學習策略還有更長遠的目標——培養學生根據實際情況調整或更新學習策略的能力。前兩個目的說到底只停留在「授之以魚」的層次，而只有從培養學生的能力入手，提高學生的素質才能達到「授之以漁」的高度。

21世紀要求的是終身教育，就業後的職後教育的比重將越來越大。現在我們已經處於知識爆炸的年代。人類科學知識累積的速度已從19世紀大約每隔50年增加一倍發展到現在每隔3~5年增加一倍。可想而知，21世紀知識更新換代的週期會更短，職後教育中「新出爐」的知識的比重會日益增加，因而學習策略調整與更新的問題將日益迫切。為了避免在今後職後教育中出現學習策略滯後於學習內容的問題，學習策略更新能力的培養就成了當前職前教育（高等教育）責無旁貸的任務。為了更清楚地說明這個問題，我們不妨以高校英語專業教低年級基礎課（綜合英語）的教師為例。1966年以前，高校英語專業一、二年級基礎課的主導教材是許國璋先生編的《英語》。教師教的、學

生學的不外乎是語音、語法、詞彙、聽、說、讀、寫。這時教師教的是自己以前學過的東西。到了 20 世紀 80 年代，基礎課教師除了教上述內容之外還加上了語言功能/意念、篇章結構、交際能力、學習方法指導和邏輯思維能力培養等內容。這些新內容當教師的以前沒學過，現在卻要教。因此，他們只能通過各種職後教育（含自學）去熟悉、掌握、研究，然後再進行教學。20 世紀 90 年代，教師職後教育的內容更為豐富多彩，除了本專業的學科之外還增加了許多相關學科的內容。例如，高等教育學、學習心理學、計算機課程等。如果不及時調整或更新學習策略，而仍舊用學習英語的策略去學這些課程，效果之差是可想而知的。現在教育部正極力推行「寬口徑，厚基礎，強能力，高素質」的複合式人才培養模式。與之相對應的教師職後教育模式肯定也會有更高的要求。教育哲學、教育統計學、現代教育技術之類的課程將逐步充實到教師職後教育中來。屆時對學習策略應變能力的要求就會更高。

隨著電腦及網路的發展，大家必然要從網路上學很多東西。在網路上學習與在課堂上學習是有很大區別的。因此，這也需要一些不同的策略。例如，網上學習必須會檢索、判斷。網路上的信息浩如菸海，不會檢索就無法在最短時間內找到所需的信息，有時甚至花很多時間卻找不到信息。網路上的信息有的是「偽劣產品」，有的信息雖然不是「偽劣產品」，但不同流派的論點可能大相徑庭。只會檢索不會判斷，就可能被引入誤區。如果沒有較強的調整與更新學習策略的能力，上網學習的效率必然大打折扣。

調整、更新學習策略包含發明學習策略。任何學習策略都是學習中在學習中探索出來的。因此，發明學習策略是完全可能的。當然，發明學習策略也不是容易的事，不是每個人都能做到的。

綜上所述，學習學習策略有三個層次的目的：第一層次是認識自我，即做到瞭解自己使用的是什麼策略，並能自覺主動地使用策略。第二層次是改善自我，即通過多種策略的比較，選擇自己適用的最佳策略。第三層次，即最高層次是完善自我，這是一個從「選擇由別人提供的策略」到「隨機應變發現甚至設計策略」的飛躍。應該注意的是，一個學生根據不同的學習內容需要不同的學習策略。在同一時間內這些策略很難處於同一層次，倒很有可能出現交叉。

第四節　大學英語學習策略

《大學英語課程教學要求》在教學性質和目標中指出：「大學英語是以英語語言知識與應用技能、學習策略和跨文化交際為主要內容，以外語教學理論為指導，並集多種教學模式和教學手段為一體的教學體系。」①自然，學習策略研究也就成為大學英語教學研究中不可或缺的一部分。「所謂學習者策略實際上就是學習者對在獲取學習機會、鞏固學習成果、解決學習過程中所遇到的問題時作出的種種反應和採取的策略。」②牛津（Oxford, 1990）認為，語言學習策略是學習者為使語言學習更成功、更自主、更愉快而採取的行為或行動。魯賓（Rubin, 1987）認為，語言學習策略是有助於促進學習者建構的語言體系的發展並直接影響學習的策略。因此，引導學生將學習策略融入實際的學習過程是一個非常有價值的研究課題。

開學習者策略研究之先河的當數亞倫・卡特（Aaron Carton）。1966 年，他在出版的《外語學習中的推測法》（*The Method of Inference in Foreign Language Study*）一書中，首次提到了不同的外語學習者運用不同的推理方法學習外語。許多專家曾經進行過規模大小不一的學習策略培訓（Cohen & Aphek, 1980; Bialystok, 1983; O'Malley, 1985, 1990; Dornyei, 1995; Nunan, 1999; Hismanoglu, 2000）。③實行學習策略培訓，世界各國都有人十分熱心，美國、法國、菲律賓、英國、丹麥、以色列都有專門機構進行這種實驗。④西方許多學者的研究表明，語言學習策略對學習者學習一種新的語言具有十分重要的意義。

自 20 世紀 80 年代中期起，中國許多專家和學者就中國學生外語學習的策略問題做了不少研究（參見文秋芳，1996；王篤勤，2002；張殿玉，2005；倪清泉，2008；胡陽、張為民，2006；崔剛，2008；魯吉、周子倫，2008；王立非、陳功，2009；等等）。他們借鑑國內外先進的學習策略理論，結合中國的外語教學實際，進行了許多有意義的研究和探索。在學習策略研究領域，做出

---

① 教育部高等教育司. 大學英語課程教學要求（試行）[M]. 北京：高等教育出版社, 2004：1.
② 束定芳, 莊智象. 現代外語教學——理論、實踐與方法 [M]. 上海：上海外語教育出版社, 2004：72.
③ 張麗麗. 外語學習策略訓練的原則及其效果的測量 [J]. 四川教育學院學報, 2007(8)：52.
④ 王宗炎. 談談英語學習策略問題 [J]. 福建外語, 1998 (1)：2.

特殊貢獻的首推文秋芳教授。她在國內外學術期刊上發表了一系列關於學習策略的論文，還撰寫了專著《英語學習策略論》。

從眾多關於學習策略的研究中，我們不難看出，在整個外語學習過程中，學習者是一個積極主動的參與者，是外語學習的主體。學習者在接受語言輸入時，對其進行分析處理並從中「悟」出規則，加以吸收。在語言輸出時，在對自己的語言行為進行自我監控等一系列過程中，學習者始終處於一個異常活動的狀態中。①可以對學習者的學習策略加以因勢利導，學習策略與語言學習能力有關，充分利用學習策略能提高語言學習能力。②

一、大學英語學習策略現狀調查

1. 調查對象

懷化學院教育系2008級全體大二本科學生。

2. 調查方式

「學習策略培訓調查問卷」以牛津（Oxford）的策略分類為基礎，並參照歐莫利（O'Malley）和查莫特（Chamot）以及文秋芳等人的問卷測量表，根據中國非英語專業學生的特點而設計。問卷共發放243份，回收240份，有效問卷235份。

3. 調查結果（分析結果與討論）

（1）學生對學習策略知之甚少。首先，英語學習的目的不明確，使英語學習的目標動力減弱。有學生甚至沒有及時確定近期和遠期目標，長此以往，會導致學生喪失學習的動力。其次，英語學習觀念面臨新的挑戰。學生習慣了中學裡一切聽從老師的安排、按老師的要求完成學習任務的學習。在大學，可以自由支配的時間較多，學生僅靠課堂英語學習遠遠達不到學業要求，大學老師不可能也不應該天天緊緊盯著學生去學習。學生自主學習能力的培養是英語教育的根本。這是原有英語學習觀念與大學英語學習的要求和教法發生衝突的表現。③最後，學生進行自主學習的能力不強。

---

① 束定芳，莊智象.現代外語教學——理論、實踐與方法 [M].上海：上海外語教育出版社，2004：72.

② 束定芳，莊智象.現代外語教學——理論、實踐與方法 [M].上海：上海外語教育出版社，2004：86.

③ 張鳳琴.對大學生英語自主學習策略培訓的反思與探究 [J].齊齊哈爾大學學報，2008（5）：147.

（2）影響策略選擇的因素。

①學習者認知風格因素。認知風格主要指人們接受、組織和檢索信息的不同方式，被分為場依賴型風格和場獨立型風格。場依賴型學習者的特點有：依靠外部參照系處理有關信息；傾向於從整體上認知事物；往往缺乏主見；社會敏感性強，易進行交際。場獨立型學習者的特點有：以自我為參照系統；傾向於分析；具有獨立性；社會交往能力相對較弱。[①]場依賴型學習者在自然環境下學習外語更善於運用各種策略，學習外語更容易成功，而在課堂教學環境中場獨立型學習者更善於運用各種學習策略。

②學習者的情感因素。「影響外語學習的主要情感因素是動機、態度和個性特徵。」[②]學習動機強弱與採用學習策略的數量多少有直接的因果關係（Oxford，1989），學習積極性高的學生較多地運用語言形式練習、功能練習、會話／輸入誘導等策略。工具型動機的學生具有完成課程要求、取得好成績的強烈願望，因此更多地採用語言形式練習策略，對交際功能練習策略不夠重視。學習者的個性也影響學習策略的選擇，外向性格的學習者多採用情感與視覺化策略，在習得基本人際交往技能方面比性格內向的學習者強（Ehrman，1990）。

③學習環境因素。學習環境和學習內容是影響學習策略的一個因素。學習環境對策略使用有影響。學習者在課堂內外學習外語採用的策略不同。在課堂上，學習者很少使用社交與情感策略，但在自然環境中，學習者就會廣泛地使用社交策略。課堂教學中學生多運用翻譯、記筆記、替代和語境化等認知策略。不同學習內容對學習策略的選擇也有影響，學習詞彙和進行口語練習時使用策略的頻率最高。聽力理解、推測、口頭作文和交際活動時使用策略的頻率最低。社會因素，如語言、性別、階層、種族等也影響著學習者對策略的選擇。

二、學習策略培訓實施的基本方式

策略訓練的重點不是策略本身的掌握，而應該是提高學習者的策略意識，提高他們自主學習、自我監控和自我調整的能力，增強英語學習的自信心。選擇什麼教學途徑進行學習策略教學則需要各個學校根據其實際情況而定。

---

① 束定芳，莊智象. 現代外語教學——理論、實踐與方法［M］. 上海：上海外語教育出版社，2004：45.

② 束定芳，莊智象. 現代外語教學——理論、實踐與方法［M］. 上海：上海外語教育出版社，2004：46.

1. 提高學生的策略意識

「中國的外語教學多年來一直強調以結果為中心，註重知識的獲得，而忽視了學習過程和學習方法的培養，也不註重知識的運用和技能的使用。」[1]調查發現，學生的總體策略使用頻率偏低、策略能力不高，因此大學英語教學從一開始就應提高學生對外語學習策略及其在英語學習中的重要作用的意識，以培養和提高學生英語學習的策略能力。一旦學生提高了策略意識，認識到策略對英語學習的有效性，其策略使用的寬度和頻率自然會得到改善，策略能力會因此得到大幅度提高。

2. 開設學習策略課程

教師應將英語學習策略的教學內容納入學校的教學計劃之中，成為一門課程。由對英語學習策略有研究的教師向學生較系統地教授基本的英語學習策略理論知識，提高學生對學習策略重要性和必要性的認識以及對策略應用的意識程度，介紹、講解一些實用的學習策略並指導他們較熟練地掌握基本的學習策略，利用國內外有關專家學者設計的各類策略診斷工具或自主開發的診斷工具「診斷」確定學生在英語學習方面的問題，並使其能夠根據自身的情況嘗試應用有關的學習策略，改善其英語專業學習以及解決學習中的某些實際問題。我們應採用自評、互評和教師評價相結合的方式，對策略使用成效進行主、客觀評價。這種教學途徑最大的優點就是能夠較系統地進行策略學習與訓練，為學生搭建一個英語學習的平臺，有意識地開發策略教學的教育功能，使學生增強主體意識、自主學習意識，努力改變其被動的學習方式，初步形成積極探索、恰當使用學習策略的意識和能力。

3. 轉換教師角色

教師在學習策略培訓中起著至關重要的作用。首先，教師作為一個倡導者（Advocators），應該對語言學習策略進行深入瞭解，因此要不斷提升自己在這方面的知識水平。其次，教師應有意識地改變控製者的身分，成為學生學習的促進者（Facilitator）和協調者（Coordinator）。在學生碰到學習困難時，教師要及時給予學生學習技巧的指導與協調，充分利用有限的課堂時間，協調好知識傳授與方法傳授，將學習策略和技巧的傳授穿插於語言教學中，鼓勵學生摸索出適合自己的行之有效的學習策略和技巧。

4. 學習策略融入英語課程教學

這一教學途徑指教師在英語教學時將學習策略的內容融入各門課程的教學

---

[1] 黃國文. 從以結果為中心到以過程為中心 [J]. 外語與外語教學，2000 (10)：1.

活動中，即策略訓練與語言教學合為一體，成為教學內容的重要組成部分。首先，教師應布置給學生一項語言任務，並要求他們設計完成任務的方法，選擇自己認為適合的策略；其次，在此過程中，教師應要求學生關注自己的策略使用情況，監控自己的學習；再次，教師應要求學生運用策略自行解決學習中遇到的困難；最後，當學生完成任務後，教師應讓學生自己評估一下他們使用策略的效果，看是否已達到預期目標，並考慮如何將所學策略應用於相似的語言任務或其他語言技能學習之中。同時，教師在不同的課堂採取不同的教學策略。例如，在詞彙學習過程中可採用構詞法策略、搭配策略、聯想策略、廣泛閱讀策略和運用策略等。又如，在聽說課的教學中，可採用背景知識策略、主題預聽策略、預測策略、筆錄策略和互動聽力策略等。

學習策略的培養不但有助於培養學生學會學習的能力，提高對學習的監控能力，養成終身學習的好習慣，提高學習的效率；而且策略培訓對教師的教學也會產生有益的影響。在培訓學生運用學習策略的同時，教師會注意和審視自己的教學策略和教學風格，自覺嘗試和運用與學生學習策略取向相一致的教學策略。學習策略有助於新信息的儲存、修正和使用；有助於學習者增強學習責任感，提高學習自主能力、獨立思考能力和自我指導能力；有助於學習者的終身學習。換言之，學習策略是關係到外語學習者能否有效習得外語以及能否獲得終身學習能力的一個重要因素。

三、大學英語詞彙學習策略

在外語教學中，詞彙教學倍受關注。詞彙的掌握對培養學習者的聽、說、讀、寫、譯等各項語言技能有重要影響。「詞彙是語言的建築砌塊，離開詞彙，語言就失去了實際意義。」英國語言學家維爾金斯（D. A. Wilkins, 1972）指出：「沒有語法，人們不能表達很多東西；沒有詞彙，人們無法表達任何東西。」[1] 齊默爾曼（Zimmerman, 1997）認為，詞彙對於語言學習者來說是至關重要的部分，並且在中國學生語言能力中扮演著重要角色。[2] 詞彙是語言學習中一個非常重要的組成部分。對於大學英語教學而言，詞彙教學是最基礎的教學環節之一。而在現實的日常教學中，很多學生認為詞彙學習是學習英語的一個難點。他們常常抱怨英語詞彙太難記，太容易忘記。學生詞彙量小和詞彙運

---

① WILKINS D. Linguistics in Language Teaching [M]. London: EdwardArnold, 1972: 111.
② ZIMMERMAN C B. Historical Trends in Second Language Vocabulary Instruction [C] // J COADY, T HUCKIN. Second Language Vocabulary Acquisition. Cambridge: Cambridge University Press, 1997: 5-19.

用出錯常常出現在他們的口語交際、翻譯和寫作練習中。

然而，在中國的外語教學中，人們認為教學效果最差的恰恰是詞彙教學（陳士法，2001）。如何幫助學生積極有效地學習詞彙，提高詞彙運用能力，實現詞彙的長時記憶，是外語教育工作者經常思考的問題。近年來，詞彙學習策略研究為這些問題提供了新思路。研究表明，運用不同形式的詞彙學習策略可以促進對詞彙的理解、記憶與應用（姚梅林，2000）。因此，如何通過策略手段來習得外語詞彙、增強詞彙記憶已引起人們的廣泛重視。筆者嘗試在大學英語課堂上進行詞彙學習策略培訓，指導學生運用詞彙策略，以提高學習效率。

1. 大學英語詞彙學習策略研究綜述

詞彙學習策略是指學習者為了提高詞彙學習效率，在詞彙學習過程中使用的某些特殊的方法或手段，是學習者獲取、儲存、提取和處理詞彙信息的方法和步驟。1966 年，卡特（Carton）在《外語學習中的推測法》（*The Method of Inference in Foreign Language Study*）一書中，首次提到了不同的外語學習者運用不同的推理方法學習外語。其後，許多學者相繼發表論文及出版專著，探討學習策略方面的問題。例如，1975 年，魯賓（Rubin）發現，成功的外語學習者在心理特徵和學習方法上有著許多驚人的相似之處。1975 年，梅曼（Naiman）等人根據斯特恩（Stern）提出的外語學習者必備的十大學習策略，對外語學習者的個人性格、認知風格和策略進行了研究，列出了成功的外語學習者採用的五大策略。1987 年，溫登（Wenden）和魯賓（Rubin）出版了《第二語言學習中的學習者策略》（*Learner Strategies in Second Language Learning*）。1990 年，歐莫利（O'Malley）和查莫特（Chamot）出版了《第二語言習得中的學習策略》（*Learning Strategies in Second Language Acquisition*）。西方許多學者的研究結果表明，語言學習策略對學習者學習一種新的語言有十分重要的意義。

自 20 世紀 80 年代中期開始，中國許多專家和學者借鑑國內外先進的學習策略理論，結合中國的外語教學實際，進行了許多有意義的研究和探索（參見文秋芳，1996；王文宇，1998；吳霞、王薔，1998；王篤勤，2002；張燁，2003；高越，2004；張殿玉，2005；胡陽、張為民，2006；倪清泉，2008；魯吉、周子倫，2008；崔剛，2008；王立非、陳功，2009；溫雪梅，2010；張日美、司顯柱、李京平，2011；齊立明，2012；王正平，2012；朱竹，2014；等等）。其中，範琳、夏曉雲、王建平（2014）對 1999—2013 年 15 年間中國 23 種外語類期刊上有關第二語言詞彙學習策略研究論文進行了統計分析。其研究

结果表明：第二語言詞彙學習策略研究總體呈上升發展態勢，稍有起伏；實證研究居多，研究領域日益拓展，研究視角逐漸多樣化；詞彙學習策略訓練研究，尤其是詞彙記憶策略訓練及其效果研究逐步增多；針對不同層次語言學習者詞彙學習策略的比較研究、詞彙學習策略與相關變量關係研究得到越來越多的關注。① 因此，如何幫助、引導學生利用課內、課外時間來擴大詞彙量（特別是積極詞彙量），是教師應努力探索的問題。

從眾多關於學習策略的研究中，我們不難看出，在整個外語學習過程中，學習者是一個積極主動的參與者，是外語學習的主體。在接受語言輸入時，學習者對其進行分析處理並從中「悟」出規則，加以吸收。在語言輸出時，在對自己的語言行為進行自我監控等一系列過程中，學習者始終處於一個異常活動的狀態中……對學習者策略的研究不但可以充實應用語言學理論，還可以對實際的外語教學和學習者學習過程起到啟發和指導作用。②顯然，在教學中很有必要安排一定的學習策略內容，即英語課堂教學中應該加入一定量的學習策略內容。

2. 大學英語詞彙策略及實證調查

（1）調查對象。本次調查的對象是隨機抽取的來自懷化學院2014級物信系通信工程3、4、5班，化學系材料化學4、6班，藝術設計系工業設計12、13班及風景園林14、15班，三個專業的300多名大一學生。他們均有至少6年中學英語學習的經歷。

（2）調查工具。本次調查採用歐莫利（O'Malley）和查莫特（Chamot）（1990）的學習策略分類方法。每個變量採用「A = 一點不符合我的情況；B = 有時不符合；C = 有時符合；D = 經常符合；E = 非常符合」的五級利克特量表，要求學生根據其英語詞彙學習的實際情況如實選擇。

（3）數據採集。2015年4月，我們對2014級物信系、化學系和藝術設計系300多名非英語專業大一學生進行了問卷調查。物信系發放110張問卷，收回89張；化學系發放90張問卷，收回71張；藝術設計系發放104張問卷，收回90張，一共收回有效問卷250張。

（4）數據分析與討論。下面就選取問卷調查中的五個策略調查情況進行對比，分析各個系部學生的詞彙學習策略現狀。

---

① 範琳，夏曉雲，王建平. 中國二語詞彙學習策略研究述評：回顧與展望——基於23種外語類期刊15年文獻的統計分析［J］. 外界界，2014（6）：30-47.

② 束定芳，莊智象. 現代外語教學——理論、實踐與方法［M］. 上海：上海外語教育出版社，2004：71.

①記憶策略。

從表3.1可以看出，關於記憶策略，三個系部都有50％以上的學生選擇了「經常符合」和「非常符合」，說明三個系部均有半數以上學生會運用根據發音規則來記單詞的策略；而剩下的半數學生未掌握此種策略。值得注意的是，三個系部均有近10％的學生根本不知道此種策略。

表3.1 「記憶單詞時，根據發音規則一邊讀，一邊在紙上拼寫」

	A＝一點不符合我的情況(人數/百分比)	B＝有時不符合(人數/百分比)	C＝有時符合(人數/百分比)	D＝經常符合(人數/百分比)	E＝非常符合(人數/百分比)
物信系（89人）	8/9％	11/12％	24/27％	24/27％	22/25％
化學系（71人）	10/14％	10/14％	15/21％	25/35％	11/16％
藝術設計系（90人）	6/6％	16/18％	16/18％	26/29％	26/29％

②構詞法策略。

從表3.2可以看出，關於構詞法策略，三個系部選擇「經常符合」和「非常符合」的學生均只有20％左右，而選擇「一點不符合我的情況」的學生分別為21％、20％、12％。顯然易見，三個系部絕大多數學生不會運用「根據詞根、詞類記單詞的策略和方法」來記單詞。

表3.2 「記憶單詞時，我注意發現規律，把詞根、詞類等有相同特點的詞放在一起記憶」

	A＝一點不符合我的情況(人數/百分比)	B＝有時不符合(人數/百分比)	C＝有時符合(人數/百分比)	D＝經常符合(人數/百分比)	E＝非常符合(人數/百分比)
物信系（89人）	19/21％	21/26％	32/35％	10/11％	7/7％
化學系（71人）	14/20％	16/23％	29/41％	9/12％	3/4％
藝術設計系（90人）	11/12％	21/23％	38/42％	16/19％	4/4％

③下文策略。

從表3.3可以看出，關於上下文策略，物信系和藝術設計系選擇「經常符

合」和「非常符合」的學生達30%左右，化學系達20%左右；選擇「一點不符合我的情況」的學生三個系部差別很大，物信系和化學系不相上下，而藝術設計系只有1%的學生。可見，能靈活運用上下文來猜測單詞的學生比重不高，但是比構詞法策略的運用情況稍好。

表3.3　「我常常通過前後句子或上下文等語境來猜測生詞的意思」

	A＝一點不符合我的情況(人數/百分比)	B＝有時不符合(人數/百分比)	C＝有時符合(人數/百分比)	D＝經常符合(人數/百分比)	E＝非常符合(人數/百分比)
物信系（89）	12/14%	11/12%	31/35%	23/26%	12/13%
化學系（71）	11/15%	15/22%	30/42%	11/15%	4/6%
藝術設計系（90）	9/1%	13/14%	40/44%	21/23%	7/8%

④廣泛閱讀策略。

從表3.4可以看出，關於廣泛閱讀策略，三個系部均只有不足30%的學生選擇「經常符合」和「非常符合」；而選擇「一點不符合我的情況」的，物信系達17%，化學系高達21%，而藝術設計系只有1%。

表3.4　「借助英語讀物或英語媒體學習單詞，如英文歌曲、電影、電視節目等來學習擴大單詞量」

	A＝一點不符合我的情況(人數/百分比)	B＝有時不符合(人數/百分比)	C＝有時符合(人數/百分比)	D＝經常符合(人數/百分比)	E＝非常符合(人數/百分比)
物信系（89）	15/17%	17/19%	35/39%	12/14%	10/11%
化學系（71）	15/21%	14/20%	28/39%	10/14%	4/6%
藝術設計系（90）	9/1%	16/18%	38/42%	20/22%	7/7%

⑤練習策略。

從表3.5可以看出，關於練習策略，選擇「經常符合」和「非常符合」選項的學生，物信系為8%，化學系為9%，藝術設計系為14%；而選擇「一點都不符合我的情況」的學生，物信系高達42%，化學系達39%，藝術設計

系達20%。可見，大部分學生很少對自己的詞彙學習進行反思和總結。

表 3.5 「我會定期檢測自己的單詞學習情況，如每星期檢測一次，遇到默寫不出來的就抄寫幾遍」

	A = 一點不符合我的情況(人數/百分比)	B = 有時不符合(人數/百分比)	C = 有時符合(人數/百分比)	D = 經常符合(人數/百分比)	E = 非常符合(人數/百分比)
物信系（89）	37/42%	17/19%	28/31%	3/3%	4/5%
化學系（71）	28/39%	18/25%	19/27%	5/8%	1/1%
藝術設計系（90）	18/20%	27/30%	32/36%	9/10%	4/4%

通過以上分析，我們發現大部分學生的英語詞彙學習處於一種無序狀態，沒有合理的計劃和管理。大學生記不住單詞的主要原因可以歸納為以下幾點：

第一，缺乏對有效詞彙學習策略的系統瞭解。許多學生雖然在課上能聽懂教師的授課，但由於缺乏對詞彙學習策略的瞭解，甚至根本就不知道還有一些相當高效的詞彙學習策略，因此不能有效地使用適合自己的詞彙學習策略而高效地學習記憶詞彙。

第二，沒有掌握單詞的拼寫規律，記單詞的方法單一。要記熟一個單詞，如果先會讀，並讀得標準、發音正確，就很容易記下這個詞了。對於音標沒學好的學生而言，由於不知道單詞的發音規律，只會被動地跟著別人讀，自己很難獨立地去拼讀單詞。

第三，學習方法不對。學生在詞彙學習的過程中，大多主要採用死記硬背的學習方法，未掌握高效的學習方法和學習策略。一方面，學生對詞彙學習策略不甚瞭解；另一方面，即使在瞭解學習策略的情況下，學生也不知道應該如何應用。

第四，不註重檢測，很少對自己的詞彙學習方法進行反思和總結。在對單詞進行反覆記憶之後，必須得有一個檢測的過程。只有通過檢測，才能知道記憶是否見效了，才會發現哪些詞還需要花些工夫再次記憶。

（5）對策與啟示。通過這次調查研究，教師較好地瞭解了學生詞彙學習策略的使用現狀，對教師改進教學方法有一定的啟示。

①教師應向學生系統地介紹各種詞彙學習策略，讓學生掌握更多適合他們的學習策略，在講授詞彙知識的同時介紹記憶該詞彙的合適的方法，並根據遺

忘法則定期檢測學生的學習情況。教師應該在詞彙教學中加強對學生學習策略的指導，使學生掌握有效的詞彙學習策略，從而高效地學習詞彙。

②教學上強化「記憶」策略（根據單詞的發音規律記單詞）和「練習」策略（定期檢測單詞學習情況），註重提高學生的主觀能動性，培養學生的自主學習能力。

③課堂內外可以多組織猜單詞或記單詞比賽、單詞聽寫比賽、單詞競賽等活動，盡可能為學生提供共同記憶單詞的合作機會，培養其在外語學習上的合作意識。

3. 大學英語詞彙學習策略與《新視野大學英語》課堂教學的融合

張殿玉（2005）將詞彙學習策略分為記憶策略、誦讀策略、查辭典策略、搭配策略、構詞法策略、上下文策略、猜測策略、歸類策略、聯想策略、廣泛閱讀策略、運用策略等。①筆者將其中幾個策略與《新視野大學英語》課堂教學聯繫起來。

（1）構詞法策略——借助詞源、詞根、詞綴及其他構詞知識學習詞彙。英語詞彙的構成有一定的規律，這種規律就是構詞法。英語詞彙的構成方式主要有詞綴法（Affixation）、轉類法（Conversion）與合成法（Compounding），其中詞綴法是最常見的構成方式。詞綴分為前綴（Prefix）與後綴（Suffix）。

《新視野大學英語》每單元「Section A」的課後練習中，教材都設計了「Word Building」部分，較為全面地介紹了英語構詞法中常見的前綴、後綴。出現的有名詞後綴：-ment，-ation，-sion，-ion，-al，-er，-or，-ing，-age，-hood，-ship，-dom，-ness，-ary 等。形容詞後綴：-able，-ous，-al，-ing，-ful，-less，-ive，-y 等。動詞後綴：-en，-ize。副詞後綴：-ly，-ward（s）。前綴：in-，im-，ir-，un-，dis-，mis-等。

教師在教學過程中適當地講授構詞法有助於學生詞彙量的擴大以及掌握一些新詞彙。教師在講授單詞的時候要善於啟發與誘導學生，讓學生學習不同類型詞綴的意思與作用，從而推導出更多詞彙擴大詞彙量。

（2）搭配策略——在固定短語和習語中學習詞彙。在詞彙教學過程中，詞語習慣性搭配知識的講授至關重要。正如王文昌教授在《英語搭配大辭典》前言中說的那樣：「掌握符合習慣的英語詞語搭配有助於非英語民族的人克服由於本民族語言和文化的影響而產生的錯誤，避免不合習慣的類推，從而提高

---

① 張殿玉. 英語學習策略與自主學習［J］. 外語教學，2005（1）：51.

運用地道英語（Idiomatic English）進行交際的能力。」①

我們以《新視野大學英語》第三冊六單元「How to prepare for Earthquake」為例，在學習詞組 agree on/upon 時，教師可以把 agree to，agree with 等不同搭配的詞組進行對比學習。

agree on：have the same opinion.

eg：The two sides have agreed on the date of negotiation.（雙方商定了談判的日期。）

agree to：accept；approve；promise to follow.

eg：Do you agree to my plan?（你同意我的計劃嗎?）

agree with sb：have the same opinion as someone.

eg：I don't agree with him. His plan does not work.（我不同意他的看法，他的計劃不管用。）

《新視野大學英語》每單元「Section A」課後練習中，教材都設計了「Collocation」部分，介紹了一些常用詞的常用搭配。例如，碰到「heavy」這個詞時，教師應該同時教授 heavy fog/rain，heavy traffic，heavy smoker/drinker，而不只是 heavy/light，heavy/heavier/heaviest 等。

（3）聯想策略——借助接近聯想（空間上或時間上）和對比（相反）聯想及相似聯想（特點或性質）記憶、回憶和運用詞彙。聯想策略特別適用於以主題為單元的《新視野大學英語》。筆者組織學生分小組聯想與主題相關的詞彙，然後小組報告，其他小組補充，從而極大地擴充了某一方面的詞彙。我們還是以《新視野大學英語》第三冊六單元「How to prepare for Earthquake」為例，學生收集到的詞彙就有 earthquake（地震）；shake（震動，搖晃）；tremor（顫動，震動）；temblor（［美語］地震）；hit（襲擊、打擊、使遭受）；strike（突然發生，打擊）；jolt（使顛簸，搖晃）；rock（搖，搖動，使振動）；roll across（波動，起伏，橫搖）；rip through（裂開，破開，突進，橫撞直闖）；damage（損害，損傷）；destroy（毀壞，破壞，摧殘）；shatter（破壞，搗毀，破滅）；devastate（蹂躪，破壞，使荒廢，毀滅）；level（推倒，夷平）；flatten（夷為平地）；seismology（地震學）；seismograph（地震儀）；seismographer（地震學家）；aftershock（餘震）；smaller tremors（小地震）；epicenter（震中）；magnitude（震級）；at a scale of 7.8 on the Richter calculations（里氏7.8級地震）；earthquake monitoring（地震監控）；tsunami（海嘯）；rock

---

① 王文昌. 英語搭配大辭典 [M]. 南京：江蘇教育出版社，1991.

and mud slides（泥石流）; tsunami warning system（海嘯預警系統）; tidal waves（潮汐波，浪潮）; natural disaster（自然灾害）; tragedy（灾難）; wreckage（殘骸）; death toll（死亡人數）; survivors（幸存者）; victims（受灾者）; international contributions（國際援助）; evacuation（撤離）; rescue team（救援小組）; 等等，進而把它們分類整理，進入自己的詞彙庫。

（4）廣泛閱讀策略——有意或無意地使用綜合策略閱讀題材和體裁多樣的可理解性篇章。克拉申（Krashen，1982，1985）的輸入假說認為，決定第二語言習得能力的關鍵因素是接觸大量有意義的、有趣的或是相關的第二語言輸入資料。其後，他進一步提出詞彙和拼寫的習得來自閱讀（1989）。研究表明，閱讀是記憶單詞、擴大詞彙量的一種十分有效的途徑。若將詞彙放在一定的語言環境中，聯繫上下文理解，對詞彙的含義和用法的理解就更透澈，印象就更深刻。而且，大量閱讀可以很好地補充教材中涉及不到的詞彙，應鼓勵學生在課餘多閱讀英語報刊，如 21th Century, China Daily, English Language Learning。通過廣泛的閱讀，接觸體裁多樣的可理解性篇章，學生可以拓寬視野與知識面，在很大程度上激發學習興趣，增加詞彙的習得與詞彙的累積。另外，在大量閱讀過程中有些詞彙會反覆出現，多次遇到，從而加深印象，大大提高理解和記憶。因此，長期堅持閱讀有助於擴大詞彙量，而且記憶準確、牢固。

（5）運用策略——在聽、說、讀、寫、譯中對詞彙進行高頻運用。在詞彙教學中，通過一次講解學習者就能記住所學單詞是不大可能的。在學生真正掌握這個單詞之前，需要進行一定的重複記憶。教師應將所學詞彙和功能意念相結合，設計出有意義的交際場景，給學生創造一個運用所學語言的機會，只有當學生真正運用語言去進行交際，才能真正掌握和運用詞彙。例如，教師在課堂內盡量為學生提供語言運用的交際活動——可以通過創造模擬的交際場景讓學生扮演角色；可以通過討論、示範等活動給學生提供各種運用語言的機會；學完一個單元，讓學生用所學單詞自己編寫故事，即讓學生在聽、說、讀、寫、譯中對詞彙進行高頻運用。對於學外語的人來說，掌握目的語中足夠的詞彙無疑是相當困難而又十分重要的，但同樣困難、同樣重要的是掌握好這些詞彙的正確用法，掌握好目的語中詞項與詞項的搭配習慣，理解它們的文化內涵。單個的詞項好比是磚瓦，好比是機器的零部件，瞭解如何才能將磚瓦砌成房屋、如何才能將零部件組裝成機器，方能真正達到學外語的目的。①

---

① 朱永生，鄭立信，苗興偉. 英漢語篇銜接手段對比研究 [M]. 上海：上海外語教育出版社，2001：209.

學習策略訓練的基本目標是要使語言學習更有意義,鼓勵在學習者和教師之間建立一種合作精神,讓學生學會並使用真正能促進自主性的學習策略。大學階段,學生已經具備一定的理解與認知能力。大學英語教學,不可能再僅僅傳授某些詞語的相關知識,而更重要的是授人以「漁」——詞彙學習策略。教師在實際教學中應培養學生靈活運用詞彙學習策略的能力,做到舉一反三;重視培養學生的跨文化意識,向學生介紹西方文化知識,拓寬學生視野,增強學生學習詞彙的興趣;鼓勵學生廣泛閱讀,增加詞彙累積,擴大詞彙量,從而促進聽、說、寫、譯等各方面能力的提高。在教學中,教師將策略培訓與英語教學融為一體,結合英語學習的內容傳授策略,讓學生在學習過程中使用策略。這樣可以鍛煉和培養學生的策略意識,讓他們發現哪些策略在他們的學習中更有潛能、更有效用,從而增加對策略的使用範圍,有助於學生增強學習責任感,提高學習自主能力、獨立能力和自我指導能力,也有益於學生的終身學習。

四、大學英語聽力策略

2004年年初,教育部高教司組織制定並在全國部分高校開始試點《大學英語課程教學要求(試行)》(以下簡稱《教學要求》)。《教學要求》規定,大學英語課程的教學目標是:培養學生的英語綜合應用能力,特別是聽說能力,使他們在今後工作和社會交往中能用英語有效地進行口頭和書面的信息交流。「這是一個應急性的措施,旨在盡快提高學生的實際交流能力以適應中國社會發展和國際交流的需要。」[1]另外,從2005年6月起,大學英語四級考試聽力部分的比例從以往的20%提高到了35%。2008年12月21日,大學英語四級「機考」(CET-IBT)在全國56所試點高校順利推行。大學英語四級考試採用「機考」模式使聽力的比重從最初的20%提高到35%,最終使聽說部分佔總分數的70%。所有這些都說明英語聽說將在未來中國的英語教學中扮演更重要的角色。本書試結合《新視野英語聽說教程》的教材特點,從分析大學本科非英語專業公共英語聽說教學的現狀出發,結合教學實踐中取得的一些經驗,欲與從事非英語專業英語教學的教師就學生英語聽說方面的問題進行探討,以促進聽說課教學水平的提高。

---

[1] 蔡基剛. 大學英語課程教學要求(試行)的銜接性和前瞻性[J]. 外語界,2004(5):10-17.

1. 大學英語聽力策略研究綜述

聽力理解是英語教與學中的重要環節。如何提高英語聽力技能是廣大學習者普遍關注的問題。「聽力學習策略」是指為提高聽力理解水平而採用的一系列對策、方法和技巧。近些年來，眾多西方學習者進行了大量以聽、說為重點的語言學習策略訓練研究，旨在找到提高學習者外語聽力理解水平的有效途徑。

德菲利俾斯（DeFillipis，1980）研究了大學學習初級法語課程的學生使用的聽力學習策略；奧馬利等（O'Malley，等，1991）調查了以英語為第二語言的學生的聽力學習策略；培根（Bacon，1992）研究了外語學習者的聽力學習策略；範德格里夫特（Vandergrift，1992）調查了學習法語的不同水平的成功學習者（較多使用策略的人）和不成功學習者（較少使用策略的人）的策略使用差異。①

20世紀90年代初，國內的外語教學界針對中國的實際情況，對英語學習者的學習策略進行了廣泛的對比研究，湧現出大量有價值的研究成果（參見蔣祖康，1994；劉紹龍，1996；胡穎慧，1997；周啓加，2000；呂長竑，2001；蘇遠連，2002；王宇，2002；蘇遠連，2003；林莉蘭，2006；肖蜻，左年念，2006；肖紅，2006；孫莉，2008；等等）。眾多研究都表明聽力學習策略在聽力學習過程中起著重要的作用。「既然聽力策略對聽力的效果有影響，那麼對學習者進行適當的策略培訓肯定能促進學習者聽力技能的提高。」②

2. 聽力策略與《新視野大學英語聽說教程》課堂教學的融合

張殿玉（2005）將聽力學習策略分為關注生詞策略、逐詞聽懂策略、聽讀策略、筆錄策略、想像策略、預測策略、背景知識策略、主題預聽策略、聽覺形象策略、整理歸類策略、推斷策略、選擇注意策略、聯想發揮策略、情境策略、互動聽力策略。③筆者將就其中幾個策略與《新視野大學英語聽說教程》課堂教學聯繫起來加以探討。

（1）背景知識策略——利用背景知識或非語言知識，如經驗、常識和百科知識等彌補信息缺損。

聽者聽的過程實際上是一個複雜且多層次的思維理解的心理過程，是一種新信息的攝入和組織的過程。聽者原有的知識顯然對新知識的吸收產生影響。

---

① 郭新愛. 第二語言聽力學習策略研究綜述［J］. 新疆廣播電視大學學報，2008（4）：46.
② 束定芳，莊智象. 現代外語教學——理論、實踐與方法［M］. 上海：上海外語教育出版社，2004：127.
③ 張殿玉. 英語學習策略與自主學習［J］. 外語教學，2005（1）：51.

如果英語學習者對西方國家的風土人情、文化習俗、宗教信仰、思維方式等知識有充分瞭解的話，就能有助於彌補信息缺損，提高聽力能力。

例如，《新視野大學英語聽說教程》（以下簡稱《聽說教程》）第三冊第四單元「Symbols of America」，在教師用書「focus for listening」中首先指出了「The United States of America is a young, diverse country whose culture, people and wealth have exerted a big influence on the whole world. Symbols of America will guide you through a journey of exciting discovery of this country: its art, culture, and more.」通過讀寫教程對本單元的學習，學生對美國文化中的自由女神像、芭比娃娃、《美國哥特人》、野牛鎳幣和山姆大叔有一定的瞭解。這樣很有利於學生做短對話和長對話的練習。

W: In the painting, American Gothic, a farmer is holding a weapon. Why? Is he going to war?

M: No! That's not a weapon! He's holding a tool for doing farm work.

Q: What mistake did the woman make?

只要認真學習了讀寫教程的四單元，就能選出正確答案「C. She thought the farmer in the painting was holding a weapon.」對美國文化的瞭解，也有利於後面兩個關於自由女神和《美國哥特人》的聽力。

聽力能力的提高不僅僅涉及語音、語法、詞彙等一系列語言知識方面的因素，還涉及一個非常重要的非語言知識方面的因素，這就是聽者應盡量累積、攝取並具備豐厚的語言文化背景知識。「具備一定文化背景知識，對所聽的對話和短文材料會有熟悉感，理解就會更深刻一些，甚至能彌補語言基礎上的不足。」[1]因此，在教學過程中，教師應在潛移默化中讓學生逐步瞭解，一個社會的語言是該社會文化的一個方面，語言和文化是部分和整體的關係。

（2）主題預聽策略——在聽主題材料之前，先聽與主題相關的預聽材料以激活相關圖式，改善主題聽力效果。

效率不高的聽音者在聽力理解時往往採取自下而上的方式（Bottom-up Processing），即先聽細節（如單詞或詞組），再上升到對語句和語篇的理解。這種方式過分地把注意力放在單個詞上，不利於對語篇的整體理解。比較合理的方式應該是自上而下的聽力過程（Top-down Processing），即註重語篇的理解，先聽主題，再注意細節。例如，《聽說教程》六單元「Defending Ourselves Against Disasters」，先介紹聽力材料的主題是關於地震及自然災害，讓學生圍

---

[1] 朱麗萍. 大學英語聽說教學策略 [J]. 曲靖師範學院學報, 2003 (4): 85.

繞主題自由討論，然後讓學生一起對 5 個題目的答案選項預測聽力內容。

（3）預測策略——根據已知的詞語或其他不完整信息對結果進行預測。

預測可以分為聽前預測和邊聽邊預測。聽前預測是根據段落或對話的標題、問題答案的選項以及利用對所聽內容背景知識的瞭解，聽者可以主動用自己大腦記憶庫中貯存的已有知識去大量預測所有內容，運用實踐知識、情景預設和人際交往知識來加以理解，對將聽到的內容進行預測。邊聽邊預測是通過識別話語中的語言信號，包括句子的語法關係、關聯詞、功能詞（如 therefore, however, for instance, in short 等）以及說話人的語音、語調等，利用詞彙、句法和語法知識來理解語言形式，推知說話人要講述的內容。另外，預測是一項富有趣味性與挑戰性的活動，能不斷激發學生的學習興趣。

因此，在聽說課上，教師要鼓勵學生將自己已有的知識放在實際的語言環境中去運用，即要進行大量推測和猜想，又要留心具體細節，有目的地在聽力過程中對語音、詞彙、句子等語言結構進行辨認，以檢驗自己是否真正掌握了這些語言知識。當然，對語音語調的感悟也可以幫助聽者進行非常好的邏輯推測。不少英語學習者在聽力考試中，雖然沒有真正聽懂，但卻利用一些關鍵詞語、一些語音知識，並結合選項，通過合理推測選對了答案。因此，聽者要養於成在聽音過程中進行合理推測的習慣，並努力提高推測的準確度。

（4）筆錄策略——聽時作筆記以幫助記憶和後期整理。

在聽力理解中不時會碰到諸如年、月、日、星期、鐘點、年齡、價格、人名和地點等詞彙。如果不採取一定的策略，很難記住長段文章或會話中的這類細節。教師可以介紹一些記筆記的技巧並輔以例子來解釋說明。例如，詞語的縮略形式可以通過以下幾個詞來說明：「blacks」可以用「blk」來代替，「esp.」代替「especially」，「sth.」代替「something」，「expr」代替「expression」，「ad」代替「advertisement」，等等。除此之外，「increase」和「decrease」可以分別用象徵符號「↑」和「↓」來表示。表示空間關係的詞，如「outside」用「.」表示，「inside」用「⊙」表示，「above」或「on」用「·」表示，等等。上升、進步含向上發展用「↑」表示，反之用「↓」表示；向前或右的用「→」表示，向後或左的用「←」表示。表示時間的固定縮寫，如用「wk」表示「week」，用「mo」表示「month」，用「yr」表示「year」，用「hr」表示「hour」。另外，在英文單詞比較長但中文對應詞較短、較簡單的情況下，可以用漢字代替，如用「責」代替「responsibility」，用「千」代替「thousand」；用「百」代替「hundred」，等等。在聽後階段應及時對瞬時記憶和短時記憶處理的信息進行重組、編碼，從而對語篇作出正確的理

解。同時，學生要在課後通過聽寫練習建立適合自己情況的筆記系統。

（5）互動聽力策略——在聽力活動中保持雙向或多向交流以促進語篇能力、社會語言能力和策略能力的生成。

範德格里夫特（Vandergrift）預言考慮到互動聽力在日常交往中的重要性，它將在第二語言課堂上發揮重要的作用。一些研究者甚至認為互動聽力是未來聽力教學中唯一值得一試的方法。①既然互動聽力在第二語言教學中有著如此巨大的潛力，我們應考慮的問題就是如何將它應用到實際教學中去。

下面以「Unit 5 Death's Lessons for Life Listening and Speaking」為例，具體介紹此策略在《聽說教程》中的運用。「互動聽力需要包括兩個步驟：聽力理解過程和交際輸出過程。」②

①聽力理解過程。

第一遍，聽取大意。學生討論並且互相比較自己對文章的理解。教師應鼓勵學生對「a quick death」和「a slow death」持有不同的觀點。

第二遍，聽取細節，學生完成「Task 1」。學生利用這個機會相互提問、釋義、質疑等。討論後，學生可以修改自己的觀點。此時，教師不能夠公布正確答案，而是要鼓勵學生通過辯論來證明他們自己的觀點是正確的。

第三遍，學生與聽力材料和教師的直接互動，教師公布「Task 1」的正確答案。當學生未達成一致時，聽力材料播放第三遍。學生可以與聽力材料直接互動。他們可以隨時中止聽力材料，要求重放或解釋、證實等。只有當他們認為對某個信息點達到了共同理解，聽力材料才能繼續播放。教師也可以介入並提供必要的解釋。

②交際輸出過程。

為了更好地促進語言輸入和語言輸出的結合，教師應根據教學內容和教室結構，創設互動活動的語境，它是一個非常有效地推動學生主動去傾聽和互動的方法。為了鼓勵學生積極參加討論，教師需要設計一些有趣的活動來吸引他們。例如，分組討論「arguments both for and against a slow death」、角色扮演、辯論等，調動學生的視覺、聽覺和情感積極參與，吸引學生的注意力，激發學生的興趣，聽說結合，營造出寬鬆活潑的課堂氣氛。

英語聽說是大學英語教學改革的重點，而學生的英語聽說能力也是學生英語應用能力最重要的表現。在聽力教學方面，我們不能僅僅局限於為學生提供

---

① 程京豔.高校英語互動聽力教學設計［J］.廣東外語外貿大學學報，2007，18（6）：96.
② 程京豔.高校英語互動聽力教學設計［J］.廣東外語外貿大學學報，2007，18（6）：96.

可理解性輸入。有的學生可能得益於基於語言的教學，有的學生可能得益於基於策略的教學。在保證給予學生充足輸入的同時，對他們進行有針對性的策略訓練，可以更有效地促進聽力學習，培養他們更加自主的學習態度和獨立的學習能力。① 為此，英語教師必須切實重視英語聽說課程的教學，充分利用《聽說教程》的優勢，將聽與說有機結合，以聽帶說，以說促聽，並在教學中運用多種教學手段提高學生英語聽力能力與交際能力。在今後的聽說課程教學和研究過程中應重視培養學生掌握良好的聽力學習策略，使學生在學習過程中能自主地運用各種學習策略，以提高其聽力技能。

五、大學英語閱讀策略

《大學英語課程教學要求（試行）》（2004年版）對高校非英語專業本科畢業生的英語閱讀能力要求分為三個層次，其中最低要求為：能基本讀懂一般性題材的英語文章，閱讀速度達到每分鐘70個單詞；在快速閱讀篇幅較長、難度略低的材料時，閱讀速度達到每分鐘100個單詞；能基本讀懂英文報刊，掌握中心意思，理解主要事實和有關細節；能讀懂工作與生活中常見的應用文體的材料；能在閱讀使用有效的閱讀方法。② 應用型本科院校的學生要達到此閱讀能力標準並非易事，這需要長期的學習和訓練，尤其應當注意有意識地培養學生的閱讀策略。同時，在歷年的大學英語四級、六級考試中，閱讀理解的比重比較大，從2013年四級題型改革後，僅閱讀理解一項就占40%。可見，閱讀在大學英語教學中佔有非常重要的地位。而在現實的日常教學中，很多學生認為閱讀理解是四級、六級英語考試中最難的部分之一。因此，有必要對學生進行閱讀策略的培訓。

1. 大學英語閱讀策略研究綜述

國內外有很多學者對閱讀策略進行了研究。科恩（Cohen）認為，閱讀策略培訓應與外語教學相結合，並提出了SBI（Strategies-Based Instruction）教學模式。奧爾巴赫和帕克斯頓（Auerbach & Paxton）在大學閱讀課堂中融入策略培訓，發現這種教學方式使學生們對英語閱讀的策略、概念、意識、感覺等都產生了積極的影響。③ 有研究者（Song, 1998）對68名韓國大學一年級學生

---

① 蘇遠連. 如何實施聽力學習策略訓練 [J]. 外語電化教學, 2002（3）: 8-12.
② 教育部高等教育司. 大學英語課程教學要求 [M]. 北京：外語教學與研究出版社, 2004: 3.
③ AUERBACH E R, PAXTON D. It's Not the English Thing: Bringing Reading Research Into the ESL Classroom [J]. TESOL Quarterly, 1997（3）: 237-261.

進行的課堂閱讀策略教學成果研究表明，針對成年學生的外語課堂閱讀教學應與顯性或直接式的策略訓練方式結合。①

劉亦春（2002）以學習成功者與不成功者為試驗對象，重點探討了其英語閱讀策略的使用情況。② 孟悅（2004）對非英語專業學生進行策略培訓後得出結論：策略教學有助於提高學生外語閱讀水平，策略訓練對學生閱讀速度的提高具有明顯的直接作用。③ 同一時期，還有很多國內的專家學者對閱讀策略培訓做了不少研究（參見譚曉瑛，魏立明，2002；張殿玉，2005；劉珊，2006；劉偉，郭海雲，2006；張東昌，2006；秦建華，王英杰，2007；宋倩，2007；張法科，趙婷，2007；趙雲麗，2008；董菊霞，2009；楊晶，2014；馬寧，羅仁家，劉江燕，2015；等等）。

從國內外的學者關於閱讀策略培訓的研究來看，多數研究都表明閱讀策略培訓有助於提高學生的閱讀水平。本書的目的主要是通過調查懷化學院部分系部 2014 級學生閱讀策略使用現狀和存在的問題，試圖提出一些合理化建議，以指導教師在今後教學中有目的地進行閱讀策略的訓練。

2. 大學英語閱讀策略實證調查

（1）調查對象。本次調查的對象是隨機抽取的來自懷化學院 2014 級三個專業的 300 名大一學生，均有至少 6 年的中學英語學習經歷。

（2）調查工具。本次調查採用學習策略分類方法（O'Malley & Chamot, 1990），每個變量採用「A = 一點不符合我的情況；B = 有時不符合；C = 有時符合；D = 經常符合；E = 非常符合」的五級利克特量表，要求學生根據其英語閱讀的實際情況如實選擇。

（3）數據採集。2015 年 4 月我們對懷化學院 2014 級物信系、化學系和藝術設計系 300 多名非英語專業大一學生進行了問卷調查。物信系發放 110 張問卷，收回 89 張；化學系發放 90 張問卷，收回 71 張；藝術設計系發放 104 張問卷，收回 90 張，一共收回有效問卷 250 張。

（4）數據分析與討論。下面就選取問卷調查中的五個策略調查問題進行對比分析各個系部學生的閱讀策略現狀。

---

① SONG M. Teaching Reading Strategies in an Ongoing EFL University Reading Classroom [J]. Asian Journal of English Language Teaching, 1998（8）：41-54.

② 劉亦春. 學習成功者與不成功者使用英語閱讀策略差異的研究 [J]. 國外外語教學, 2002 (3)：24-28.

③ 孟悅. 大學英語閱讀策略訓練的試驗研究 [J]. 外語與外語教學, 2004 (2)：24-27.

①連詞策略。

從表 3.6 中我們可以看出，三個系部選擇「非常符合」的學生均不到 8%；選擇「經常符合」的學生物信系只有 12%，最高的系部藝術設計系也只有 20%；但是選擇「一點不符合我的情況」的學生中，藝術設計系的學生比例為 13%，而物信系卻高達 25%。物信系、化學系、藝術設計系三個系部選擇「有時不符合」的學生比例分別為 26%、23%、33%。可見，各個系部近 50% 的學生不能較好地利用連詞來幫助提高閱讀速度。

表 3.6 「我很重視閱讀中的連詞以及各種表明作者觀點和態度的詞語」

	A＝一點不符合我的情況(人數/百分比)	B＝有時不符合(人數/百分比)	C＝有時符合(人數/百分比)	D＝經常符合(人數/百分比)	E＝非常符合(人數/百分比)
物信系（89人）	22/25%	23/26%	28/31%	11/12%	5/6%
化學系（71人）	15/21%	16/23%	25/35%	10/14%	5/7%
藝術設計系（90人）	12/13%	29/33%	28/31%	18/20%	3/3%

②語法分析策略。

從表 3.7 中我們可以看出，關於語法分析策略，三個系部選擇「經常符合」和「非常符合」的學生均只有 20% 左右；而選擇「一點都不符合我的情況」的學生，藝術設計系有 16%，而物信系竟然高達 30%。三個系部大部分學生不會運用語法知識來分析閱讀中的長難句。

表 3.7 「對於長難句，我通過分析句子結構來理解」

	A＝一點不符合我的情況(人數/百分比)	B＝有時不符合(人數/百分比)	C＝有時符合(人數/百分比)	D＝經常符合(人數/百分比)	E＝非常符合(人數/百分比)
物信系（89人）	27/30%	13/15%	30/34%	12/13%	7/8%
化學系（71人）	19/27%	18/25%	21/30%	10/14%	3/4%
藝術設計系（90人）	15/16%	26/29%	26/29%	16/18%	7/8%

③猜測策略。

從表 3.8 中我們可以看出,運用詞根來猜測生詞策略,三個系部選擇「有時不符合」和「有時符合」的學生幾乎都達到 60%,比語法分析策略的運用情況略好。但是,選擇「非常符合」的學生三個系部均未達到 10%。三個系部能熟練運用詞根法來猜測生詞的學生比例太低。

表 3.8 「當閱讀中遇到生詞時,我通過詞根來猜測詞義」

	A = 一點不符合我的情況(人數/百分比)	B = 有時不符合(人數/百分比)	C = 有時符合(人數/百分比)	D = 經常符合(人數/百分比)	E = 非常符合(人數/百分比)
物信系(89 人)	14/16%	19/21%	37/41%	13/15%	6/7%
化學系(71 人)	11/15%	12/17%	28/39%	16/23%	4/6%
藝術設計系(90 人)	11/12%	19/21%	35/39%	18/20%	7/8%

④主題句策略。

從表 3.9 中我們可以看出,關於主題句策略,三個系部選擇「非常符合」的學生,物信系有 16%,藝術設計系有 12%,而化學系只有 6%;選擇「經常符合」的學生,物信系有 16%,化學系有 21%,藝術設計系有 31%。三個系部能經常運用主題句來幫助閱讀的學生比例不高,但比猜測策略的運用情況稍好。

表 3.9 「閱讀時我著重理解主題句」

	A = 一點不符合我的情況(人數/百分比)	B = 有時不符合(人數/百分比)	C = 有時符合(人數/百分比)	D = 經常符合(人數/百分比)	E = 非常符合(人數/百分比)
物信系(89 人)	14/16%	13/15%	33/37%	14/16%	15/16%
化學系(71 人)	10/14%	13/18%	29/41%	15/21%	4/6%
藝術設計系(90 人)	6/7%	18/20%	27/30%	28/31%	11/12%

⑤廣泛閱讀策略。

從表 3.10 中我們可以看出,關於廣泛閱讀策略,選擇「經常符合」的學

生，物信系只有7%，化學系有14%，藝術設計系有6%；選擇「非常符合」的學生，物信系有5%，化學系有2%，藝術設計系有6%；而選擇「一點都不符合我的情況」的學生，物信系高達40%，化學系為35%，藝術設計系為34%。可見，能堅持課外自主廣泛閱讀的學生比例太低。

表3.10　　「我在課外主動閱讀英文報紙、雜誌或小說」

	A = 一點不符合我的情況(人數/百分比)	B = 有時不符合(人數/百分比)	C = 有時符合(人數/百分比)	D = 經常符合(人數/百分比)	E = 非常符合(人數/百分比)
物信系（89人）	36/40%	16/18%	27/30%	6/7%	4/5%
化學系（71人）	25/35%	18/25%	17/24%	10/14%	1/2%
藝術設計系（90人）	31/34%	21/23%	28/31%	5/6%	5/6%

通過本次調查，我們發現大部分學生的閱讀狀態處於一種無序狀態，沒有合理的計劃和管理。主要問題如下：

第一，缺乏對有效閱讀策略的系統瞭解。學生缺乏對閱讀策略的瞭解，甚至根本就不知道還有一些相當高效的閱讀策略，不能有效地使用適合自己的閱讀策略而高效地學習英語。

第二，缺乏課外自主學習的動力。部分學生英語基礎差、底子薄，對英語學習沒有興趣和動力。

第三，學習方法不對。學生在學習的過程中，大多採用死記硬背的學習方法，未掌握高效的學習方法和學習策略。一方面，學生對學習策略不甚瞭解；另一方面，即使在瞭解學習策略的情況下學生也不知道應該如何應用。

3. 對策與啟示

本次調查分析了懷化學院2014級部分系部非英語專業學生在英語閱讀過程中學習策略的使用情況，調查結果對後期非英語專業學生的閱讀教學有一定的啟示。

（1）在閱讀教學中，教師應將策略培訓融入教學中，使之成為課程教學的一個組成部分。教師應有意識地提高學生的策略意識，增加學生策略的選擇範圍，提高學生對什麼時候使用、如何使用、使用何種策略的抉擇能力。

（2）單詞是閱讀的基礎，師生要充分重視詞彙教學。

（3）教師應有意識地指導學生運用語法知識來分析長句和難句，關鍵要

抓住句子的主幹（主語、謂語和賓語）。

（4）教師應引導學生通過抓住主題句，從宏觀上來理解文章。主題句往往出現在文章開頭、中間或結尾處。同時，學生在閱讀中要抓住一些關鍵連詞，如表示轉折、因果、原因、結果、目的等意義的連詞。標點符號的作用也不容忽視。例如，破折號、冒號都表示解釋說明等。

（5）教師在教學中應充分重視語篇分析，教會學生把握文章結構、段落之間以及各論點之間的聯繫來提高閱讀效果。

（6）鼓勵加強課外閱讀。課外閱讀應以學生自學為主，鼓勵學生堅持每天閱讀3~5頁原版英文文章，閱讀內容難易適當。師生、學生可以互相推薦合適的書目、報紙、雜誌、網站，鼓勵學生養成平時瀏覽英語報刊的習慣。教師可定期進行小組討論和全班交流活動，鼓勵所有學生積極參與。

六、大學英語學習策略培訓

在大學英語教學中，怎樣選擇適當的策略並在恰當的時候把它們融入教學任務中是教學順利進行的關鍵，教師應該注意學生的個體差異和教學內容等因素。例如，有些策略可能更適合一種教學方法，有些策略則更適合某一學習任務，或者一些策略更適合一部分學生而不受其他人青睞。教師應該提高學習者的策略意識，提高學習者自主學習、自我監控和自我調整的能力，增強其英語學習的自信心。

科恩（Cohen，2000）提出教師可以從不同方面入手對學生進行策略訓練：一是選定學習的教學材料，然後決定在適當地方插入適當的策略；二是選定一系列希望側重的策略，然後圍繞這些策略設計學習活動；三是在適當的時候隨時把策略插入教學內容中。

國外的一些學者為學習策略培訓的實施提出了很多基本方式。布蘭斯福德（John D. Bransford）認為，策略培訓包括教授策略及鞏固練習、自我執行及監控策略的使用、瞭解策略的價值及其使用的範圍三個階段。以布朗和休姆（Brown & Hulme，1992）為代表的策略訓練觀點則主張把學習策略訓練注入各科課程中，與學科教學結合起來。牛津（Oxford）主張將策略培訓集中於策略意識的培養，並分五個層次進行訓練：一是無策略意識培訓，即教師通過特別設計的教學任務或材料，讓學生下意識或無意識地使用一些策略；二是感悟力培訓，即通過問卷、日記、思考等方式使學生對自己的策略使用進行評估，從而激發學生對材料的感覺；三是注意力培訓，這種培訓旨在通過雙向討論、個人諮詢、專題講座等形式使學習者關注某些具體的學習策略；四是意向性培

訓，即在教師指導下讓學生明確材料使用的意義並有目的地使用學習策略；五是控製力培訓，控製力是最高層次的意識，包括策略使用有效性的評價能力和策略遷移能力。這種方法可以充分發揮學生的主動性，激發學生學習的興趣。

歐莫利和查莫特（O'Malley & Chamot, 1994）提出的策略訓練模式以解決問題為目標，包括計劃、監控、解決問題和評估四個步驟。首先，布置給學生一項語言任務，並要求他們設計完成任務的方法，選擇其認為適合的策略；其次，在此過程中，要求學生關注自己的策略使用情況，監控自己的學習；再次，要求學生運用策略自行解決學習中遇到的困難；最後，當學生完成任務後，讓他們自己評估一下他們使用策略的效果，看是否已達到預期目標，同時考慮如何將所學策略應用於相似的語言任務或其他語言技能。該模式的每一步驟均有助於學生增強使用策略的意識，每一步驟均有助於提高學生實際使用策略的能力。學生通過分析不同策略而產生的不同效果，尋找適合個體學習的不同策略，不斷地累積經驗，通過系統化地使用學習策略，自測在專業學習的進展情況等。科恩（Cohen）根據策略培訓與課堂結合的程度，將策略培訓分為廣泛的學習技能訓練、學習策略意識訓練、策略融合式教學法等多種類型。這種方法主要以學生為中心，真正做到與實際教學活動結合，從而彌補了上述幾種培訓模式的不足。

選擇什麼教學途徑進行學習策略教學則需要各個學校根據實際情況而定。根據筆者的研究與實踐，學習策略的教學途徑主要有開設學習策略課程、策略融入英語課程教學、舉辦學習策略講座、集中學習策略培訓、安排策略應用交流活動等。有條件的學校可以選擇融入式或課程式的學習策略教學途徑；如無上述條件，學校可以選擇講座式或培訓式的學習策略教學途徑。當然，理想的做法是採用學習策略課程式與融入式相結合的教學途徑。

第一，開設學習策略課程。該教學途徑是將英語學習策略的教學內容納入學校的教學計劃之中，使學習策略成為一門課程。該課程由對英語學習策略有研究的教師向學生較系統地教授基本的英語學習策略理論知識，提高學生對學習策略重要性和必要性的認識以及對策略應用的意識；介紹、講解一些實用的學習策略並指導學生較熟練地掌握基本的學習策略；利用國內外有關專家學者設計的各類策略診斷工具或自主開發的診斷工具，確定學生在英語學習方面的問題並使其能夠根據自身的情況嘗試應用有關學習策略，以改善其英語專業學習以及解決學習中的某些實際問題；採用自評、互評和教師評價相結合的方式，對策略使用成效進行主觀和客觀評價。這種教學途徑最大的優點就是能夠較系統地進行策略學習與訓練，為學生搭建一個英語專業學習的平臺，有意識

地開發策略教學的教育功能，使學生增強主體意識、自主學習意識，努力改變其被動的學習方式，初步形成積極探索、恰當使用學習策略的意識和能力。但是，開設專門課程可能會出現針對性不夠強的情況。因此，任課教師一定要調查瞭解清楚學習者的英語學習現狀，盡量做到有的放矢，以便提高教學效果。

第二，學習策略融入英語課程教學。這一教學途徑是指教師在英語教學時將學習策略的內容融入各門課程的教學活動中，即策略訓練與語言教學合為一體，成為教學內容的重要組成部分。在教學中教師結合具體課程的學習內容向學生介紹、演示某些學習策略，學生在完成學習任務或解決實際問題的過程中熟悉策略、使用策略，逐步學會應用策略解決具體的英語學習問題。以英語閱讀教學為例，教師在訓練學生各種閱讀技能的同時，可以有意識地讓他們決定何時需要「查讀」「跳讀」「研讀」。教師可以利用所學課文向學生介紹並說明幾種難易程度不同的課文理解題。遇到生詞時，教師可以讓學生討論課文中哪些詞語重要、哪些詞語值得花時間和精力去記、哪些新詞語需要查辭典解決、哪些詞語只要通過猜測就可以知道其意思等。這樣做可以促使學生在進行某個活動時有意識地進行一系列的自我決策與調控，增強策略意識，建構個人的學習策略儲備庫。這種教學途徑的優點是策略應用同各門課中的學習內容結合緊密，介紹的策略實用、針對性強、易於反覆訓練，學生可以在各門課程的任課教師指導下把學到的策略知識應用到具體的英語學習情境中，從而不斷檢驗、體驗、鞏固和發展自己的學習策略應用能力。然而，這種教學的途徑容易出現不系統、流於形式的情況。因此，要盡可能堅持相對長期的、較系統的策略教學。

學習策略訓練的基本目標是要使語言學習更有意義，鼓勵在學習者和教師之間建立一種合作關係，讓學生學會並使用真正能促進自主性的學習策略。牛津（Oxford）的研究發現，學習策略培訓對語言學習過程和語言學習結果都能起到積極作用。不僅如此，策略培訓對教師的教學也會產生有益的影響。在培訓學生運用學習策略的同時，教師會注意和審視自己的教學策略和教學風格，自覺嘗試和運用與學生學習策略取向相一致的教學策略。學習策略有助於新信息的儲存、修正和使用；有助於學習者增強學習責任感、提高自主學習能力、獨立能力和自我指導能力；有助於學習者的終身學習。總之，語言學習策略培訓能夠幫助我們更新教學理念，解決教與學的脫節問題。學習策略的培養不但有助於培養學生學習的能力，提高對學習的監控能力，養成終身學習的好習慣，解決費時低效的問題；而且有助於使國外先進的教學理念和方法與中國英語專業教學相結合，使學習策略的培訓本土化。將策略培訓與英語教學融為一

體可以使教師結合英語學習的內容傳授策略，學生在學習過程中使用策略。策略訓練的目標不在於掌握策略本身，而在於提高學習者的策略意識，增加他們的策略選擇範圍，鍛煉和培養他們自我監控和自我調控的能力。因此，對大學新生開展一定規模的學習者策略研究，並對他們的策略加以訓練，提高學生的策略意識，幫助學生盡快適應新的學習模式，使他們具有自主學習的能力，是外語教學的目標和任務。教師教學過程中更應註重語言學習策略和策略培訓，這對推動中國高校英語專業教學的改革、貫徹英語專業新大綱、提高高校英語教師的業務水平、探索有效的英語教學方法將起到積極的作用。換言之，學習策略是關係到外語學習者能否有效習得外語以及能否獲得終身學習能力的一個重要因素。

第四章 大學英語四級、六級考試分析

大學英語教學的目的是培養學生具有較強的閱讀能力、一定的聽的能力（理工科適用的大綱還規定一定的譯的能力）以及初步的寫和說的能力，使學生能以英語為工具，獲取專業所需要的信息，並為進一步提高英語水平打下較好的基礎。為此，大學英語四級、六級考試主要考核學生運用語言的能力，同時也考核學生對語法結構和詞語用法的掌握程度。

大學英語四級、六級考試是一種標準化考試。由於尚不具備口試條件，暫只能筆試。考試範圍主要是教學大綱所規定的一級至四級的全部內容（說與譯的內容除外）。為保證試卷的信度，除短文寫作是主觀性試題外，其餘試題都採用客觀性的多項選擇題形式。短文寫作部分旨在較好地考核學生運用語言的能力，從而提高試卷的效度。大學英語四級、六級考試於每學期結束前後舉行，由大學英語四級、六級標準考試設計組負責和實施，每年舉行兩次。

第一節 大學英語四級、六級考試簡介

一、大學英語四級、六級考試的性質

大學英語四級、六級考試是教育部主管的一項全國性的教學考試，其目的是對大學生的實際英語能力進行客觀、準確的測量，為大學英語教學提供服務。

大學英語四級、六級考試作為一項全國性的教學考試由國家教育部高教司主辦，分為四級考試（CET-4）和六級考試（CET-6），每年各舉行兩次。從2005年1月起，考試成績滿分為710分，凡考試成績在220分以上的考生，由

國家教育部高教司委託「全國大學英語四級、六級考試委員會」發給成績單。

二、大學英語四級、六級考試的作用和影響

（1）大學英語四級、六級考試已引起全國各高等院校及有關教育領導部門對大學英語教學的重視，調動了師生的積極性。大量統計數據和實驗材料證明，大學英語四級、六級考試不但信度高，而且效度高，符合大規模標準化考試的質量要求，能夠按教學大綱的要求反映中國大學生的英語水平，因此有力地推動了大學英語教學大綱的貫徹實施，促進了中國大學英語教學水平的提高。

（2）大學英語四級、六級考試每年為中國大學生的英語水平提供客觀的描述。由於大學英語四級、六級考試廣泛採用現代教育統計方法，分數經過等值處理，因此保持歷年考試的分數意義不變。

（3）由於大學英語四級、六級考試採用正態分制，每次考試後公布的成績含有大量信息，成為各級教育行政部門進行決策的動態依據，也為各高校根據本校實際情況採取措施提高教學質量提供了反饋信息。

（4）大學英語四級、六級考試從命題、審題、考務組織、統計分析到成績發布已形成一套完整的制度，是一項組織得較好的、嚴格按照標準化考試質量要求進行的大規模考試。

（5）大學英語四級、六級考試已經得到社會的承認，目前已經成為各級人事部門錄用大學畢業生的標準之一，產生了一定的社會效益。

第二節　大學英語四級、六級考試題型與分值

一、四級、六級考試總分值及占比與考試時間

四級、六級考試總分各為 710 分，分值比例為：作文 15%，聽力 35%，閱讀 35%，翻譯 15%，即作文 106.5 分，聽力 248.5 分，閱讀 248.5 分，翻譯 106.5 分。四級、六級考試時長均為 130 分鐘，各項考試時間為：作文 30 分鐘，聽力 30 分鐘，閱讀 40 分鐘，翻譯 30 分鐘。

二、四級、六級分項題型描述與分值比例說明

四級、六級考試按照《大學英語課程教學要求（試行）》修訂考試大綱，開發新題型，加大聽力理解部分的題量和分值比例，增加快速閱讀理解測試，增加非選擇性試題的題量和分值比例。2013 年 8 月 17 日題型調整後，現階段

的四級、六級考試內容由四部分構成：聽力理解、閱讀理解、綜合測試和寫作測試。為了適應新形勢下社會對大學生英語聽力能力需求的變化，進一步提高聽力測試的效度，全國大學英語四級、六級考試委員會自 2016 年 6 月起對四級、六級考試的聽力試題進行局部調整，占全部分值的 35%。閱讀理解部分比例調整為 35%，其中詞彙理解（選詞填空）占 5%，仔細閱讀部分（Careful Reading）占 20%，長篇閱讀部分占 10%。仔細閱讀部分除測試篇章閱讀理解外，還包括對篇章語境中的詞彙理解的測試；長篇閱讀部分測試各種快速閱讀技能。翻譯占比為 15%。寫作能力測試部分比例為 15%，體裁包括議論文、說明文、應用文等。試行階段四級、六級考試各部分測試內容、題型和所占分值比例與考試時間如圖 4.1 所示。

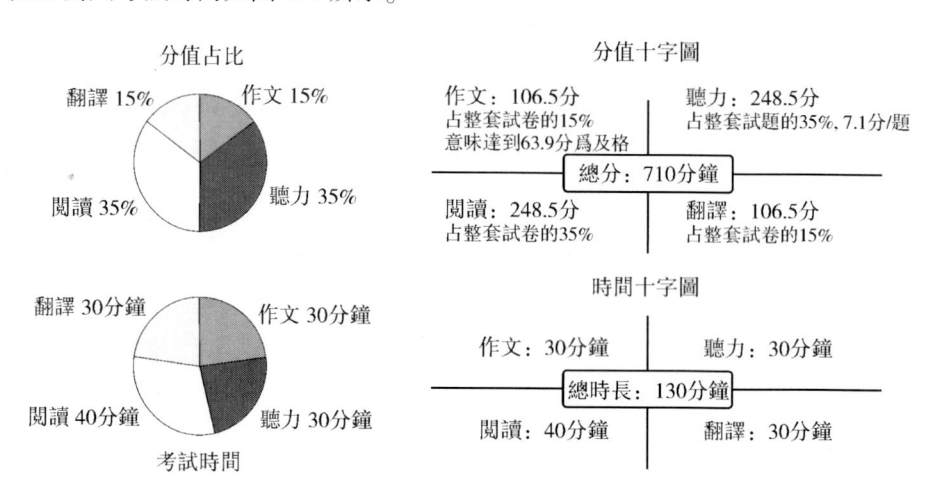

圖 4.1　四級、六級考試分值與時間總說明

1. 題型結構

大學英語四級、六級考試的試卷結構、測試內容、測試題型、分值比例和考試時長如表 4.1 所示。

表 4.1　　　　　　大學英語四級、六級考試題型結構

題型結構	測試內容	測試題型	題目數量	分值比例（%）	考試時間（分鐘）
寫作	寫作	短文寫作	1	15	30
聽力理解	短篇新聞	選擇題（單選題）	7	7	30
	長對話	選擇題（單選題）	8	8	
	聽力篇章	選擇題（單選題）	10	20	

表4.1(續)

題型結構	測試內容	測試題型	題目數量	分值比例（%）	考試時間（分鐘）
閱讀理解	詞彙理解	選詞填空	10	5	40
	長篇閱讀	匹配	10	10	
	仔細閱讀	選擇題(單選題)	10	20	
翻譯	漢譯英	段落翻譯	1	15	30
總計			57	100	130

2. 題型描述

（1）作文。寫作部分測試學生用英語進行書面表達的能力。寫作測試選用考生熟悉的題材，要求考生根據所提供的信息及提示（如提綱、情景、圖片或圖表等）寫出一篇短文，四級要求120～180詞，六級要求150～200詞，分值占比為15%。

（2）聽力理解。聽力部分測試學生獲取口頭信息的能力，錄音材料用標準的英式或美式英語朗讀，四級、六級要求語速約分別為每分鐘130詞和每分鐘150詞。為了適應新形勢下社會對大學生英語聽力能力需求的變化，進一步提高聽力測試的效度，全國大學英語四級、六級考試委員會自2016年6月起對四級、六級考試的聽力試題進行了局部調整。調整包括取消短對話、取消短文聽寫、新增短篇新聞（3段），其餘測試內容不變。

聽力部分各項占比為：新聞聽力和長對話（2段，每段提3～4個問題）15%，短文20%。分值占比為15%。聽力部分試題均採用多項選擇題的形式進行考核。每段對話均朗讀一遍，每個問題後留有13～15秒的答題時間。

（3）閱讀理解。閱讀理解部分測試學生在不同層面上的閱讀理解能力，包括理解篇章或段落的主旨大意和重要細節、綜合分析、推測判斷以及根據上下文推測詞義等能力。該部分所占分值比例為35%。考試時間為40分鐘。

①選詞填空。選詞填空要求考生閱讀一篇刪去若干詞彙的短文，然後從所給的選項中選擇正確的詞彙填空，使短文復原。四級考試的篇章長度為200～250詞，六級考試篇章長度為250～300詞。

②長篇閱讀。每句所含的信息出自篇章的某一段落，要求考生找出與每句所含信息相匹配的段落。有的段落可能對應兩題，有的段落可能不對應任何一題。

長篇閱讀一般為篇幅較長的1篇文章，四級考試的篇章長度約1,000詞，

六級考試的篇章長度約 1,200 詞。閱讀速度四級約每分鐘 100 詞；六級約每分鐘 120 詞。篇章後附有 10 個句子，每句一題。

③仔細閱讀部分。仔細閱讀部分為 2 篇選擇題型的短文理解測試，要求考生根據對文章的理解，從每題四個選項中選擇最佳答案。四級考試的篇章長度為每篇 300~350 詞，六級考試的篇章長度為每篇 400~450 詞。

（4）翻譯。翻譯部分測試學生把漢語所承載的信息用英語表達出來的能力，所占分值比例為 15%，考試時間為 30 分鐘。翻譯題型為段落漢譯英。翻譯內容涉及中國的歷史、文化、經濟、社會發展等。四級考試長度為 140~160 個漢字，六級考試長度為 180~200 個漢字。分值占比為 15%。

三、大學英語四級、六級考試評分標準

1. 作文評分標準

作文題滿分為 15 分，成績分為六個檔次：13~15 分、10~12 分、7~9 分、4~6 分、1~3 分和 0 分。

2. 翻譯評分標準

翻譯題滿分為 15 分，成績分為六個檔次：13~15 分、10~12 分、7~9 分、4~6 分、1~3 分和 0 分。

第三節　大學英語四級、六級考試技巧

一、寫作應試技巧

大學英語四級、六級考試寫作要求結構合理、表達流暢、詞語豐富、句式富於變化。備考時，一是背誦一些範文，以便能用優美的語句和常用的表達來為自己的文章增色；二是堅持寫作並不斷修改，一點點地提高寫作能力；三是不能看到題目提筆就寫，最好先構思一下文章的結構，簡單列一個提綱，以免出現跑題或無話可說的情況。

1. 具體步驟

（1）審題。

①審體裁（議論文、說明文、描述文）。審題就是要審作文的題材和體裁。不同的體裁就要用不同的題材去寫。那麼體裁包括哪些呢？它包括議論文、說明文和描述文。從近些年看，四級、六級考試作文不是單一的體裁，而是幾種體裁的糅合體。例如：

Directions: For this part, your are allowed 30 minutes to write a composition on the topic:

Trying to Be a Good University Student.

You should write at least 100 words and you should base your composition on the outline (given in Chinese) below:

做合格大學生的必要性。

做合格大學生的必備條件（可以從德、智、體方面談）。

很多人說這種類型的作文是議論文。這是片面的，原因如下：

第一段要求寫「必要性」，屬於議論文；

第二段要求寫「必備條件」，則要求寫說明文；

第三段要求寫「這樣做」，則要求寫描述文。

因此在大多數情形下，四級、六級考試作文是三種體裁的糅合體。

②確定相應的寫作方法。我們審題的目的就是根據不同的體裁確定不同的寫作方法。通過審題，我們可以看出四級、六級考試作文大都是三段式。如上例第一段為議論體，第二段為說明體，第三段為描述體。而各種文體又有不同的寫作方式：議論文要有論點和論據，而且往往從正反兩方面來論述。例如，上面第一段的思路是：做合格大學生，會怎麼樣（這是從正面論述）；不做合格大學生，又會怎麼樣（從反面論述）；因此我們要做合格的大學生（結論）。說明文從幾方面來說明一個問題，可以從德、智、體三方面來說明合格大學生的必要性。描述文以「人」為中心描述一個「做」的過程。與上兩段相比，本段的主語多為人稱代詞，要與第二段相呼應進行描述。

(2) 確定主題句。審完題後，接下來就是如何寫的問題。第一步是確定主題句，主題句既能保證不跑題，又能幫助制定寫作思路。而寫主題句最保險的方法就是直接翻譯中文提綱，如上述各段的主題句為：

It is very necessary to be a good university student.（議論體的主題句）

There are several respects of necessities to be a good university student.（說明體的主題句）

What I will do in the future is the following.（描述體的主題句）

(3) 組織段落。確定主題句後，接下來的工作就是展開論述。許多考生真正犯難的也是這一步。最基本的解決辦法是擴大詞彙量，豐富自己的語法存儲。在寫作時，語法和詞彙都是最基本的。然而，組織段落的能力也尤為重要（接下來的連貫與銜接部分，我們將更為詳細地為大家講解）。行文時，不能只是提供一些「information」，還要學會運用一些「examples, personal experi-

ences, comparisons, descriptions」，只有這樣，才不會覺得無話可「寫」。

（4）連貫與銜接。

①列舉法。

列舉的模式通常如下：

主題句

——example 1

——example 2

——example 3

列舉時常用 for example, for instance, such as, like, thus, take, as an example, to illustrate 等詞語。

例文如下：

Nonverbal communication, or「body language」is communication by facial expressions, head or eye movements, hand signals, and body postures. It can be just as important to understanding as words are. Misunderstandings are often amusing but sometimes serious ones can arise between people from different culture if they misinterpret nonverbal signals. Take for example, the differences in meaning of gesture are very common in the United States: a circle made with the thumb and index finger. To an American, it means that everything is Ok. To a Japanese, it means that you are talking about money. In France, it means that something is worthless, and in Greece, it is an obscene gesture. Therefore, an American could unknowingly offend a Greek by using that particular hand signal.

②分類法。一般是在主題句之後，依次羅列段落指示詞所表達的幾個部分或幾個方面，然後選用豐富的事例對所羅列的各個部分或各個方面進行具體地說明或解釋。

例文如下：

There are three basic kinds of materials that can be found in any good library.

First, there are books on all subjects, both in English and in many other languages. These books are organized according to subject, title, and author in a central file canned the card catalog. Books can generally be checked out of the library and taken home for a period of two to four weeks.

Second, there are reference works, which include encyclopedias, dictionaries, bibliography, atlases, etc., and which generally must be used in the library itself.

Third, there are periodicals- magazines, newspapers, pamphlets-which are filed alphabetically in racks, or which have been filmed to conserve space. Like reference works, periodicals cannot usually be removed from the library.

分類時常用 most of all, next, moreover, in addition, besides, furthermore, to begin with, to start with, first of all, first, second, third 等詞語。

③因果關係。在段落一開頭，就用主題句點明其因果關係，然後選用有關材料，客觀地羅列某些原因或結果，以闡述中心思想。

例文如下：

Growing numbers of well-to-do Americans are making the decision to move abroad. They find it impossible in America to walk the streets at night without fear of being raped, mugged, or murdered, nor do they see a way to escape the poisonous air of the cities. They maintain that even American food has become increasingly dangerous to eat. Last but not least, they insist that they are sick of the pace of American life, a pace that leaves no time for relaxation or pleasure.

因果關係常用語匯有 because of, so, owing to, thanks to, thus, as a result of, hence, for this reason, consequently, is caused by, lead to, result in 等。

④比較法。主題句必須明確表明所要比較的對象和所要比較的範圍，實際上就是羅列兩個或兩個以上比較對象的相同點。

例文如下：

Learning English is like building a house. Laying a solid foundation is the first and most important step. In other words, you should read and speak English every day. Memorizing new words and phrases is also helpful. Like building a house, learning English takes some time.

So don't be impatient. Remember, Rome wasn't built in a day.

比較時常用語匯有 at the same time, similar to, accordingly, both, show a degree of similarity, similarly, the same as, and, too, in the same way, in a like manner 等。

⑤舉例法。列舉事實或舉出實例來說明中心思想是簡單易行、具有說服力的寫作方法。

例文如下：

Communicating with other people by telephone is very convenient, especially when you have something urgent. For example, if one of your family members is seriously ill at night, and you don't know how to deal with it and where to find a doctor, what can you do? A telephone is the answer. Dial 120 and you will get services from the hospital very soon.

2. 常用寫作句型模板

（1）Recently... has aroused a heated discussion. As to whether it is a blessing or a curse, people take different attitudes.

Along with the advance of the society, more and more problems are brought to our attention, one of which is that...

最近……引起了人們的廣泛關注。對於此類問題，人們持不同的看法。

（hold /come up with/set forth/put forward different attitudes）

People from different backgrounds would put different interpretations on the same case.

不同行業的人對同一種問題的解釋不盡相同。

（2）Some people contend（advocate/hold/claim）that... has proved to bring many advantages/benefits.

First of all... What's more... In addition...

（3）But others hold the view（attitude/opinion）that... has proved to bring many disadvantages.

但是，另外一些人則認為……

First of all... What's more... In addition...

On the other hand, there are a large number of people who hold a different view concerning this case.

然而，很多人對此有不同的看法。

（4）Personally, I am in favor of the latter（former）opinion.

For my part, I stand on side of the latter opinion that.

就我個人而言，我支持後者（前者）……

As far as I am concerned, I am inclined to be on the side of the latter view.

Taking into consideration both sides of the issue, I tend to favor the latter view...

（5）Every thing has a good side and a bad side. /Every thing in the world has its own two sides.

萬事萬物有其兩面性。

Without exception... has both advantages and disadvantages.

也不例外……有其優勢和劣勢（利與弊）。

（6）The advantages far overweigh the drawbacks/disadvantages/shortcomings.

優點勝過缺點。

Despite the advantages, we shall not lose sight of its side/negative effects on.

儘管……有些益處（優勢），有些人則認為，我們不能忽略了其的負面影響。

（7）From what has been discussed above, we may finally draw the conclusion that…

通過以上的討論，我們可以得出如下結論……

In conclusion, although… has its negative effects, it can (to a great extent) bring us more advantages.

總體說來，雖然……有其負面的影響，在很大程度上，其也將給我們帶來很多好處。

From what has been discussed above, we can see… does more harm than good to us. Therefore, I strongly approve of…

從以上論述可知……對我們百害而無一利。

What we must do is to encourage the strength and diminish the weaknesses to the least extent.

我們必須盡可能發揮其優勢，趨吉避凶。

3. 常考作文類型模板

（1）圖表作文。

第一段，分析圖表。

第一句：

① It can be seen from the chart/diagram/table/graph/figures/statistics that…

從表格/圖表/數據中我們可以看到……

② From the table/figures/data/results/information above, we can see that…

從以上的表格/圖表/數據/結果/信息中，我們可以看到/總結/預測/計算/得出……

第二句：數據所反映的某個趨勢或某一個問題、現象。

The table shows the changes in the number of …over the period from … to …

該表格描述了在……年到……年間……數量的變化。

第二段：解釋圖表變化原因。

主題句：

Why…? Several factors contribute to/lead to/account for the phenomenon/problem.

The following factors/reasons/causes need to be taken into consideration.

需要考慮下列因素/原因：

擴展句：

First of all... （原因 1）

或 The main reason is that...

（主要原因是……）

What's more... （原因 2）

或 The second thing that must be taken into consideration is that...

（第二個值得考慮的原因是……）

Furthermore... （原因 3）

或 The third but very important reason is that...

（第三個原因是……）

All these result in...

第三段：提出解決辦法。

To solve the above-mentioned problem, we can...

第三段或為以下模式：

From the above discussions, we have enough reason to predict what will happen in the near future.

The trend described in the table/chart/graph will continue for quite a long time （if necessary measures are not taken）.

（2）諺語類作文。

第一段：解釋諺語。

It is well known to us that the proverb... （諺語） has a profound significance and value not only in our job but also in our study. It means... （諺語的含義）. The saying can be illustrated through a series of examples as follows.

第二段：舉例證明。

A case in point is... （例子一）

... is another example to prove the proverb. （例子二）

A lesson that we can draw from the above examples is obvious.

第三段：總結。

Therefore, it goes without saying that it is of great importance to practice the proverb... （諺語）. The more we are aware of the significance of this famous saying, the more benefits we will get in our daily study and job.

（3）應用文。應用文就是在現實生活中有實際應用功能的文體，如信函、

通知、演講稿、導遊詞、見證書等。應用文要求在格式、行文習慣等方面講究規矩。

①應用型（信函）句子模板。

信函句子模板開頭常用表達如下：

Excuse me for not writing to you for so long a time.

Words cannot express my joy of receiving your letter of May 8th.

I am writing to…

I am very much delighted to inform you that…

I have the pleasure to tell you that…

信函句子模板結尾常用套話如下：

I send you my best wished.

Looking forward to hearing from you soon.

All the luck in the world to you.

Please give my best regards to your family/parents.

②活動通知作文模板。

模板舉例如下：

Volunteer Needed

With the approaching of＿＿＿＿（活動日），＿＿＿＿（組織者）is to organize ＿＿＿＿ and is now recruiting volunteers.

This program is planned to＿＿＿＿. It aims to ＿＿＿＿. By participating in the activity, volunteers can ＿＿＿＿. Volunteers are expected to ＿＿＿＿. The program will be carried out ＿＿＿＿.

＿＿＿＿ are needed. Fellow students who meet the requirements and want to take part in the activity, please call us at ＿＿＿＿ or email us at ＿＿＿＿.

Come and join us!

③競賽演講稿作文模板。

模板舉例如下：

A Campaign Speech

＿＿＿＿（選擇一個合適的稱呼），

Thank you for ＿＿＿＿. I am delighted to announce that ＿＿＿＿.（演講詞常用開場白套語）＿＿＿＿, I have always been considered as ＿＿＿＿.

Meanwhile, ＿＿＿＿＿＿. ＿＿＿＿＿＿＿＿. In addition, ＿＿＿
＿＿＿（層次清楚地陳述自己的優勢，突出重點）。

If elected, I am confident that ＿＿＿＿．

④導遊解說詞作文模板。

模板舉例如下：

＿＿＿＿＿＿，

Welcome to ＿＿＿＿＿＿＿. First of all, I'd like to introduce myself: I am ＿＿＿＿＿＿＿. It's my honor to be here with all of you, and I wish you a wonderful trip today（表示歡迎，自我介紹，開場白套話）。

Here is the schedule of the day. ＿＿＿＿＿＿is the first place we are going to visit this morning. Then ＿＿＿＿＿will be our destination in the afternoon（簡要介紹行程安排，無需贅述）. Now we are on the way. ＿＿＿＿＿＿＿＿＿
＿＿＿＿＿＿＿＿＿＿＿＿＿＿＿＿＿（用三四句話介紹第一景點的概況，突出重點）．

That's the introduction to ＿＿＿＿＿＿. If you have any questions, please don't hesitate to ask me（結束語套話）．

(4) 綜合敘事型作文。

綜合敘事型作文是以記人敘事為主要內容、以敘述為主要表達方式的文章。

第一段：引出主題（交代清楚事情發生的背景，如時間、地點及人物等）。

第二段：主體（描述事情發生的起因、經過和結果）。

第三段：事件分析（分析事件發生的原因或者寫出個人的感受）。

It is＿＿＿＿＿＿（時間和地點）when ＿＿＿＿＿（事件）took place. ＿＿＿＿＿＿（簡單敘述一兩句）．

I saw ＿＿＿＿＿ sight. ＿＿＿＿＿＿（描寫情景，注意描寫的順序）．

To begin with, ＿＿＿＿＿．

And then, ＿＿＿＿＿＿＿．

Eventually, ＿＿＿＿＿＿＿．

As a consequence, ＿＿＿＿＿（結束語）．

In my opinion, three factors contribute to ＿＿＿＿＿．

First, ＿＿＿＿＿（原因1）．

Second, _____ （原因2）.

Last _____ （原因3）.

All these led to_____ （結束語）.

第三段或為以下模式：

I do believe_____ （個人感受）.

4. 高分策略

（1）構思簡單，少犯錯誤（考核語言表達能力）。

（2）好的開頭和結尾。開頭找好切入點，快速入題，簡潔明快；結尾不要拖泥帶水，適當評論，以求點睛之筆。

開頭寫法如下：

①直接陳述觀點法。

舉例如下：

Nowadays people are coming to realize/be aware that... As far as I am concerned...

People become increasingly aware/conscious of the importance of... In my opinion/I think...

②比較法。

舉例如下：

When it comes to... some people think/believe that... Others argue/claim that the opposite is true. There is probably some truth in both arguments/statements, but I hold/believe that...

Nowadays, there is public discussion/controversy on/about the problem/issue of... Those who criticize/object to... argue that... But people who advocate/favor... on the other hand, maintain that... I strongly hold that...

③背景法。

舉例如下：

People used to think/It was once thought... In the past/old days... But things are quite different. Few people now share this view.

④設問法。

舉例如下：

Should smoking be banned? Answers to this question vary greatly. Some people are in favor of the banning of smoking because it is not only a strong offence（冒犯）to people around the smokers, but also something harmful to the smokers themselves. I side with them in this sense.

⑤數據法。

舉例如下：

According to a recent survey, about 85% of the people are in favor of Golden Week and 15% regard Golden Week as a waste of time.

A recent statistics shows that.. 75% of the college students wanted to further their study after graduation.

結尾寫法如下：

①總結法。

舉例如下：

(Sample: Important Qualities of a Good Son or Daughter)

The above-mentioned are only a few of the qualities of a good child, namely, being filial... respecting the parents and loving the family, but I believe that they have been and will be of vital importance in a family.

②重申法。

舉例如下：

(Sample: Why Do People Work?)

In brief, I believe that people work mainly because they find their work rewarding and can feel the sense of satisfaction in their job.

The beginning of the essay goes like this: It seems that people work for money. however, as a matter of fact, they work mainly because they enjoy working, through which they can get the sense of accomplishment.?

③建議法。

舉例如下：

(Sample: Physical Exercise is Beneficial to Health)

From the above data, we can see the importance of physical exercises. Therefore, people form all walks of life should spend more time on taking up physical exercises to keep themselves physically and mentally sound.

④預測法。

舉例如下：

(Sample: Computer Translation or Human Being Translation?)

All in all, no matter how advanced science and technology would be, computers can never take the place of human beings in translation. We human beings have produced and will produce better translations to bridge the different cultures.

⑤引言式。

舉例如下：

（Sample：The Importance of Knowledge）

Francis Bacon, the great philosopher, once remarked：「knowledge is power.」This is still valid in modern times. Only by obtaining useful knowledge, can we contribute more to the society.

5. 寫作中常見錯誤歸納

（1）主語錯誤。

①主語缺失。

舉例如下：

In our country feels very free.

People feel free in our country.

In my hometown aren't very busy.

People in my hometown are very busy.

②非名詞主語。

舉例如下：

Rich doesn't ensure a happy life.

Being rich doesn't mean a happy life. ／ Wealth doesn't ensure a happy life.

Keep two full-time jobs is simply impossible.

Keeping two full-time jobs is simply impossible.

③主謂錯位。

舉例如下：

Reading books can acquire knowledge.

People can acquire knowledge from books.

Now people's lives can't leave TV.

Now people can't do without TV.

（2）謂語錯誤。

①多重謂語。

舉例如下：

In our modern society, there are many examples around us show that many people are cheated.

In our modern society, many examples around us show that many people are cheated.

Poverty makes many people can't study abroad.

Poverty makes many people unable to study abroad. / Poverty makes it impossible for many people to study abroad. / Poverty prevents many people from studying abroad. / Many people can't study abroad because of poverty.

There are many people think that...

There are many people who think that... 或者直接說 Many people think that...

②非動詞謂語。

舉例如下：

Some people firmly agree, but others against it.

Some people firmly agree, but others are against it.

It is said that the place worthes touring.

It is said that the place is worth touring.

③主謂不一致。

舉例如下：

I have to visit the teacher who teach me College English.

I have to visit the teacher who teaches me College English.

I use a disk because it hold plenty of data.

I use a disk because it holds plenty of data.

④誤用詞組。

舉例如下：

They insist on post-graduate study is very important for them.

They insist that post-graduate study is very important for them.

I am afraid of that it's going to rain.

I am afraid that it's going to rain.

（3）冠詞錯誤。

舉例如下：

In my opinion, the future of bicycle is very promising.

In my opinion, the future of the bicycle is very promising.

They suggest that we should choose only the good books to read and never touch the bad ones.

They suggest that we should choose only good books to read and never touch bad ones.

（4）代詞錯誤。

①偷梁換柱。

舉例如下：

An important thing for the student to remember is that when writing a paper, you should not plagiarize.

An important thing for the student to remember is that when writing a paper, he should not plagiarize.

If we cheat others, friends will never believe you and they will leave you alone.

If we cheat others, friends will never believe us and they will leave us along. / If you cheat others, friends will never believe you and they will leave you alone.

②指代不明。

舉例如下：

He gave a reason for not attending the meeting, which nobody believed.

He gave a reason, which nobody believed, for not attending the meeting. / He gave a reason for not attending the meeting, a reason which nobody believed.

Sometimes teachers have to inform the students of the heavy burden they have to bear.

Sometimes teachers have to inform the students of the heavy burden students have to bear.

（5）形容詞、副詞錯誤。

舉例如下：

What is more, the change of the weather will make the place look differently.

What is more, the change of the weather will make the place look different.

Surprising enough, he faces the failure very bravely.

Surprisingly enough, he faces the failure very bravely.

（6）分詞誤用。

舉例如下：

Comparing with other countries, China pays little attention to the energy problem.

Compared with other countries, China pays little attention to the energy problem.

Those spirits were just like an indispensable part of the whole picture when viewing through my camera.

Those spirits were just like an indispensable part of the whole picture when viewed through my camera.

（7）修飾語誤置。

舉例如下：

Spoken English is an important part for learning English people.

Spoken English is an important part for people learning English.

To keep the air clean, we must move the factories which give off poisonous gases to the countryside.

To keep the air clean, we must move to the countryside the factories which give off poisonous gases to the countryside.

（8）垂懸修飾語。

舉例如下：

Having carried out economic reforms in our country, people's living standard has been greatly improved.

Having carried out economic reforms in our country, people have greatly improved their living standard.

To tell my friend the good news, the letter was posted at once.

To tell my friend the good news, I posted the letter at once.

（9）平行錯誤。

舉例如下：

While we reduce the number of vehicles, the speed of traffic can be increased.

While we reduce the number of vehicles, we can increase the speed of traffic.

Before I selected the new course, my teacher warned me of the difficulty of the course and how long it lasted.

Before I selected the new course, my teacher warned me of the difficulty and length of the course. / Before I selected the new course, my teacher warned me how difficult the course was and how long it lasted.

（10）搭配錯誤。

舉例如下：

In the past the price of meat was so expensive that most families could not afford it.

In the past the price of meat was so high that most families could not afford it.

Crowded traffic in some large cities is a big problem for city dwellers.

Heavy traffic in some large cities is a big problem for city dwellers.

（11）破句。

舉例如下：

Nowadays, if you want to find a job. Then you must pass the job interview.

Nowadays, if you want to find a job, you must pass the job interview.

First you should show good manners. Because the first impression you leave on others is important.

First you should show good manners, because the first impression you leave on others is important.

二、聽力應試技巧

要想提高聽力理解能力，首先要加強英語語音學習，只有熟悉單詞的讀音，在聽到這個詞時才能迅速反應上來。其次，要每天堅持精聽和泛聽訓練，聽力理解能力的培養非一朝一夕可得，堅持不懈、持之以恆是提高聽力成績的必要手段。最後，熟悉聽力考試題型，掌握出題規律和一定的技巧也是提高聽力理解能力的一個有效途徑。

日常聽力訓練時，一是注意相近音、語音、語調等問題。二是手眼腦並用，記錄關鍵信息。記憶能力的培養對於提高聽力成績很重要。人腦瞬時記憶的時間是有限的，超出一定的時間，信息就會弱化，甚至消失。因此，聽的同時訓練速記能力大有裨益，能大大提高答題的正確率，但切記不能顧此失彼。三是快速瀏覽選項，提煉信息點，再找出選項間的聯繫點，以此來推斷問題的內容及對話或短文的大意，為聽音時充分獲取信息做準備。四是擴大詞彙量、加強語法知識是提高聽力填空正確率的基礎，答題時應提前快速閱讀全文，充分利用上下文線索，迅速寫下聽到的單詞。

不能因為聽力基礎薄弱就放棄聽力理解題，以下兩個原則會讓答題者在答題時小有收穫。一是視聽反向原則，適用於短對話。因為一次性出現的信息少，設題時往往會有「陷阱」在裡面，所以答題應遵循視聽反向原則，即聽到的內容和看到的選項正好一致時，往往不是正確選項，一般都需要分析和計算才能得到正確答案。二是視聽一致原則，適用於長對話和短文理解。因為這兩個題型主要測試學生對重要信息的捕捉能力，所以當聽到內容和看到的選項一致時，基本上就可以做出選擇了。

1. 新聞聽力應試技巧

全國大學英語四級、六級考試委員會根據新形勢下社會對大學生英語聽力能力需求的變化，自2016年6月考試起對四級、六級聽力試題進行了局部調

整。調整後的試題更加側重對語言應用能力的考察，如聽新聞廣播獲取知識的能力。而新聞聽力一直是學生的短板，一方面，學生對新聞中常出現的詞彙不熟悉；另一方面，學生對英文新聞廣播的語音、語調掌握不好，不能抓住關鍵信息點。

（1）新聞聽力的特點分析。

①新聞結構。西方媒體報導通常採用「倒金字塔」（Inverted Pyramid）模式，即把新聞中最重要的部分放在報導的開始——這是我們要聽的重中之重，也是新聞聽力考察的核心。新聞報導一般將最重要或最吸引人的信息集中在首句，而該句就是我們所說的導語（the News Lead）。換言之，聽到新聞的首句，就可以對新聞內容有一個總體的把握。

②新聞六要素。

When——新聞發生的時間。

Where——新聞發生的地點。

Who——事件中涉及的人物。

What——新聞描述的具體事件。

Why——事件的起因。

How ——事件的相關背景、經過以及結果等。

這六要素串聯在一起便是一篇新聞報導的主線，因此要重點聽這幾處的相關信息。

例如：

A group of business leaders in Boston today announced plans to expand a college scholarship program to include any eligible Boston high school graduates. The business leaders announced plans for a permanent five-million dollar endowment fund, and they also promise to hire any of the students who go on to complete their college educations. Other assistance from the program has helped the students raise more than six hundred thousand dollars in additional financial aid...

本篇新聞中含有相關的信息如下：

When——today.

Where——Boston.

Who——a group of business leaders.

What——announced plans, expand a college scholarship program, include eligible Boston high school graduates.

How——The business leaders announced plans for a permanent five-million dollar endowment fund, and they also promise to hire any of the students who go on to complete their college educations. Other assistance from the program has helped the students raise more than six hundred thousand dollars in additional financial aid.

其中，第一句（導語）涵蓋了大部分要素，堪稱是新聞的「靈魂」。可以說，聽懂了導語，新聞就聽懂了一半。不過，並不是所有的新聞都遵循這個模式。

③新聞題材。新聞題材十分廣泛，大體可分為政治、經濟貿易、科技能源、社會問題（宗教糾紛、軍事衝突、武裝暴亂）、體育賽事以及災難災害等。

④新聞詞彙。新聞報導是發生在世界範圍內的最新消息，因此在報導中常涉及許多人名、地名、國名。除此之外，新聞報導中還常常出現一些河流、山脈以及名勝古跡等專有名詞。熟悉這些專有名詞可使聽者更快、更準確地瞭解所聽的新聞內容。

下面我們就以考試樣文為依據來談一下如何備考新四級、六級新聞聽力。

Kenyan police say one person was killed and 26 injured in an explosion at a bus station in central Nairobi. The blast hit a bus about to set off for the Ugandan capital Kampala. Last July, the Somali group al-Shabab said it was behind the blasts in the Ugandan capital which killed more than 70 people. Will Ross reports from the Kenyan capital.

The explosion happened beside a bus which was about to set off for an overnight journey from Nairobi to the Ugandan capital Kampala. Some eyewitnesses report that a bag was about to be loaded on board, but it exploded during a security check. Windows of the red bus were left smashed, and blood could be seen on the ground beside the vehicle. Just hours earlier, Uganda's police chief had warned of possible Christmas-time attacks by Somali rebels.

這是一篇典型的英文新聞報導，講述了肯尼亞首都內羅畢車站發生了一起爆炸事故，導致 1 死 26 傷。新聞的開篇通常描述新聞事件的主要內容，是一篇報導中最為重要的部分，也是我們在聽力過程中需要重點聽的部分。下面我們來看一下這篇新聞中出現的詞彙。

Kenyan：['kenjən；'kiːn-] n. 肯尼亞人。adj. 肯尼亞的；肯尼亞人的。

Explosion：[ik'spləʊʒ(ə)n；ek-] n. 爆炸；爆發。

Nairobi：[naiə'rəubi] n. 內羅比（肯尼亞首都）。

Blast：英 [blɑːst] 美 [blæst] n. 爆炸；衝擊波。vi. 猛攻。vt. 爆炸。

Ugandan：[juːˈgændən] *n.* 烏干達人。*adj.* 烏干達的；烏干達人的。
Kampala：[kɑːmˈpɑːlə] *n.* 坎帕拉（烏干達首都）。
Somali：[səuˈmɑːli] *n.* 索馬里人；索馬里語。*adj.* 索馬里的。
al-Shabab：青年黨。
overnight：[əuvəˈnaɪt] *adj.* 晚上的；通宵的。
eyewitness：[ˈaɪwɪtnɪs] *n.* 目擊者；見證人。
security check：安全檢查；安檢。
Smashed：[smæʃt] *v.* 粉碎（smash 的過去式和過去分詞）。*adj.* 破碎的。
Rebel：[ˈreb(ə)l] *n.* 反叛者；叛徒。*adj.* 反抗的；造反的。*vi.* 反叛；反抗；造反。

這些單詞都是在新聞聽力中經常出現的，我們一定要牢牢掌握，對於人名、地名大家可以不必掌握如何拼寫，記錄時可以用單詞的開頭字母代替該單詞，但是一定要知道它們的意思。另外，我們在備考時一定要掌握單詞的發音，能夠在音和義之間建立有效而正確的聯繫，切忌對單詞的發音掌握不清，或是發音錯誤，不能正確辨認出新聞廣播員所要表達的詞彙含義。

（2）新聞聽力的應對策略。

①預讀、預判。新聞聽力同短文聽力比較類似，除了對每道題、每一選項進行橫向閱讀以外，還要進行縱向閱讀。縱向閱讀就是將該題所有選項豎向瀏覽，這一瀏覽方式能夠將題與題之間建立關聯，可以預判題目可能的考查方向。同時，在同一篇新聞下的幾個題目中，選項反覆出現的一些關鍵詞可以作為聽題提示詞。在這些聽題提示詞的前後，往往有答案出現，同時偶爾也是對主旨的暗示。

②聽題注意事項。在聽題過程中，新聞聽力的第一句往往是主旨句。同時，新聞聽力中的地名、人名、國家名等詞的後面常出現聽題點。當然，這些人名、地名、國家名等，往往會讓大家感到陌生，這其實提醒我們：遇到生詞千萬不要糾結，而是注意聽其後的相關內容。

除了第一句，聽題中間遇到的人名、地名、國家名以外，時間詞是新聞聽力中的重要標誌。尤其是事故類新聞，一般都會有明確的時間。在不同的時間段後面會緊接著談論事故的起因、經過、結果。

以上就是新聞聽力需要注意的幾點。技巧再多，紙上談兵都不如實際操練效果好。聽力本就是一件需要不斷「磨耳朵」的體驗。

2. 長對話應試技巧

長對話一般為 2 段，共 7 個小題，只讀 1 遍。

聽力長對話（Long Conversations）的長度一般為6~20句，120~250詞。針對每篇長對話的問題可能會有3~4個。與短對話相比，長對話涉及的內容更深入，人物態度、語氣、情感變化更複雜，一般不能簡單依賴某個關鍵詞來判斷整篇對話的含義。

對於聽力長對話，大家應始終牢記：不要奢望將其內容一字不落地完全聽懂並且記住。因為即使在日常生活中用母語對話，這也幾乎是不可能的，同時也是不必要的。在日常生活中，我們只要掌握自己關心的信息，而在聽力考試中，我們則要抓住關鍵的命題點。

(1) 長對話的應試策略。

① 找出中心思想。短對話的答案一般是顯而易見的，而長對話有時更依賴於推斷和判斷。儘管如此，長對話必然有一個中心議題，中心議題正是凝聚點，對話雙方都是圍繞該中心而展開話題。對於長對話而言，做出正確選擇的關鍵就是把握住對話的中心思想。

② 聽前預測。聽前預測對於聽長對話非常重要。放音間隔的時間應盡可能留作預測之用。若想有效使用這短短幾十秒的放音間隔時間，需把握以下三個原則：

第一，先縱後橫。所謂「先縱」，就是首先通讀每篇後的3~4個小題，找出關鍵詞，前後聯繫，預測全篇大致主題。所謂「後橫」，就是在仍有時間的情況下，通看各題選項，看看是否存在生詞，總結長句的核心意思，以此預測考點和可能的答案。這兩步預測都要注意隨時做出標註，劃出關鍵詞或簡寫長句的大意。

第二，分清主次。與生活中的情形相似，雙方對話的時候常有主次之分，如一方詢問，另一方作答時，關鍵信息多出現在作答一方，考點自然也就多出於此。分清對話雙方的主次對於我們預測考點出現的位置很重要，方法也簡單易行。

第三，聽時抓「點」。有了充分的聽前預測，聽時的主要任務就是抓住考點，並且掌握如下兩個要點：

其一，考點均勻分布，易出現在話輪轉換處。首先，長對話後設的3~4個小題一般均勻地分布在對話的每個回合，極少出現某一個回合包含兩個考點的情況。這樣我們在一個對話回合中找到一個考點後，剩餘的部分就可不做詳聽，讓緊張的神經稍做放鬆，有利於將精力集中於下面的考點。其次，考點的位置多是話題轉換的時候。具體來說，就是對話一方某段發言的開頭和結尾部分。這也完全符合西方人的思維習慣，即在發言伊始多是開門見山，而在發言

結尾處又總括強調。

其二,重複率較高的詞或短語多成為考點。對話的主要內容理所當然會得到說話人的強調,而一個非常重要且明顯的強調方式就是重複,因此重複的詞語往往能夠揭示對話的主題。

(2) 常考場景。我們對長對話經常涉及的幾種情況做了歸類,主要分成與工作相關類、與生活相關類、與學習相關類。

顧名思義,工作相關類多是找工作、面試、貨品出售等題材;生活相關類主要涉及家庭、娛樂、運動以及針對第三者的談話等;學習相關類與學習有密切聯繫,如選課、考試、論文等。

①與工作相關類。與工作相關類是長對話考試的重點,自新四級、六級考試開展以來每次考試都有出現。與工作相關常見的場景有應聘(面試)、找工作、對行業專業人士的訪談以及貨品訂購相關事宜等。

場景人物包括聘方人員和應聘者、採訪者與被採訪人、訂貨方與發貨方等。

場景涉及的內容包括對於某種工作的態度和評價、應聘該工作的條件,工資待遇和工作環境,工作時間等;對所從事工作的看法、感受等;對訂單或所訂貨物等相關問題進行詢問。

真題示例(2007 年 12 月 23~25 題):

Questions 23 to 25 are based on the conversation you have just heard.

第一,聽前預測。

23. A) She is thirsty for promotion.

B) She wants a much higher salary.

C) She is tired of her present work.

D) She wants to save travel expenses.

(通過選項得知本題與工作相關。)

24. A) Translator.

B) Travel agent.

C) Language instructor.

D) Environment engineer.

(通過選項得知本題與職業有關。)

25. A) Lively personality and inquiring mind.

B) Communication skills and team spirit.

C) Devotion and work efficiency.

D) Education and experience.

（通過選項得知本題與工作要求有關。四個選項都是做好工作的肯定因素，關鍵是確定哪一個符合題意。）

第二，圈定關鍵詞。

23 題為細節題。問題詢問女士要找新工作的原因。答案出現在對話最開始，關鍵詞為「be fed up with」，意指「厭煩」。因此，本題答案為 C 選項。

24 題為細節題。本題關鍵詞為「in the paper, recruiting translators」。女士說厭煩了目前的工作，男士說報紙上登出歐洲太空署正在招募翻譯，「recruit」意為「招募」。因此本題答案為 A 選項。

25 題為細節題。通過選項得知本題與工作要求相關。四個選項都是做好工作「position」的肯定因素，關鍵要確定哪一個符合題意。問題中的關鍵信息是「determine the salary of the new position」。四個選項都在對話中提及，但是決定工資水平的是「education and experience」。

聽力原文如下：

W：Oh, I'm fed up with my job.

M：Hey, there's a perfect job for you in the paper today. You might be interested.

W：Oh, what is it? What do they want?

M：Wait a minute. Uh, here it is. The European Space Agency is recruiting translators.

W：The European Space Agency?

M：Well, that's what it says. They need an English translator to work from French or German.

W：So they need a degree in French or German, I suppose. Well, I've got that. What's more, I have plenty of experience. What else are they asking for?

M：Just that. A university degree and three or four years of experience as a translator in a professional environment. They also say the person should have a lively and inquiring mind, effective communication skills and the ability to work individually or as a part of the team.

W：Well, if I stay at my present job much longer, I won't have any mind or skills left. By the way, what about salary? I just hope it isn't lower than what I get now.

M：It's said to be negotiable. It depends on the applicant's education and experience. In addition to basic salary, there's a list of extra benefits. Have a look yourself.

W：Hmm, travel and social security plus relocation expenses are paid. Hey, this isn't bad. I really want the job.

Q23：Why is the woman trying to find a new job?

Q24：What position is being advertised in the paper?

Q25：What are the key factors that determine the salary of the new position?

②與生活相關類。與生活相關類常見的場景有旅遊、娛樂、家庭、購物、運動等。

場景人物包括同學、朋友或家庭成員以及消費者與提供服務方等。

場景涉及的內容包括旅遊涉及的內容，如訂房、景點介紹等；郊遊、聽音樂會、談論玩的計劃等；親朋之間的談話或針對第三方家庭情況的聊天等。

真題示例(2006年12月19~21題)：

Questions 19 to 21 are based on the conversation you have just heard.

第一，聽前預測。

19. A）To go boating on the St. Lawrence River.

B）To go sightseeing in Quebec Province.

C）To call on a friend in Quebec City.

D）To attend a wedding in Montreal.

(四個選項都提到要去做的事或目的，因此聽的時候重點放在說話人的目的上。)

20. A）Study the map of Quebec Province.

B）Find more about Quebec Province.

C）Brush up on her French.

D）Learn more about the local customs.

(四個選項都是以動詞原形開頭的，因此推測問題是行為活動或意見。)

21. A）It's most beautiful in summer.

B）It has many historical buildings.

C）It was greatly expanded in the 18th century.

D）It's the only French-speaking city in Canada.

(四個選項都和城市的描述有關，因此重點應該放在對城市的評價或描述上。)

第二，圈定關鍵詞。

19題為推理判斷題。根據對話內容，這位女士說「I'm invited to go to a friend's wedding」，由此句可判斷這位女士行程的主要目的，後來該女士又提到「My friend's wedding is in Montreal」，因此選D選項。

20題為推理判斷題。解答本題應注意建議的表達方法。男士所說的「you'd better practice your French before you go」,「you'd better」是典型的建議句型。C選項中的「brush up」表示「突擊,加強復習」,即突擊法語,因此選C選項。

21題為細節題。因為題目和文章的順序是一樣的,因此要注意對話末尾處對某個城市的描述。男士針對女士的問題,回答「It's a beautiful city, very old. Many old buildings have been nicely restored」。因此,這是一座有歷史的城市。因此選B選項。

聽力原文如下:

W: Hey, Bob, guess what? I'm going to visit Quebec next summer. I'm invited to go to a friend's wedding, but while I'm there, I'd also like to do some sightseeing.

M: That's nice, Sherry. But do you mean the province of Quebec or Quebec City?

W: I mean the province. My friend's wedding is in Montreal, so I'm going there first. I'll stay for 5 days. Is Montreal the capital city of the province?

M: Well, many people think so because it's the biggest city, but it's not the capital. Quebec City is, but Montreal is great. The Santa Lawrence River runs right through the middle of the city. It's beautiful in summer.

W: Wow, and do you think I can get by in English? My French is okay, but not that good. I know most people there speak French, but can I also use English?

M: Well, people speak both French and English there, but you'll hear French most of the time and all the street signs are in French. In fact, Montreal is the third largest French-speaking city in the world. So you'd better practice your French before you go.

W: Good advice, what about Quebec City? I'll visit a friend from college who lives there now. What's it like?

M: It's a beautiful city, very old. Many old buildings have been nicely restored. Some of them were built in the 17th and 18th centuries. You'll love it there.

W: Fantastic, I can't wait to go.

Q19: What's the woman's main purpose of visiting Quebec?

Q20: What does the man advise the woman to do before the trip?

Q21: What does the man say about Quebec City?

③與學習相關類。與學習相關類與學習有密切聯繫,如選課、考試、論文等。

場景人物包括師生、同學、報名者與辦學方等。

場景涉及內容包括報到註冊、學期計劃、調課信息、考試安排、課程介紹、選課、對於老師的談論、課程的難易程度、對專業的談論等。

真題示例(2009年12月19~22題)：

Questions 19 to 22 are based on the conversation you have just heard.

第一，聽前預測。

19. A) He prefers the smaller evening classes.

B) He has signed up for a day course.

C) He has to work during the day.

D) He finds the evening course cheaper.

(選項中提到「evening classes」「day courses」等，以「he」為主語，並出現「prefer」等表示喜好和選擇的關鍵詞，可推斷很有可能是問選擇白天或晚上課的原因。)

20. A) Learn a computer language.

B) Learn data processing.

C) Buy some computer software.

D) Buy a few course books.

(四個選項中的內容都是關於計算機的。)

21. A) Thursday evening, from 7:00 to 9:45.

B) From September 1 to New Year's Eve.

C) Every Monday, lasting for 12 weeks.

D) Three hours a week, 45 hours in total.

(四個選項都是指不同的時間。結合上兩題，推測問題很可能是問上課時間。)

22. A) what to bring for registration?

B) Where to attend the class?

C) How he can get to Frost Hall?

D) Whether he can use a check?

(四個選項都是由不同疑問詞引導的，注意對話後面部分關於課程的提問。)

第二，圈定關鍵詞。

19題為細節題。對話開始，男士向女士諮詢計算機編程（Computer Programming）課程報名信息。男士針對女士的問題回答「Well, it would have to be an evening course since I work during the day」。因此，所以正確答案為 C 選項。

20 題為細節題。對話中女士問男士是否上過數據處理課程（Data Processing Courses），並說到「data processing is a course you have to take before you can take computer programming」。因此，正確答案為 B 選項。

21 題為細節題。A 選項是說周四晚 7:00 到 9:45，與男士說的「not on Thursdays」正相反；B 選項是說從 9 月 1 日到新年前夕，而對話中說的是到聖誕節前；D 選項是說每周 3 小時，共 45 小時，而對話中說的是將近 3 小時，持續 12 周。因此，C 選項是正確答案。

22 題為推理判斷題。對話中男士最後一個問題是「Is there anything that I should bring with me?」女士告知需帶支票。因此，正確答案為 A 選項。

聽力原文如下：

W：Hello, Parkson college. May I help you?

M：Yes. I'm looking for information on courses in computer programming. I would need it for the fourth semester.

W：Do you want a day or evening course?

M：Well, it would have to be an evening course since I work during the day.

W：Aha. Have you taken any courses in data processing?

M：No.

W：Oh. Well, data processing is a course you have to take before you can take computer programming.

M：Oh, I see. Well, when is it given? I hope it's not on Thursdays.

W：Well, there's a class that meets on Monday evenings at seven.

M：Just once a week?

W：Yes. But that's all most three hours from seven to nine forty-five.

M：Oh. Well, that's alright. I could manage that. How many weeks does the course last?

W：Mmm, let me see. Twelve weeks. You start the first week in September, and finish, oh, Just before Christmas. December 21st.

M：And how much is the course?

W：That's three hundred dollars including the necessary computer time.

M：Aha. Okay. Ah, where do I go to register?

W：Registration is on the second and third of September, between 6 and 9 in Frostall.

M: Is that the round building behind the parking lot?

W: Yes. That's the one.

M: Oh, I know how to get there. Is there anything that I should bring with me?

W: No, just your checkbook.

M: Well, thank you very much.

W: You are very welcome. Bye!

M: Bye!

Q19: Why does the man choose to take an evening course?

Q20: What does the man have to do before taking the course of computer programming?

Q21: What do we learn about the schedule of the evening course?

Q22: What does the man want to know at the end of the conversation?

3. 短文聽力應試技巧

短文聽力通常有3篇聽力材料。其中，較短的約150詞，較長的約200詞。材料本身難度不算太大，關鍵在於能否聽懂大意、抓住要點、記住主要情節。短文後面的問題大都是特殊疑問句。問題多關於短文的主題或主旨、有關講話人的情況、事實與細節、事情的因與果等，有時要求根據短文的內容進行推論。

大體說來，短文聽力題目比較客觀、直接。這是因為短文聽力題目涉及的多是具體事實（問暗含意義或要求推論的題目很少），並且答案常常可以從聽力材料中直接獲得。對於這類題目，只要能聽懂短文，選出正確答案便是輕而易舉的。能否順利完成這部分的試題，主要取決於能否在一系列語句中抓住答題所需的那些關鍵詞句。

（1）聽前分析選項，聽時有的放矢。

首先，利用重複詞語，推測短文主題。根據各題選項中出現的相同或相關詞語，推測出短文的大致主題，從而在聽音時可以更容易、更準確地理解短文內容。

其次，利用選項特點，推測問題內容。很多選項都有比較明顯的特點，或使用某種特殊的表達方式，如均為人物角色或均為地點場所；含有某些標誌性的詞語，如均含有「should」（很可能針對建議提問）或含有描述人物性格的詞語。利用這些選項特點和選項內容，我們便可以推測出問題可能考察的核心內容，從而知道聽音時應該重點關注哪些內容。

最後，提取選項要點，確定聽音重點。各選項中涉及的要點內容也是與問題和答案關係較密切的內容。因此，聽前閱讀選項時，我們應提取各個選項的

要點內容，將其縮小成一個或兩個單詞，在聽音時重點留意並記錄與其相關的信息。

真題示例(2006年6月33~35題)

Questions 33 to 35 are based on the passage you have just heard.

預覽3道題各選項，由選項中「basketball game, play, player, basket, rules」等可推測聽力內容與籃球比賽和運動員應遵守的比賽規則有關。

33. A) He took them to watch a basketball game.

B) He trained them to play European football.

C) He let them compete in getting balls out of a basket.

D) He taught them to play an exciting new game.

(選項中「trained, let, taught」表明「he」很可能是代指「教練」。本題很可能是問教練帶領或教球員們做什麼。)

34. A) The players found the basket too high to teach.

B) The players had trouble getting the ball out of the basket.

C) The players had difficulty understanding the complex rules.

D) The players soon found the game boring.

(選項中「trouble, difficult」表明本題可能與比賽中的問題或困難有關。因此，聽音時應重點關注是什麼問題——「basket too high, ball out of basket, complex rules, boring」。)

35. A) By removing the bottom of the basket.

B) By lowering the position of the basket.

C) By simplifying the complex rules.

D) By altering the size of the basket.

(選項表明本題是關於做某事的方式。根據對第34題的分析，推測本題很可能是關於如何解決該問題或困難。)

聽力原文如下：

One winter day in 1891, a class at a training school in Massachusetts, U. S. A, went into the gym for their daily exercises. Since the football season had ended, most of the young man felt they were in for a boring time. But their teacher, James Nasmith had other ideas. He had been working for a long time on a new game that would have the excitement of the American football. Nasmith showed the men a basket he had hung at the each end of the gym, and explained that they were going to sue a round European football, at first everybody tried to throw the ball into the basket no matter where he was standing.「Pass！Pass！」Nasmith kept shouting, blowing his whistle to stop the excited players. Slowly, they began to understand what was wanted of them.

　　The problem with the new game, which was soon called「basketball」, was getting the ball out of the basket. They used ordinary food baskets with bottoms and the ball, of course, stayed inside. At first, someone had to climb up every time a basket was scored. It was several years before someone came up with the idea of removing the bottom of the basket and letting the ball fall through. There have been many changes in the rules since then, and basketball has become one of the world's most popular sports.

　　Q33：What did Nasmith do to entertain his students one winter day?

　　Q34：According to the speaker, what was the problem with the new game?

　　Q35：How was the problem with the new game solved?

　　33題為推斷題。抓住轉折連詞「but」及緊隨其後的內容便知,「Nasmith」一直在研究一種「new game」。因此,答案為D選項。

　　34題為細節題。文中明確提到,這種新型遊戲的問題是如何「get the ball out of the basket」。因此,答案為B選項。

　　35題為細節題。文中結尾處提到,幾年後,有人「come up with」（提出）了這樣的想法:「remove the bottom of the basket」。因此,答案為A選項。

　　(2) 巧妙領會短文大意,徵服主旨題。

　　主旨題主要考查的是考生對短文的主旨大意或短文寫作目的的理解和把握。常見的提問方式如下:

　　What is the topic of the passage?

　　What is the speaker's purpose in giving this talk?

　　What is the passage mainly about?

　　首先,要學會利用選項推測短文主題。

　　其次,要重點留意首尾句。短文的開頭往往是文章的主題句,對整個短文起一個概括和提示的作用;結尾處往往含有總結性的語言,一般也會對主題起到響應和重申的作用。

　　再次,要留意重複頻率較高的詞或短語。

　　最後,要優先選擇概括性較強的選項。

　　真題示例(2005年12月32~35題):

　　Questions 32 to 35 are based on the passage you have just heard.

　　32. A) They wanted to follow his example.

　　B) They fully supported his undertaking.

C) They were puzzled by his decision.

D) They were afraid he wasn't fully prepared.

33. A) It is more exciting than space travel.

B) It is much cheaper than space travel.

C) It is much safer than space travel.

D) It is less time-consuming than space travel.

34. A) They both attract scientists' attention.

B) They can both be quite challenging.

C) They are both thought-provoking.

D) They may both lead to surprising findings.

35. A) To show how simple the mechanical aids for diving can be.

B) To provide an excuse for his changeable character.

C) To explore the philosophical issues of space travel.

D) To explain why he took up underwater exploration.

第32題表明「he」的某個舉動引起了人們的關注，而根據33～35題中的「space travel, scientists' attention, exploration」等可推測「he」的舉動可能與探險、旅行或科研有關。根據33題和34題可推測短文主要講的是太空旅行與另一種探險的比較。而從35題的「underwater exploration」可以推測是太空旅行和海底探險之間的比較。因此，聽音時重點應放在兩者的異同上。

聽力原文如下：

When my interest shifted from space to the sea, I never expected it would cause such confusion among my friends, yet I can understand their feelings. As I have been writing and talking about space flight for the best part of 20 years, a sudden switch of interest to the depth of the sea does seem peculiar. To explain, I'd like to share my reason behind this unusual change of mind. The first excuse I give is an economic one. Underwater exploration is so much cheaper than space flight. The first round-trip ticket to the moon is going to cost at least 10 billion dollars if you include research and development. By the end of this century, the cost will be down to a few million.

On the other hand, the diving suit and a set of basic tools needed for skin-diving can be bought for 20 dollars. My second argument is more philosophical. The ocean, surprisingly enough, has many things in common with space. In their different ways, both sea and space are equally hostile. If we wish to survive in either for any length of time, we need to have mechanical aids. The diving suit helped the design of the space suit. The feelings and the emotions of a man beneath the sea will be much like those of a man beyond the atmosphere.

Q32：How did the speaker's friends respond to his change of interest?

Q33：What is one of the reasons for the speaker to switch his interest to underwater exploration?

Q34：In what way does the speaker think driving is similar to space travel?

Q35：What is the speaker's purpose in giving this talk?

32題選項A和B意思相近，都表示支持「他」的舉動，可能都不是答案。文中提到「...interest shifted from...it would cause such confusion」。選項C為這個的同義轉述，「puzzle」與「confusion」近義。因此，答案為C選項。

33題是關於「it」與「space travel」不同的比較。聽音時應注意到不同點是「exciting, cheap, safe」，還是「time-consuming」。因此，故答案為B選項。

34題「They...both」表明本題考查「they」的相同點。根據文中所提的，B選項是同義轉述。因此，答案為B選項。

35題選項中的不定式以及「show, provide and excuse, explore, explain」等表明，本題可能考查文章的寫作目的。B選項與短文主題聯繫不大，可排除。文章開頭就提到說話人的朋友對他的興趣轉變很困惑，而他的講話就是為了對此作出解釋。因此，答案為D選項。

（3）熟悉常考細節信息，拿下細節題。

細節題主要考查考生對文中細節信息的捕捉和辨認，解題的關鍵就是在聽到問題之前抓住並記下所有可能會考到的細節信息。

第一，短文中原因或目的處。

短文理解後的問題所使用的疑問詞中，除了「what」以外，出現最多的就是「why」。可見，因果關係處是短文理解的設題重點之一。當文中出現「because, since, so, lead to, result from/in, contribute to」等詞時，需要予以重點關注。

真題示例（2008年6月29~31題）

Question 29 to 31 are based on the passage you have just heard.

29. A) Family violence.

B) The Great Depression.

C) Her father's disloyalty.

D) Her mother's bad temper.（答案B）

Raising six children during the difficult times of the Great Depression took its toll on my parents' relationship and resulted in their divorce when I was 18 years old.

Q29：According to the speaker, what contributed to her parents' divorce?

第二，短文中列舉或舉例處。

短文中為說明一個問題，常會使用列舉方法或進行舉例，這些地方是設題的重點。因此，當聽到「such as, for example, for instance, the first, the second」等詞時，要加以留意。

真題示例（2007 年 6 月 33~35 題）：

Questions 33 to 35 are based on the passage you have just heard.

34. A）By bringing an animal rarely seen on nearby farms.

B）By bringing a bag of grain in exchange for a ticket.

C）By offering to do volunteer work at the fair.

D）By performing a special skill at the entrance.（答案 B）

During the early 1930's, officials of the fair ruled that people could attend by paying something other than money. For example, farmers brought a bag of grain in exchange for a ticket.

Q34：How did some farmers gain entrance to the fair in the early 1930's?

第三，短文中並列、轉折、條件處。

當文中出現「as well as, not only...but also, but, however, if, even if/ even though」等表示邏輯關係的連接詞時，要重點關注。

真題示例（2008 年 12 月 30~32 題）

Questions 30 to 32 are based on the conversation you have just heard.

32. A）How private languages are developed.

B）How different languages are related.

C）How people create their languages.

D）How children learn to use language.（答案 D）

This theory explains the potential that human infants have for learning language. But it does not really explain how children come to use language in particular ways.

Q32：What does Chomsky's theory fail to explain according to the speaker?

第四，短文中數字信息處。

短文中常會涉及時間、價格、數量等與數字相關的信息，這些也是設題的重點。

真題示例（2007 年 6 月 29~32 題）：

Questions 29 to 32 are based on the passage you have just heard.

31. A) Twenty-nine days.

B) Two and a half months.

C) Several minutes.

D) Fourteen hours. （答案 B）

Herbert was fighting a house fire Dec. 29, 1995, when the roof collapsed burying him underneath. After going without air for several minutes, Herbert was unconscious for two and a half months and has undergone therapy ever since.

Q31：How long did Herbert remain unconscious?

第五，短文中比較或對比處。

短文中的形容詞、副詞的比較級和最高級以及「as...as, compared with, while, whereas」等引出的比較或對比結構常需注意。

真題示例（2008 年 12 月 26~29 題）

Questions 26 to 29 are based on the conversation you have just heard.

29. A) Popular.

B) Discouraging.

C) Effective.

D) Controversial. （答案 C）

And the program seems to be working: crime is down and our citizens report that they feel more secure. Today Mr. Washington is going to tell us more about this program.

Q29：How has the Community Policing Program turned out to be?

第六，短文中時間狀語處。

短文中常會敘述什麼時間發生了什麼事或描述某人、某事在某個時候的狀態，這些常成為設題點。因此，當短文中出現「while, when, as」等引導的時間狀語從句或其他時間狀語從句時，一定要注意與其相關的細節信息。

真題示例（2008 年 6 月 32~35 題）

Question 32 to 35 are based on the passage you have just heard.

33. A) Planting some trees in the greenhouse.

B) Writing a want ad to a local newspaper.

C) Putting up a Going Out of Business sign.

D) Helping a customer select some purchases. （答案 C）

Then one morning, as I was hanging a「Going out of Business」sign at the green house, the door opened and in walked a customer.

Q33：What was the speaker doing when the customer walked in one morning?

第七，短文中定語從句處。

短文中的定語從句，尤其是非限制性定語從句常是設題點。定語從句的內容往往就是答案所在或能為解題提供重要的信息提示。

真題示例（2008 年 12 月 33～35 題）

Questions 33 to 35 are based on the conversation you have just heard.

33. A）She was a tailor.

B）She was an engineer.

C）She was an educator.

D）She was a public speaker.（答案 B）

Higginbotham, who grew up in Chicago and became an engineer before joining NASA, that is the National Air and Space Administration, gives about a dozen speeches a year.

Q33：What did Joan Higginbotham do before joining in NASA?

第八，短文中強調處。

強調的地方肯定是短文的重點所在，因此短文中的強調句型、助動詞強調以及「actually, particularly」等表示強調的副詞也是出題重點之一。

真題示例（2008 年 6 月 29～31 題）

Question 29 to 31 are based on the passage you have just heard.

30. A）His advanced age.

B）His children's efforts.

C）His improved financial condition.

D）His second wife's positive influence.（答案 D）

Under her influence, we became a blended family and a good relationship developed between the two families. She always treated us as if we were her own children. It was because of our other mother, Daddy's second wife, that he became closer to his own children.

Q30：What brought the father closer to his own children?

第九，短文中建議處。

「You'd better...」「Why not do...」「may as well」等表示建議的句式或短語也常是設題重點。

真題示例（2005 年 6 月 14～17 題）：

Questions 14 to 17 are based on the passage you have just heard.

17. A）Looking sideways to see how fast your neighbor eats.

B）Eating from the outside toward the middle.

C）Swallowing the pie with water.

D）Holding the pie in the right position.（答案 B）

It is usually better to start at the outside and work toward the middle. This method gives you a goal to focus on.

Q17：What suggestion is offered for eating the pie quickly?

第十，短文中引言處。

短文中也會有涉及對他人話語或別處文字的引用，這些也常是設題點。

真題示例（2008 年 12 月 33~35 題）

Questions 33 to 35 are based on the conversation you have just heard.

35. A）Whether spacemen carry weapons.

B）How spacesuits protect spacemen.

C）How NASA trains its spacemen.

D）What spacemen eat and drink.（答案 A）

To a high school audience, she might satisfy a curiosity that often arises in her pre-speech interviews with students who obviously have seen many science fiction movies.「Do spacemen carry weapons in case they encounter enemies in space?」Her answer is「No」.

Q35：What does the high school audience want to know about space travel?

（4）明辨答案與原文關係，攻克同義轉述題。

短文理解中同義轉述題的答案與原文的轉換關係並不複雜，考生首先需要瞭解幾種常見的轉換類型，然後更重要的是讓自己的思維習慣這種轉換，不能停留在「聽到什麼選什麼」的階段，必須在「聽」和「選」之間有個思考和轉換的過程。

① 句式之間的轉換（2007 年 6 月第 27 題）

② 詞與詞或與短語之間的轉換（2007 年 6 月第 33 題）

③ 短語與短語之間的轉換

真題示例（2007 年 12 月 26~29 題）：

Questions 26 to 29 are based on the passage you have just heard.

26. A）They care a lot about children.

B）They need looking after in their old age.

C）They want to enrich their life experience.

D）They want children to keep them company.

27. A) They are usually adopted from distant places.

B) Their birth information is usually kept secret.

C) Their birth parents often try to conceal their birth information.

D) Their adoptive parents don't want them to know their birth parents.

28. A) They generally hold bad feelings towards their birth parents.

B) They do not want to hurt the feelings of their adoptive parents.

C) They have mixed feelings about finding their natural parents.

D) They are fully aware of the expenses involved in the search.

29. A) Early adoption makes for closer parent-child relationship.

B) Most people prefer to adopt children from overseas.

C) Understanding is the key to successful adoption.

D) Adoption has much to do with love.

預覽選項推知本題與收養孩子有關。

26題選項中「they want children to」等表明，本題考查「they」收養孩子的原因（答案為A選項）。

27題選項中重複出現的「birth information」表明，本題涉及被收養孩子的出生信息（答案為B選項）。

28題根據選項推測該題考查被收養孩子不尋找親生父母的原因（答案為C選項）。

29題錄音結尾提到「they do know...」「love them...」「care for them」，由此可知，收養與愛有很深的關係（答案為D選項）。

聽力原文如下：

When couples get married, they usually plan to have children. Sometimes, however, a couple can not have a child of their own. In this case, they may decide to adopt a child. In fact, adoption is very common today. There are about 60 thousand adoptions each year in the United States alone. Some people prefer to adopt infants, others adopt older children, some couples adopt children from their own countries, others adopt children from foreign countries. In any case, they all adopt children for the same reason — they care about children and want to give their adopted child a happy life.

Most adopted children know that they are adopted. Psychologists and child-care experts generally think this is a good idea. However, many adopted children or adoptees have very little information about their biological parents. As a matter of fact, it is often very difficult for adoptees to find out about their birth parents because the birth records of most adoptees are usually sealed. The information is secret so no one can see it. Naturally, adopted children have different feelings about their birth parents. Many adoptees want to search for them, but others do not. The decision to search for birth parents is a difficult one to make. Most adoptees have mixed feelings about finding their biological parents. Even though adoptees do not know about their natural parents, they do know that their adopted parents want them, love them and will care for them.

Q26：According to the speaker, why do some couples adopt children?

Q27：Why is it difficult for adoptees to find out about their birth parents?

Q28：Why do many adoptees find it hard to make the decision to search for their birth parents?

Q29：What can we infer from the passage?

真題示例(2007年12月30~32題)：

Questions 30 to 32 are based on the passage you have just heard.

30. A) He suffered from mental illness.

B) He bought the washing on post.

C) He turned a failing newspaper into a success.

D) He was once a reporter for a major newspaper.

31. A) She was the first woman to lead a big U. S. publishing company.

B) She got her first job as a teacher at the University of Chicago.

C) She committed suicide because of her mental disorder.

D) She took over her father's position when he died.

32. A) People came to see the role of women in the business world.

B) Katharine played a major part in reshaping Americans' mind.

C) American media would be quite different without Katharine.

D) Katharine had exerted an important influence on the world.

預覽選項可推知本題可能與某個人物有關。

30題選項都以「he」開頭表明本題可能考查「he」的情況(答案為B選項)。

31題 (答案為A選項)。

32題由選項可知，本題可能考查「Katharine」本人的影響(答案為D選項)。

聽力原文如下：

Katherine Gram graduated from University of Chicago in 1938 and got a job as a news reporter in San Francisco. Katherine's father used to be a successful investment banker. In 1933, he bought a failing newspaper, the Washington Post.

Then Katherine returned to Washington and got a job, editing letters in her father's newspaper. She married Philip Gram, who took over his father-in-law's position shortly after and became publisher of the Washington Post. But for many years, her husband suffered from mental illness and he killed himself in 1963. After her husband's death, Katherine operated the newspaper. In the 1970s, the newspaper became famous around the world and Katherine was also recognized as an important leader in newspaper publishing. She was the first woman to head a major American publishing company, the Washington Post company. In a few years, she successfully expanded the company to include newspaper, magazine, broadcast and cable companies.

She died of head injuries after a fall when she was 84. More than 3 thousand people attended her funeral including many government and business leaders. Her friends said she would be remembered as a woman who had an important influence on events in the United States and the world. Katherine once wrote, 「The world without newspapers would not be the same kind of world」. After her death, the employees of the Washington Post wrote, 「The world without Katherine would not be the same at all.」

Q30: What do we learn from the passage about Katherine's father?

Q31: What does the speaker tell us about Katherine Gram?

Q32: What does the comment by employees of the Washington Post suggest?

真題示例(2007 年 12 月 33~35 題):

Questions 33 to 35 are based on the passage you have just heard.

33. A) It'll enable them to enjoy the best medical care.

B) It'll allow them to receive free medical treatment.

C) It'll protect them from possible financial crises.

D) It'll prevent the doctors from overcharging them.

34. A) They can't immediately get back the money paid for their medical cost.

B) They have to go through very complicated application procedures.

C) They can only visit doctors who speak their native languages.

D) They may not be able to receive timely medical treatment.

35. A) They don't have to pay for the medical services.

B) They needn't pay the entire medical bill at once.

C) They must send the receipts to the insurance company promptly.

D) They have to pay a much higher price to get an insurance policy.

預覽選項可知本題可能與醫療保險有關。

33 題選項中的「It'll enable them」表明，本題涉及「it（health insurance）」的好處（答案為 C 選項）。

34 題選項均為負面表述表明，本題考查某項（國際旅行險）保險的缺點（答案為 A 選項）。

35 題選項表明，本題考查某項（國際健康險）保險的優缺點（答案為 B 選項）。

聽力原文如下：

Obtaining good health insurance is a real necessity while you are studying overseas. It protects you from minor and major medical expenses that can wipe out not only your savings but your dreams of an education abroad. There are often two different types of health insurance you can consider buying, international travel insurance and student insurance in the country where you will be going. An international travel insurance policy is usually purchased in your home country before you go abroad. It generally covers a wide variety of medical services and you are often given a list of doctors in the area where you will travel who may even speak your native language. The drawback might be that you may not get your money back immediately, in other words, you may have to pay all you medical expenses and then later submit your receipts to the insurance company. On the other hand, getting student heath insurance in the country where you will study might allow you to only pay a certain percentage of the medical cost at the time of service and thus you don't have to have sufficient cash to pay the entire bill at once. Whatever you decide, obtaining some form of health insurance is something you should consider before you go overseas. You shouldn't wait until you are sick with major medical bills to pay off.

Q33：Why does the speaker advice overseas students to buy health insurance?

Q34：What is the drawback of students buying international travel insurance?

Q35：What does the speaker say about students getting health insurance in the country where they will study?

三、閱讀理解應試技巧

1. 選詞填空應試技巧

做選詞填空題，首先要迅速瀏覽一遍選項，將知道的詞的詞性寫在選項旁邊，然後通讀全文，瞭解大概意思，接著再按順序選詞填空。選詞填空時，也

要注意這個空到底需要一個什麼詞性的詞，若是需要動詞，注意時態選擇。

備考時，考生要注意培養較強的語法、句法能力，擴大詞彙量。只有瞭解每個詞的詞性，理解詞類句法功能，備選詞的範圍才會縮小，從而使選擇難度降低。做題時，考生要先弄清 15 個備選詞的詞義，然後按詞性分類，注意一詞多性、一詞多義的現象。然後通讀文章，再根據上下文的邏輯關係做出選擇，注意語法功能決定所選詞的詞性，上下文語境決定所選詞的詞義。此外，閱讀填空每題 3.55 分，是整套試卷中分值最低的，考試期間如果時間不夠或得分把握不大時，可適當選擇放棄，「棄車保帥」未嘗不是一個明智的做法。

選詞填空題主要考查考生對詞彙、語法以及邏輯關係等方面的綜合運用能力。空格中所填的詞語上下文聯繫緊密，考生應在掌握全文大意的基礎上，根據空格所在句的結構、語法以及語篇信息，運用邏輯推理來確定答案。

因此，考生可按照以下思路來解答這一部分的試題。

（1）研讀首句，判斷主旨。

和完型填空題相同的是，選詞填空題的首句通常不設置空格。考生可根據首句來判斷文章的體裁、背景、寫作意圖甚至中心思想。文章首句一般對全文起概括或提示的作用。因此，研讀首句對解答此題比較重要。

例如，大學英語四級考試 2014 年 6 月（第 2 套）「選詞填空」的第一句話是：The fact is, the world has been finding less oil than it has been using for more than twenty years now.（事實上，20 多年間，全球的石油勘探量比石油的實際消耗量小。）

根據這句話，我們就可以判斷石油消耗量大於石油勘探量，那麼全球的石油是供不應求的，這也是文章的主題。那麼下文可能圍繞石油供不應求的原因來寫，也可能闡述解決此問題的措施，倡導大家解決石油短缺問題。由此可見，把握文章脈絡、掌握文章主題對解題來說極為重要。

（2）通讀全文，把握大意。

考生可根據各段首句及末句中的關鍵字迅速通讀全文，從整體上把握文章大意，明確文章主題及結構層次。很多考生認為自己的英語基礎水平較差，通讀全文就是在浪費時間，不如直接做題。但實際上，通讀全文能夠幫助考生瞭解文章脈絡，這對解答題目大有裨益。

通讀全文，即用較快的速度閱讀全文，考生可採用跳讀、略讀等方式來瞭解文章大意，掌握文章內容。但要注意，通讀的時間不能太長，一般為 1 分鐘左右，最多不能超過 1.5 分鐘。此處以大學英語四級考試 2014 年 6 月（第 2 套）「選詞填空」為例進行講解。

The fact is, the world has been finding less oil than it has been using for more than twenty years now. Not only has demand been __36__, but the oil we have been finding is coming from places that are __37__ to reach. At the same time, more of this newly __38__ oil is of the type that requires a greater investment to __39__. And because demand for this precious resource will grow, according to some, by over 40 percent by 2025, fueling the world's economic __40__ will take a lot more energy from every possible source.

The energy industry needs to get more from existing fields while continuing to search for new __41__. Automakers must continue to improve fuel efficiency and perfect hybrid（混合動力的）vehicles. Technological improvements are needed so that wind, solar and hydrogen can be more __42__ parts of the energy equation. Governments need to formulate energy policies that promote __43__ and environmentally sound development. Consumers must be willing to pay for some of these solutions, while practicing conservation efforts of their own.

Inaction is not an __44__. So let's work together to balance this equation. We are taking some of the __45__ needed to get started, but we need your help to go the rest of the way.

A) consequently   B) cultivate   C) declining   D) derived
E) difficult   F) discovered   G) economically H) exception
I) feasible   J) growth   K) option   L) refine
M) reserves   N) soaring   O) steps

根據首句的關鍵字「oil」（石油）可判斷，本書圍繞「石油」展開；由「the world has been finding less oil than it has been using（全球的石油勘探量比石油的實際消耗量小）」可知，文章與「石油供不應求」有關。第一段的最後一句話：And because demand for this precious resource will grow, according to some, by over 40 percent by 2025, fueling the world's economic 40 will take a lot more energy from every possible source（一些人認為，到2025年，對這種珍貴資源的需求量將增長40%以上，所以要促進經濟，就要從所有可能的資源中獲取更多的能源）。這句話比較長，為了節省時間，我們可提取裡面的關鍵信息，如 demand for this precious resource will grow（對這種珍貴資源的需求量將增長）和 take a lot more energy from every possible source（從所有可能的資源中獲取更多的能源）。從這兩個關鍵信息得出的信息仍然是「石油供不應求」。

第二段首句提到：The energy industry needs to get more from existing fields while continuing to search for new ___41___（能源產業需要從現存的油田中開採更多的石油，同時還應繼續尋找新的油量）。這是解決「石油供不應求」問題的一個措施。第二段末句沒有設置空格，該句指出：Consumers must be willing to pay for some of these solutions, while practicing conservation efforts of their own（消費者在實踐保護措施的同時，必須為上述解決措施中的一些措施買單）。其中，從「solutions」（解決措施）可明確判斷，本句與「措施」有關。因此，我們可判斷，第二段圍繞「石油供不應求問題的解決措施」展開。

第三段內容較少，只有三句話，其中第一句和第三句設置空格，我們可先來看信息完整的第二句話：So let's work together to balance this equation（所以，讓我們一起努力，來平衡這種關係吧）。這是一個祈使句，很明顯該句在倡導大家一起努力，解決問題。

經過上述分析，我們對文章的大意就有了一定瞭解，而瞭解整個語篇的語言環境對後面的題目解答會有很大的幫助。

（3）預覽選項，判斷詞性。

預覽選項、瞭解詞義並將詞性進行歸類是解答選詞填空題必不可少的一個步驟。考生應簡單地標註備選項所羅列單詞的詞性及詞義。對於陌生的單詞可根據後綴判斷其詞性，並進行標註。若根據一般的構詞法能夠判斷出陌生單詞的詞義，則將其一併標註清楚。名詞、動詞、形容詞和副詞是選詞填空題最常考查的詞性。在標註時，考生可選用各詞性的簡寫形式（名詞 n.，動詞 v.，形容詞 a.，副詞 ad.）。建議標註詞性和詞義的時間為 1 分鐘。

考生應注意的是，選詞填空題主要考查考生對實詞（名詞、動詞、形容詞、副詞）的掌握。目前，真題中沒有涉及虛詞（代詞、數詞、冠詞、介詞、連詞、感嘆詞等）的考查。

①同一個單詞可能有多種詞性。例如，cover（n. 覆蓋，封面；v. 包含），deal（n. 交易；v. 處理，經營），此時考生需將兩種詞性都標註出來。

本題中，O 選項的 steps，既可以看成名詞 step 的復數形式，也可以看成動詞 step 的第三人稱單數形式。

②遇到動詞要細分為動詞原形、動詞的第三人稱單數形式、動詞-ing 形式和動詞-ed 形式。在做題時，若判斷出空格處應填入一個動詞，還應根據語法判斷應填動詞的哪種形式。

本題中，M 選項的 reserves，即動詞 reserves 的第三人稱單數形式；C 選項的 declining，即 decline 的-ing 形式，既可以視為現在分詞，也可以視為動名詞；D 選項的 derived，即 derive 的-ed 形式，既可以視為過去式，也可以視為

過去分詞。

③以-ing 和-ed 結尾的詞也可能是由分詞演變而來的形容詞。

本題中，C 選項的 declining，可用作動詞，如 The prices are declining（價格下降）；也可用作形容詞，如 declining population（人口下降）等。

（4）選詞填空，先易後難。

判斷詞性以後，考生可根據上下文分析，遵循先易後難的原則，確定正確答案。做題時，考生先可根據英語語法知識，判斷空格處需要填入的詞的詞性，這樣可以縮小選擇的範圍。之後，考生可根據上下文之間的邏輯關係或者根據句意，選擇恰當的選項進行填空。需要注意的是，詞性、語義、語法均符合要求的為最佳選項，即正確答案。

在分析句子的邏輯關係時，應注意以下邏輯關係詞：

①並列關係，如 and，or，as well as 等。

②轉折連詞，如 but，however 等。

③因果關係，如 because，since，as a result of，thus，so，therefore 等。

④遞進關係，如 furthermore，moreover，in addition，what's more 等。

例如：Governments need to formulate energy policies that promote (___43___) and environmentally sound development.

分析：該題位於 and environmentally 之前，由 and 連接並列關係可知，空格處應填副詞，和 environmentally 一起修飾形容詞 sound。本題目的備選項中，只有 2 個副詞備選項，即「A) consequently（因此）」和「G) economically（經濟地）」，因此先做第 43 題對考生來說比較容易。此時，考生可採用最簡單的代入法，判斷 G 選項 economically 符合題意。完成本道題目後，考生可接著做其他題目。

（5）復讀全文，檢查選項。

在初步完成試題解答之後，考生應將所選的答案帶入原文，復讀原文，檢查空格處所填的詞是否能與上下文構成正確的邏輯關係，其語義及語法是否準確，進而推敲答案是否正確。

例如：Not only has demand been ___36___, but the oil we have been finding is coming from places...

分析：Not only 位於句首，句子使用倒裝語序，其正常語序為 demand has been，故可判斷空格處填形容詞或動詞的分詞形式。由於空格所在句和 but 後的句子構成並列句，故兩個句子的時態應保持一致。but 後的句子為現在完成進行時，因此可推斷空格處應填動詞的現在分詞形式，並且與 demand 構成搭

配。瀏覽選項，只有 C 選項 declining 和 N 選項 soaring 符合條件。將 declining 代入，表示「不僅需求量在下降」；將 soaring 代入，意為「不僅需求量在增加」，單獨來看，這兩個選項均符合語法及語義要求。但結合文章首句的「全球的石油勘探量比石油消耗量小」可知，石油的需求量在增加，因此應排除 declining，N 選項 soaring 符合上下文邏輯關係。

本題答案如下：

36. N）soaring

37. E）difficult

38. F）discovered

39. L）refine

40. J）growth

41. M）reserves

42. I）feasible

43. G）economically

44. K）option

45. O）step

2. 快速閱讀應試技巧

大學英語四級考試（CET-4）的第二部分，也就是選詞填空之後的快速閱讀，往往是考生比較頭痛的部分。快速閱讀的難度主要表現在文章的篇幅大、字數多、時間又太短。快速閱讀的篇幅字數在以往考試中始終保持在 1,060~1,070 詞，再加上題干與選項就達到了約 1,500 詞。在考試中快速閱讀的時間限制是 15 分鐘，其中還有 1 分鐘用來填寫機讀卡，因此真正的時間只有 14 分鐘。完成一篇約 1,500 詞的文章的閱讀並準確做出 10 道題，給考生的壓力可想而知。對於快速閱讀的解答能力，考生需要從兩個途徑提升：一是正確的解題方法與技巧，二是懂得取捨的心態。在本書中，筆者將會圍繞這兩點，以 2013 年 6 月四級考試中的一篇快速閱讀為例，為考生們做出解析與指導。

（1）正確的解題方法與技巧。

快速閱讀本質上考察的是考生的「文字材料處理」與「信息查找比對」的能力。因此，不需要考生對文章中所有信息事無鉅細地完整把握，而是根據題干中的問題回到文章中進行查找比對，正確答案也往往是對文章信息的直接照抄或輕微改寫。考察的重點是放在查找比對上，而不是深入理解，這也正是呼應了快速閱讀的題型要求「skimming and scanning」（略讀與尋讀）。

考生可以按照「三步走」的思路來進行解題：

① 瀏覽大標題和小標題（瞭解文章主題結構）。

② 精讀文章的開頭（準確把握文章的主題）。

③ 看一題做一題，關鍵詞定位配合順序原則。

我們以 2013 年 6 月四級考試真題為例，看看長篇閱讀的解題方法具體是什麼樣的。該篇例文的大標題是「Can Digital Textbooks Truly Replace the Print Kind?」（電子教科書是否真正可以取代印刷版的教科書呢？）這篇文章出自於《時代周刊》2011 年 8 月 29 日的科技板塊，作者為克里斯·加約馬力（Chris Gayomali）。

該篇文章只有大標題沒有小標題，而且文章段落非常多，達到了 24 段。小標題的作用是建構文章的邏輯框架，不僅可以幫助讀者理解文章，還可以幫助讀者定位甚至是解題。由於該篇文章沒有小標題，因此閱讀和定位的難度都會相對加大。文章段落如果只有 10 段左右的話，按照順序原則，也就是出題順序與文章行文順序基本一致的原則，定位找答案會比較簡單。而該篇文章段落過多且鬆散，無形中給定位增加了難度。好在大標題寫得很完整，運用一些文章的基本邏輯框架就可以基本預知文章的主題和結構。大標題為《電子教科書是否真正可以取代印刷版的教科書呢？》，這種新生事物取代舊事物的文章是四級常考的類型。文章結構也很套路化，通常會在文章開始時引述舊事物曾經的輝煌，但隨著時間的推移逐漸暴露出了弱點或跟不上時代的發展；緊接著會羅列舊事物現有的弱點或問題，並給出一個可能的解決方案，要麼是對舊事物進行改造，要麼是出現一個新事物來替代舊事物，並通過新舊對比的方式體現新事物的優點；最後要麼是對新事物目前遇到的困難進行簡單的評述，要麼是對新事物的未來做光明的展望。

該篇文章非常符合上述的寫作套路。第 1 段和第 2 段引述了 traditional print edition textbooks（傳統印刷版的教科書）的缺點作為背景，第 3~7 段馬上引出文章的主題 digital textbooks（電子教科書）並介紹了目前的應用情況以及遇到的問題，第 8~18 段用了大量的篇幅給出了問題的解決方案，第 19~22 段引述 digital textbooks（電子教科書）仍然面對的挑戰，最後的第 23 段和第 24 段對 digital textbooks（電子教科書）進行了未來光明的展望。文章主題明確，結構框架清晰，情節內容符合傳統的套路，沒有出新、出怪。因此，儘管沒有小標題而且段落很多，但只要考生對考試類文章的基本套路和框架有很好的掌握，可以說這篇文章並不算難懂。

通過標題和文章開頭已經對全文主題有了一個基本把握之後，就要毫不猶

豫地停止精細閱讀文章，轉向題干，開始看一題做一題。首先要看懂題目的問法，同時劃出題干中可以用來定位的關鍵詞，緊接著就回到文章找定位、找答案。

該篇文章只有第 2 題和第 6 題相對較難，其餘 8 題都可以根據定位直接得出答案。

「1. The biggest problem with traditional print textbooks is that _____」（傳統印刷版本的教科書的最大問題是什麼?）。本題最重要定位信息是 biggest problem，文中一定同時交代了多個問題，本題要求找出其中最大的（biggest）問題。文章首段羅列了「heavy」和「expensive」兩個問題，但都不是最大的問題，第 2 段開始的「But」提示著重要的出題點，緊接著的「the worst part」與題干「biggest problem」直接對應。原文：「But the worst part is that print versions of textbooks are constantly undergoing revisions. Many professors require that their students use only the latest versions in the classroom, essentially rendering older texts unusable.」（最糟糕的部分是打印版本的教科書經常要修訂，很多教授要求他們的學生在上課時只能使用最新一版，這基本上使得老版本是不能用的。）對應的正確選項是 A 選項，「they are not reused once a new edition comes out」（一旦新版本出現老版本就不能用了）。

「3. According to Kalpit Shah, some students still use paper and pencil because _____」（「Kalpit Shah」認為，一些學生仍然使用紙張和鉛筆的原因是什麼?）。本題可以用人名「Kalpit Shah」來定位。答案出自第 6 段：「They weren't using it as a source of communication because they couldn't read or write in it. So a third of the people in my program were using the iPad in class to take notes, the other third were using laptops and the last third were using paper and pencil.」（他們不用平板電腦作為溝通的來源，是因為他們不能在平板電腦上面讀或寫。所以，在我的課堂裡，有三分之一的學生用平板電腦做筆記，三分之一的學生用筆記本電腦做筆記，剩下的三分之一的學生用紙和鉛筆。）對應 A 選項「they find it troublesome to take notes with an iPad」（他們發現用平板電腦記筆記太麻煩）。

「4. Inkling CEO Matt MacInnis explains that the problem with Course Smart's current digital textbooks is that _____」（「CEO Matt MacInnis」認為，「Course Smart」的問題是什麼?）定位關鍵詞可以用「CEO Matt MacInnis」，定位在第 9 段：「What I mean by that is the current perspective of the digital textbook is it's an exact copy of the print book. There's Course Smart, etc., these guys who take an image of the page and put it on a screen.」（我的意思是，從目前來看，電子教科書就是印刷版本的複製品，像「Course Smart」等，就是把書籍掃描下來放在屏幕上。）對應 D 選項「they are no more than print versions put on a screen」（他們就僅僅是把印刷版本放在了屏幕上）。

「5. Matt MacInnis describes the updated version of Inkling as ＿＿＿＿＿＿」（「Matt MacInnis」把升級後的「Inkling」描述為什麼？）根據順序原則，在第 4 題後找第 5 題的出處，儘管在題干中出現了專有名詞「Matt MacInnis」，但因為從第 10 段起就沒有「Matt MacInnis」了，所以要耐心細心的尋找「Matt MacInnis」的替換出現。在第 10 段的開頭就出現了「He calls Inkling a platform for publishers to build rich multimedia content from the ground up」，當一句話的主語換成代詞的情況下，說明這句話的主語與上文一致，上一段，即第 9 段出現的正是「Matt MacInnis」，因此本句的「He」就是「Matt MacInnis」，答案就是這句話對應 C 選項「a platform for building multimedia content」（一個創建多媒體內容的平臺）。

「6. The author is most excited about Inkling's notation system because one can ＿＿＿＿＿＿」（作者最興奮於「Inkling」的標記系統可以怎樣？）還是要注意題干中問到的是「most excited」，注意在文中找對應的最高級，定位在第 14 段：「But the most exciting part about Inkling, to me, is its notation（批註）system. Here's how it works.」表面看好像定位很簡單，但第 14 段根本沒有做任何有用的交代，也沒法做題，需要耐心往下看。第 15 段交代了紙質書的標記特點與題干的要求不一致，繼續往下看到第 16 段的最後一句：「The best comments are then sorted democratically by a voting system, meaning that your social learning experience is shared with the best and brightest thinkers.」（最好的評論會通過投票制民主的挑選出來，這就意味著你的社會學習經驗是可以與最棒最精英的思想家來分享的。）對應 A 選項「share his learning experience with the best and brightest thinkers」。本題難點在於定位與真正答案的出處相隔非常遠，能否靜下心來耐心地查找比對，是做對本題的關鍵所在。

「7. One additional advantage of the interactive digital textbook is that ＿＿＿＿＿＿」（電子互動教科書的另一個優點是什麼？）定位在第 17 段「As a bonus, professors can even chime in（插話）on discussions」（另外，教授甚至可以在討論中插話）。對應 C 選項「professors can join in students' online discussions」（教授可以參與到學生的在線討論中）。本題難點在於「bonus」是超綱詞，考生可能因為不認識而不敢定位在這裡，但因為從第 18 段開始講到的「shortcoming」與題幹中的「advantage」明顯不符，而且第 17 段還出現了中文註釋，中文註釋在文中是非常重要的信息，可以幫助考生看懂文章甚至是做對題，一定要重視。基於這兩點原因，本題的答案可以確定是在第 17 段來找。

後 3 道填空題仍然沿用前面題定位、比對的解題思路，通過原文與選項的對比得出答案。

「8. One of the challenges to build an interactive digital textbook from the ground up is that it takes a great deal of ＿＿＿＿＿＿＿＿」（從頭開始創建一個電子互動教科書的其中一個挑戰在於它需要大量的什麼？）定位在第 19 段，「There are」「however」「challenges」，順序往下看，在第 21 段可以看到「and you can tell that it takes a respectable amount of manpower to put together each one」。原文中「takes a respectable amount of」對應的是題幹中的「takes a great deal of」，答案很清晰，就只有「manpower」之後的「to put together each one」。

「9. One problem for students to replace traditional textbooks with interactive digital ones is the high ＿＿＿＿＿＿＿＿ of the hardware.」（學生用電子互動教科書來替換傳統教科書的其中一個困難在於硬件的高什麼？）。按照順序定位在第 22 段「for other students who don't have such a luxury it's an added layer of cost- and an expensive one at that」（對於其他沒有這種奢侈品的學生來說，這是一種疊加的昂貴的花費）。經過原文和選項的比對，答案仍然只有一個詞「cost」。

「10. According to the author, whether digital textbooks will catch on still ＿＿＿＿＿＿＿＿」（電子教科書是否可以流行開來仍然是什麼？）。按照順序定位在第 23 段「Whether digitally interactive ones like Inkling actually take off or not remains to be seen」。原文中「take off」和題幹中「catch on」都有流行的意思，直接對應，比對原文選項之後，答案仍然可以直接照抄原文不必做任何修改，即「remains to be seen」（拭目以待）。

（2）懂得取捨的心態。

在做快速閱讀題的時候，擁有懂得取捨的心態非常重要。

一是在看文章的時候懂得取捨。文章的標題要仔細看，文章的開頭也要仔細看，都是為了把握文章主題，理清文章結構思路。一旦主題結構明確了必須放棄精細閱讀，馬上轉向題幹，根據題幹要求在文章中先找關鍵詞的定位出處，有了定位再讀定位附近的信息，凡是與題幹沒有直接關係的信息，不必精讀細讀，予以跳讀，才能爭取到更多的時間來讀真正與題目相關的有用信息，才能有更多的時間來做題。

二是在做題中懂得取捨。如果在做題中發現某一題定位非常困難，根本找

不到的話，千萬不要「戀戰」，不要在文章中漫無目的地反覆精讀。一道題定位找不到，馬上跳到下一題；一道題很猶豫選哪個選項，一定把猶豫的兩個選項都寫在題號前，馬上開始做下一題，等其他題目都做完了，還有時間就再回文章中找，沒時間做，就選一個和文章主題最接近的選項，正確的概率很大。比如該篇文章的第2題「What does the author say about digital textbooks？」（作者認為電子教科書怎樣？）。這道題可以是一道細節題，直接在文章中找到定位直接找出答案；也可以是一道主旨題，需要找作者的觀點和立場。「Digital textbooks」第一次出現在第3段「Which is why digital textbooks, if they live up to their promise, could help ease many of these shortcomings. But till now, they've been something like a mirage（幻影）in the distance, more like a hazy（模糊的）dream than an actual reality. Imagine the promise：Carrying all your textbooks in a 1.3 pound iPad? It sounds almost too good to be true.」（這就是為什麼電子教科書可以幫助解決很多缺點的原因。但是，截至目前，它們仍然是一個遠處的幻影，與其說是現實不如說更像是個模糊的夢。想像一下它的承諾吧，「把所有的教科書都放在一個1.3磅的iPad裡」，聽上去好得難以置信。）

如果僅僅根據第3段的表述，A選項和B選項很難取捨，「A）It is not likely they will replace traditional textbooks」（它們不可能在未來取代傳統教科書），「B）They haven't fixed all the shortcomings of print books」（它們並沒有解決印刷版教科書的所有缺點）。當兩個選項很難取捨，而且作者在下文中也沒有做進一步解釋的話，不妨先把兩個選項都寫在第2題的題號前，考生可以試著通過下文的閱讀進一步加深對文章的理解，通過更精確把握作者的觀點和立場來解題。這時，考生一定要捨得跳到下一題，而不要在這一道題上停留太長的時間。

當把第10題做完時，還剩下全文的最後一段：「However, the solution to any problem begins with a step in a direction. And at least for now, that hazy mirage in the distance? A little more tangible（可觸摸的）, a little less of a dream.」（但是，解決任何問題都要從朝著這個目標邁進的第一步開始。至少目前來看，這個遠方的海參蜃樓，又朝著現實邁進了一小步。）可以看出，作者對於「digital textbooks」明顯持一個樂觀支持的態度，那麼第2題的A選項認為不可能取代傳統教科書明顯是與作者立場相悖，利用排除法，第2題答案選B選項。

下面我們再以新題型快速閱讀為例：

Jaguars Don't Live Here Anymore

A）Earlier this month, the United States Fish and Wildlife Service announced it would appoint「critical habitat」for the endangered jaguar. Jaguars — the world's third-largest wild cats, weighing up to 250 pounds, with distinctive black rosettes（玫瑰花色）on their fur—are a separate species from the smaller, tawny（黃褐色的）mountain lions, which still roam large areas of the American West in the United States and take the first steps toward mandating（批准）a jaguar recovery plan. This is a policy reversal and, on the surface, it may appear to be a victory for the conservation community and for jaguars, the largest wild cats in the Western Hemisphere.

B) But as someone who has studied jaguars for nearly three decades, I can tell you it is nothing less than a slap in the face to good science. What's more, by changing the rules for animal preservation, it stands to weaken the Endangered Species Act.

C) The debate on what to do about jaguars started in 1997, when, at the urging of many biologists (including me), the Fish and Wildlife Service put the jaguar on the United States endangered species list, because there had been occasional sightings of the cats crossing north over the United States-Mexico border. At the same time, however, the agency ruled that it would not be「prudent」（謹慎的）to declare that the jaguar has critical habitat—a geographic area containing features the species needs to survive—in the United States. Determining an endangered species' critical habitat is a first step toward developing a plan for helping that species recover.

D) The 1997 decision not to determine critical habitat for the jaguar was the right one, because even though they cross the border from time to time, jaguars don't occupy any territory in our country—and that probably means the environment here is no longer ideal for them.

E) In prehistoric times, these beautiful cats inhabited significant areas of the western United States, but in the past 100 years, there have been few, if any, resident breeding populations here. The last time a female jaguar with a cub（幼獸）was sighted in this country was in the early 1900s.

F) Two well-intentioned conservation advocacy groups, the Center for Biological Diversity and Defenders of Wildlife, sued the Fish and Wildlife Service to change its ruling. Thus in 2006, the agency reassessed the situation and again determined that no areas in the United States met the definition of critical habitat for the jaguar. Despite occasional sightings, mostly within 40 miles of the Mexican border, there were still no data to indicate jaguars had taken up residence inside the United States.

G) After this second ruling was made, an Arizona rancher（牧場主）, with support from the state Game and Fish Department, set infrared-camera (红外摄像机) traps together more data, and essentially confirmed the Fish and Wildlife Service's findings. The cameras did capture transient jaguars, including one male jaguar, nicknamed Macho B, who roamed the Arizona borderlands for more than a decade. But Macho B, now dead, might have been the sole resident American jaguar, and his extensive travels indicated he was not having an easy time surviving in this dry, rugged region.

H) Despite the continued evidence, the two conservation advocacy groups continued to sue the government. Apparently, they want jaguars to repopulate the United State seven if jaguars don't want to. Last March, a federal district judge in Arizona ordered the Fish and Wildlife Service to revisit its 2006 determination on critical habitat.

I) The facts haven't changed: there is still no area in the United States essential to the conservation of the jaguar. But, having asserted this twice already, the service, now under a new president, has bent to the tiresome litigation (诉讼). On Jan. 12, Fish and Wildlife officials claimed to have evaluated new scientific information that had become available after the July 2006 ruling. They determined that it is now prudent to appoint critical habitat for the jaguar in the United States.

J) This means that Fish and Wildlife must now also formulate a recovery plan for the jaguar. And since jaguars have not been able to reestablish themselves naturally over the past century, the government will likely have to go to significant expense to attempt to bring them back—especially if the cats have to be reintroduced.

K) So why not do everything we can, at whatever cost, to bring jaguars back into the United States? To begin with, the American Southwest is, at best, marginal habitat for the animals. More important, there are better ways to help jaguars. South of our border, from Mexico to Argentina, thousands of jaguars live and breed in their true critical habitat. Governments and conservation groups (including the one I head) are already working hard to conserve jaguar populations and connect them to one another through an initiative called the Jaguar Corridor.

L) The jaguars that now and then cross into the United States most likely come from the northernmost population of jaguars, in Sonora, Mexico. Rather than demand jaguars return to our country, we should help Mexico and other jaguar-range countries conserve the animals' true habitat it

M) The recent move by the Fish and Wildlife Service means that the rare federal funds devoted to protecting wild animals will be wasted on efforts that cannot help save jaguars. It also stands to weaken the Endangered Species Act, because if critical habitat is redefined as any place where a species might ever have existed, and where you or I might want it to exist again, then the door is open for many other sense less efforts to bring back long-lost creatures.

N) The Fish and Wildlife officials whose job is to protect the country's wild animals need to grow a stronger backbone—stick with their original, correct decision and save their money for more useful preservation work. Otherwise, when funds are needed to preserve all those small, ugly, non-charismatic endangered species at the back of the line, there may be no money left.

① It is still a fact that there is no suitable place for jaguars to live safely in the United States.

② The United States Fish and Wildlife Service should be more determined and saving for the conservation work.

③ Jaguars were regarded as endangered species because of their rare appearance at the United States-Mexico border.

④ Money was not spent effectively in helping save jaguars in the recent move by the Fish and Wildlife Service.

⑤ It can be inferred that the United States is not the best choice for jaguars to live from the evidence that they don't settle anywhere here.

⑥ South of the United States' border, from Mexico to Argentina, is the true critical habitat for jaguars.

⑦ The number of jaguars breeding populations in significant areas of the western United States has deceased in the past century.

⑧ It is necessary for the government to invest lots of funds in order to help jaguars to reestablish.

⑨ It didn't indicate that jaguars had settled down in the United States even though they were seen within 40 miles of the Mexican border at times.

⑩ Fish and Wildlife officials were sure enough to appoint critical habitat for the jaguar in the United States.

解析如下：

① I)。【題干譯文】這仍然是一個事實：在美國沒有合適的地方讓美洲虎安全地生存。

【定位】由題干中的「still a fact」和「no suitable place」定位到原文 I)段第一句:「The facts haven't changed: there is still no area in the United States essential to the conservation of the jaguar.」

【精解】原文中的「the facts haven't changed」對應題干中的「it is still a fact」,原文中的「no area in the United States essential to the conservation of the jaguar」對應題干中的「no suitable place for jaguars to live safely in the United States」,因此原文定位句和題干是同義轉述,故選 I)。

② N)。【題干譯文】美國魚類和野生動物服務中心應該更加堅定並且為保護工作節約開支。

【定位】由題干中的「determined and saving for the conservation work」定位到原文 N)段第一句:「The Fish and Wild Life officials whose job is to protect the country's wild animals need to grow a stronger backbone—stick with their original, correct decision and save their money for more useful preservation work.」

【精解】定位句表明美國魚類和野生動物服務中心需要堅持其最初的正確的決定並且為更為重要的美洲虎保護工作節省資金。題干中的「be more determined」對應原文中的 grow a stronger backbone,故選 N)。

③ C)。【題干譯文】由於在美國和墨西哥邊境的稀少出現,美洲虎被認為是一種瀕危物種。

【定位】由題干中的「regarded as endangered species」定位到原文 C)段第一句:「…the Fish and Wildlife Service put the jaguar on the United States endangered species list, because there had been occasional sightings of the cats crossing north over the United States—Mexico border.」

【精解】定位句表明,美國魚類和野生動物服務中心將美洲虎列入瀕危物種名單,因為它們很少出現在美國和墨西哥邊境。定位句是主動語態,題干句是被動語態,但它們是同義轉述,故 C)為答案。

④ M)。【題干譯文】美國魚類和野生動物服務中心在最近的行動中並沒有將資金有效地利用在保護美洲虎上。

【定位】由題干中的「in the recent move by the Fish and Wildlife Service」定位到原文 M)段第一句:「The recent move by the Fish and Wildlife Service means that the rare federal funds devoted to protecting wild animals will be wasted on efforts that cannot help save jaguars.」

【精解】由定位句可知,美國魚類和野生動物服務中心最近的行動意味著致力於保護野生動物的稀有的聯邦資金被浪費了。題干中的「not spent effectively」〔（資金）沒有被有效利用〕與此為同義轉述，故 M)為答案。

⑤ D)。【題干譯文】美洲虎並未長期定居在美國境內，通過這一證據可以推斷美國並非是它們棲息的最好環境。

【定位】由題干中的「the best choice for jaguars to live」定位到原文 D)段：「…jaguars don't occupy any territory in our country—and that probably means the environment here is no longer ideal for them.」

【精解】題干中的「the best choice」與原文中的「ideal」屬於同義轉述，題干中的「don't settle anywhere here」與原文中的「don't occupy any territory in our country」也屬於同義轉述，故 D)為答案。

⑥ K)。【題干譯文】美國邊境以南，從墨西哥到阿根廷，是美洲虎真正的危急棲息地。

【定位】由題干中的「from Mexico to Argentina」定位到原文 K)段第四句：「South of our border, from Mexico to Argentina, thousands of jaguars live and breed in their true critical habitat.」

【精解】題干中的「from Mexico to Argentina」和原文中的一樣，原文意思是美洲虎在這些地點繁衍生息，也就是它們真正的危急棲息地，故 K)為答案。

7. E)。【題干譯文】在美國西部的重要區域繁衍生息的美洲虎的數目在近一個世紀以來減少了。

【定位】由題干中的「breeding populations」定位到原文 E)段第一句：「In prehistoric times, these beautiful cats inhabited significant areas of the western United States, but in the past 100 years, there have been few, if any, resident breeding populations here.」

【精解】定位句表明，在史前時代，美洲虎尚且棲息在美國西部的重要區域，而在近 100 年間，卻寥寥無幾。由此可知，在美國西部的重要區域繁衍生息的美洲虎的數目減少了，故 E)為答案。

⑧ J)。【題干譯文】政府很有必要投入資金來幫助美洲虎重建棲息地。

【定位】由題干中的「help jaguars to reestablish」定位到原文 J)段第二句：「And since jaguars have not been able to reestablish themselves naturally over the past century, the government will likely have to go to significant expense to attempt to bring them back.」

【精解】原文定位句的意思是：「由於過去一個世紀以來，美洲虎無法憑藉自己的力量壯大族群，政府需要投入巨大的資金來幫助它們。」題干和原文中都出現了「reestablish」（恢復，重建），並且題干中的「It is necessary for the government to invest lots of funds」與原文中的「the government will likely have to go to significant expense」屬於同義轉換，故 J) 為答案。

⑨ F)。【題干譯文】即使在墨西哥邊境 40 英里以內偶爾發現了美洲虎的蹤跡，也不能表明美洲虎已經在美國棲息了。

【定位】由題干中的「within 40 miles of the Mexican border」定位到原文 F) 段第三句：「Despite occasional sightings, mostly within 40 miles of the Mexican border, there were still no data to indicate jaguars had taken up residence inside the United States.」

【精解】題干中的「even though they were seen...at times」與定位句中的「Despite occasional sightings」屬於同義轉述，題干中的「It didn't indicate that...」與原文中的「there were still no data to indicate」也屬於同義轉述，故 F) 為答案。

⑩ I)。【題干譯文】美國魚類和野生動物服務中心對於在美國境內指定美洲虎的危急棲息地非常確信。

【定位】由題干中的「appoint critical habitat for the jaguar in the United States」定位到原文 I) 段第四句：「They determined that it is now prudent to appoint critical habitat for the jaguar in the United States.」

【精解】題干中和原文定位句中都出現了同一短語「appoint critical habitat for the jaguar in the United States」，並且題干中的「Sure enough」和原文中的「determined」為同義轉述，故 I) 為答案。

3. 仔細閱讀應試技巧

這是傳統題型，答題方法和技巧無需贅述。仔細閱讀題每題高達 14.2 分，因此應仔細審題，切勿因疏忽而失分。

仔細閱讀主要包括三種題型，細節題、段落題以及全文題，筆者簡要介紹仔細閱讀每個題型的特徵及解題技巧。

（1）細節題。細節題的特徵有：題干出現文中具體的人、概念、時間等；題干出現文中某句的信息；直接問某句、某詞或短語的意思。

細節題解題技巧如下：

①局限定位。在做題時一定要找準題干定位詞，定位至句，找出答案。

②三句原則。如果在定位句中找不出答案，在定位句前後找，一般答案會出現在前後三句裡。

③正選優先，即識別正確選項特徵。

例如，四級閱讀細節題正確選項的特徵如下：

一是對應，即選項對應文中某句的信息，不含推理，無憑空臆想，忌照搬常識。

二是改寫，即選項進行同義改寫，沒有大量照抄原文；或者選項進行了同義詞替換、句式變換、合理概括歸納。

四級閱讀細節題錯誤選項的特徵如下：

一是對應錯誤，即選項在文章中未提及或文章雖有提及，但答非所問。

二是改寫錯誤，即選項與原文相反、偷換原文概念、拼湊無關信息或與原文有偏差以及過於絕對。

（2）段落題。段落題特徵有：題干問整段大意，或從整段歸納及推理；題干只能定位至段，無法更細；題干問的某信息在某段中出現多次。

段落題解題技巧如下：

①找出段落重點句。段落重點句一般在段首、段末或者段中出現轉折的話後面一句話，這幾個地方出現有限信息的概率比較大。

②找出段落話題詞。段落話題詞就是段中重現多次的詞。

③選項定位法（模糊的題）。將選項帶回段中定位、比對，選出最佳答案。

（3）全文題。全文題的特徵有：題干問全文大意、全文意圖、作者整體態度等；題干某信息在全文分散出現多次；出現在最後一題，並且定位模糊。

全文題解題技巧如下：

①開篇方式「定」中心。根據文章的開篇方式（直敘型/轉折型/問答型/舉例型）確定文章中心。

②串聯各段「整」中心。整合各段首句、話題，根據這些內容總結出文章中心。

③巧用別題「猜」中心。利用前面題目的信息推測中心。

④正確答案「靠」中心。議論文主要依靠文章的話題、態度說明中心；說明文主要依靠文章的對象、特徵說明中心。

全文題比較容易過度推斷或者遺漏條件，考生在做這類提目時切忌憑空猜測，一定要根據原文，做到有理可依。

舉例如下：

The rise of the Internet has been one of the most transformative developments in human history, comparable in impact to the invention of the printing press and the telegraph. Over two billion people worldwide now have access to vastly more information than ever before, and can communicate with each other instantly, often using Web-connected mobile devices they carry everywhere. But the Internet's tremendous impacts has only just begun.

「Mass adoption of the Internet is driving one of the most exciting social, cultural, and political transformations in history, and unlike earlier periods of change, this time the effects are fully global.」Schmidt and Cohen write in their new book. The New Digital Age.

Perhaps the most profound changes will come when the five billion people worldwide who currently lack Internet access get online. The authors do an excellent job of examining the implications of the Internet revolution for individuals, governments, and institutions like the news media. But if the book has one major shortcoming, it's that authors don't spend enough time applying a critical eye to the role of Internet businesses in these weeping changes.

In their book, the authors provide the most authoritative volume to date that describes – and more importantly predicts – how the Internet will shape our lives in the coming decades. They paint a picture of a world in which individuals, companies, institutions, and governments must deal with two realities, one physical, and one virtual.

At the core of the book is the idea that「technology is neutral, but people aren't.」By using this concept as a starting point, the authors aim to move beyond the now familiar optimist vs. pessimist dichotomy（對立觀點）that has characterized many recent debates about whether the rise of the Internet will ultimately be good or bad for society. In an interview with TIME earlier this week, Cohen said although he and his co-author are optimistic about many aspects of the Internet, they're also realistic about the risks and dangers that lie ahead when the next five billion people come online, particularly with respect to personal privacy and state surveillance（監視）.

① In what way is the rise of the Internet similar to the invention of the printing press and the telegraph?

  A It transforms human history.　　　C. It is adopted by all humanity.
  B. It facilitates daily communication.　D. It revolutions people's thinking.

正確選項：根據題文同序的原則和題中的關鍵概念「the rise of the Internet」和「the invention of the printing press and the telegraph」，定位到第一段的第一句：The rise of the Internet has been one of the most transformative developments in human history, comparable in impact to the invention of the printing press and the telegraph. 文中的「comparable」是對「similar to」的同義轉述。第一句

話是題干的同義改寫，並且說明它們產生的影響是相同的，因此我們應該在文章的第二句來找一下它們產生的是什麼影響。Over two billion people worldwide now have access to vastly more information than ever before, and can communicate with each other instantly, often using Web-connected mobile devices they carry everywhere. 根據第二句可知網路使得人們能獲得更多信息，能進行及時的溝通，並且經常使用移動通信工具。可見，網路的作用是使得人們的日常溝通更加順暢。因此，答案是 B 選項。

錯誤選項：「A. It transforms human history」（它改變了人類的歷史），而在文中的第一句只是說它是一種人類歷史中充滿變化的發展，而不是改變了人類的歷史，範圍過大。「C. It is adopted by all humanity」（被全人類所應用），「all」過於絕對。「D. It revolutions people's thinking」（變革了人們的思考方式），文中沒有提到變革了人們的思考方式，無中生有。

② How do Schmidt and Cohen describe the effects of the Internet?

A. They are immeasurable.　　C. They are unpredictable.

B. They are worldwide.　　D. They are contaminating.

正確選項：根據人名「Schmidt and Cohen」定位到第二段，問題問的是兩人對網路的影響的描述，所以應重點看他們說的引號內的話。「Mass adoption of the Internet is driving one of the most exciting social, cultural, and political transformations in history, and unlike earlier periods of change, this time the effects are fully global.」根據關鍵詞「effect」，可以精確定位到這句話的後半句，「this time the effect are fully global」。可見網路的影響是越來越全球化的。回到選項中，只有 B 選項中的「worldwide」是對「global」的同義改寫。因此，答案是 B 選項。

錯誤選項：「A. immeasurable」為「無可估量的」。「C. unpredictable」為「難以預測的」。「D. contaminating」為「污染的」。

③ In what respect is the book The New Digital Age considered inadequate?

A. It fails to recognize the impact of the Internet technology.

B. It fails to look into the social implications of the Internet.

C. It lacks an objective evaluation of the role of Internet businesses.

D. It does not address the technical aspects of Internet communication.

正確選項：定位到第三段，重點去看該書的不足，定位到第三句。「But if the book has one major short-coming, it's that the authors don't spend enough time applying a critical eye to the role of Internet businesses in these sweeping changes.」

可知書的不足之處是作者沒有時間以一種批判的眼光來看待電子商務所扮演的角色。四個選項中唯一提到「Internet business」的只有 C 選項。因此，正確答案是 C 選項。

錯誤選項：A 選項為「它不能認識到網路科技的作用」。B 選項為「它不能深入調查網路產生的社會影響」。D 選項為「它不能解決網路交流的技術性問題」。三者均是無中生有。

④ What will the future be like when everybody gets online?

A. People will be living in two different realities.

B. People will have equal access to information.

C. People don't have to travel to see the world.

D. People don't have to communicate face to face.

正確選項：重點根據關鍵詞「future」來進行解題，定位到第四段的第二句。「They paint a paint of a world in which individuals, companies, institutions, and governments must deal with two realities, one physical, and one virtual.」「They paint a paint of a world」是題干中「future」的改寫，後面提到的「deal with two realities, one physical, and one virtual. They paint a paint of a world」就是未來會出現的場景。而選項中只有 A 提到了「two different realities」。因此，正確答案為 A 選項。

錯誤選項：三者在文中均無提及，屬無中生有。

⑤ What does the passage say about the authors of The New Digital Age?

A. They leave many questions unanswered concerning the Internet.

B. They are optimistic about the future of the Internet revolution.

C. They have explored the unknown territories of the virtual world.

D. They don't take sides in analyzing the effects of the Internet.

正確選項：根據題文同序原則回到文中最後一段來找這本書的作者。定位到第二句話：「By using this concept as a starting point, the authors aim to move beyond the now familiar optimist vs. pessimist dichotomy（對立觀點）that has characterized many recent debates about whether the rise of the Internet will ultimately be good or bad for society.」（近期對於網路的興起對社會來說最終是利還是弊的爭論，大多是持樂觀或悲觀的對立觀點，而本書的作者很好的繞開了這些對立的觀點。）第三句：「In an interview with Time earlier this week, Cohen said that although he and his co-author are certainly optimistic about many aspects of the Internet, they're also realistic about the risks and dangers that lie ahead when the next five billion people come online, particularly with respect to personal privacy and state surveillance（監視）.」最後一句中，介紹作者不僅提到了網路的好處，也提到了網路存在的風險和危險。因此，答案應該指出作者是持一種中立態度的。四個選項中，只有 D 選項提到作者「don't take sides」，即沒有站在任何一邊，符合原意。因此，正確答案為 D 選項。

錯誤答案：A 選項為「他們留下很多關於網路的問題沒有解答」，屬於無中生有。B 選項為「他們對網路變革的未來非常樂觀」，只有樂觀過於片面。C 選項為「他們探索了虛擬世界中不為人知的領域」，屬於無中生有。

四、翻譯應試技巧

翻譯已由原來的短句翻譯變為漢譯英段落翻譯，篇幅長度為 140~160 個漢字。雖然翻譯長度的增加加大了翻譯的難度，但做好翻譯題的基礎無非是兩個方面：一是單詞的累積和運用，二是句型的理解和把握。備考時，考生要注意累積日常生活詞語，關注特殊詞彙，特別是有關中國傳統文化方面的詞彙。加強對長難句的分析，考生在考試中才能寫出精彩的句型以增加得分點。考生一定要勤練，熟能生巧，在刻苦的練習中不斷提高翻譯水平。

很多考生都認為四級翻譯最重要的是詞彙，我們不能否認四級翻譯中詞彙的重要性，但是最重要的還應該是句式。一個好的句式能瞬間提升閱卷老師的印象，使分數提高一個檔次。下面我們就結合例題加以講解。

1. 四級段落翻譯技巧：修飾後置

例題：做秘書是一份非常複雜的需要組織、協調和溝通能力的工作。

Being a secretary is a very complex job which needs the ability to organize, coordinate and communicate.

分析：本句中「非常複雜的需要組織、協調和溝通能力」是修飾工作的，因此修飾部分放在後面用「which」引導定語從句。考生在備考時也要注意，不要逐字翻譯，進行單詞的羅列，一定注意句式分開層次。

2. 四級段落翻譯技巧：插入語

插入語一般對一句話進行一些附加的說明，是中學英語語法的重點，也是高考的考點。插入語通常與句中其他部分沒有語法上的聯繫，將它刪掉之後，句子結構仍然完整。插入語在句中有時是對一句話的一些附加解釋、說明或總結，有時表達說話者的態度和看法，有時起強調的作用，有時是為了引起對方的注意，有時可以起轉移話題或說明事由的作用，有時還可以承上啟下，使句子銜接得更緊密一些。

例題：中國結（the Chinese knot）最初是由手工藝人發明的，經過數百年不斷的改進，已經成為一種優雅多彩的藝術和工藝。

The Chinese knot, originally invented by craftsman, has become an elegant and colorful art and craft after hundred years of improvement.

分析：本句中「最初是由手工藝人發明的」是對中國結的補充說明，將它刪掉之後主句依然完整，因此在譯文中將其作為插入語。

3. 四級段落翻譯技巧：非限定性從句

非限定性定語從句起補充說明作用，缺少也不會影響對全句的理解，在非限定性定語從句的前面往往有逗號隔開，如若將非限定性定語從句放在句子中間，其前後都需要用逗號隔開。

例題：中國剪紙有1,500多年的歷史，在明朝和清朝時期（the Ming and Qing Dynasties）特別流行。

Chinese paper cutting has a history of more than 1,500 years, which was particularly widespread during the Ming and Qing Dynasties.

4. 四級段落翻譯技巧：無主句的翻譯

無主句是現代漢語語法的術語，是非主謂句的一種，是指根本沒有主語的句子。在漢語裡無主句比比皆是，但是在英語裡一個句子是不可能沒有主語的，下面我們看看這種句子怎麼翻譯。

例題：歷代都有名匠、名品產生，形成了深厚的文化積澱。

We can see famous craftsmen and fine works in each dynasty, which has formed a deep cultural accumulation.

分析：本句中是沒有主語的，這就需要我們為句子補上主語，因此出現了「we」。

綜上所述，四級考試翻譯題的主要知識點包括修飾後置、插入語、定語從句以及無主句的主語補充，考生在平時做練習時一定要多加注意及運用。

參考文獻

英文參考文獻

［1］ALLWRIGHT D. The Importance of Interaction in Classroom Language Learning［J］. Applied Linguistics, 1984（5）: 156-171.

［2］AUERBACH E R, PAXTON D. It's not the English Thing: Bringing Reading Research Into the ESL Classroom［J］. Tesol Quarterly, 1997, 31（2）: 237-261.

［3］BROWN A L, A S PALINSCAR. Inducing Strategic Learning from Texts by Means of Informed Self-control Ttraining［J］. Topics in Learning and Learning Disabilities, 1982（2）: 1-17.

［4］BROWN. Teaching by Principles［M］. London: Prentice Hall Regents, 1994.

［5］CARIN ARTHUR, SUND ROBERT B. Developing Questioning Techniques: A Self-concept approaeh［M］. Columbus, OH: Merrill Publishing Company, 1971.

［6］CARTON S A. Inferencing: A Process in Using and Learning Language［M］// P PIMSLEUR, T QUINN. The Psychology of Second Language Learning. Cambridge: Cambridge University Press, 1971.

［7］CHAMOT A U, S BARNHARDT, P EL-DINARY, et al. Methods for Teaching Learning Strategies in the Foreign Language Classroom［C］//R OXFORD. Language Learning Strategies around the World: Cross-cultural Perspectives. Honolulu: University of Hawaii, 1996.

［8］COHEN A D. Strategies in Learning and Using a Second Language［M］. New York: Addison Wesley Longman Inc, 1998.

［9］COLINA S. Translation Teaching: From Research to the Classroom: A

Handbook for Teachers [M]. Boston: McGraw-Hill, 2003.

[10] CRAIK F I M, LOCKHART R S. Levels of Processing: A Framework for Memory Research [J]. Journal of Verbal Learning and Verbal Behavior, 1972 (11): 671-684.

[11] DAVIS A. The Native Speaker in Applied Linguistics [M]. Edinburgh: Edinburgh University Press, 1991.

[12] DAVIS M G. Multiple Voices in the Translation Classroom: Activities, Tasks and Projects [M]. Amsterdam/Philadelphia: John Benjamin's Publishing Company, 2004.

[13] ELLIS R. The Study of Second Language Acquisition [M]. New York: Oxford University Press, 1994.

[14] ELLIS R. Instructed Second Language Acquisition [M]. Oxford: Blackwell, 1990.

[15] GRICE H P. Logic and Conversation [C] // COLE P, MORGAN J. Syntax and Semantics: Speech Acts. New York: Academic Press, 1975.

[16] HARMER J. The Practice of English Language Teaching [M]. 6th ed. Hawlow: Longman Group Limited, 1983.

[17] HOLOBROW N, W LAMBERT, L SAYEGH. Pairing Script and Dialogue: Combinations That Show Promise for Second Language Learning [J]. Language Learning 1984, 34 (4): 59-74.

[18] HUNKINS F P. Questioning Strategies and Techniques [M]. Boston: Allyn and Bacon, 1972.

[19] HYMES D H. On Communicative Competence [C] // BRUMFIT C J, K JOHNSON. The Communicative Approach to Language Teaching. Oxford: Oxford University Press, 1971.

[20] INKELES A, SASAKI M. Comparing Nations and Cultures: Readings in a Cross-Disciplinary Perspective [M]. New Jersey: Prentice Hall, 1996.

[21] KIRALY D C. A Social Constructivist Approach to Translator Education: Empowerment from Theory to Practice [M]. Manchester: St Jerome, 2000.

[22] LEECH G. Principles of Pragmatics [M]. London: Longman, 1983.

[23] LERNER R, MEACHAM S, BURNS E. Western Civilizations: Their History and Their Culture [M]. 13th ed. New York and London: W. W. Norton & Co, 1998.

[24] LONG M, C SATO. Classroom Foreigner Talk Discourse: Forms and Functions of Teachers' Question [M]. Newbury House, 1983.

[25] NAIMAN N, et al. The Good Language Learner [J]. Multilingual Matters, 1996, 73 (2).

[26] NEWMARK L. How not to Interfere with Language Learning [C] // BRUMFIT C J, K JOHNSON. The Communicative Approach to Language Teaching. Oxford: Oxford University Press, 1966.

[27] NUNAN D. Communicative Language Teaching: Making it Work [J]. ELT, 1987, 41 (2): 136-145.

[28] NUNAN D. Language Teaching Methodology [M]. New York: Prentice Hall, 1991.

[29] O'MALLEY J, CHAMOT. Learning Strategies in Second Language Acquisition [M]. Cambridge: Cambridge University Press, 1990.

[30] OXFORD R. Language Learning Strategies: What Every Teacher Should Know [M]. Rowley Mass: Newbury House, 1990.

[31] RICHARD J, LOCKHART C. Reflective Teaching in Second Language Classroom [M]. Cambridge: Cambridge University Press, 1996.

[32] RUBIN J. Learner Strategies: Theoretical Assumptions, Research History and Typology [C] // WENDEN A, RUBIN J. Learning Strategies in Language Learning. Englewood Cliffs: Prentice Hall, 1987: 15-30.

[33] RUBIN J. What the Good Language Learner Can Teach Us [J]. TFSOL Quarterly, 1975, 9 (1): 41-51.

[34] STEVENS R. The Question as a Measure of Efficiency in Instruction. Teachers College Contributions to Education [D]. New York: Teachers College, Columbia University, 1912.

[35] SONG M. Teaching Reading Strategies in an Ongoing EFL University Reading Classroom [J]. Asian Journal of English Language Teaching, 1998 (8): 41-54.

[36] SWAN M. A Critical Look at the Communicative Approach [J]. ELT Journal, 1985, 39 (1): 2-12.

[37] THOMPSON I, J RUBIN. Can Strategy Instruction Improve Listening Comprehension? [J]. Foreign Language Annals, 1996, 29 (3): 331-342.

[38] WEDEN A, RUBIN J. Learning Strategies in Language Learning [J].

New York: Prentice-Hall, 1987.

[39] WIDDOWSON H G. Directions in the Teaching of Discourse [C] // BRUMFIT C J, K JOHNSON. The Communicative Approach to Language Teaching. Oxford: Oxford University Press, 1973.

[40] WILKINS D A. Linguistics in Language Teaching [M] London: Edward Arnold, 1978.

[41] WILKINS D. Linguistics in Language Teaching [M]. London: Edward-Arnold, 1972.

[42] ZIMMERMAN C B. Historical Trends in Second Language Vocabulary Instruction [C] // J COADY, T HUCKIN. Second Language Vocabulary Acquisition. Cambridge: Cambridge University Press, 1997.

[43] WILLIAM WILEN, MARGARET ISHLER, JANICE HUTCHISON, et al. Dynamics of Effective Teaching [M]. New York: Longmanm, 2000.

中文參考文獻

[1] 包惠南. 文化語境與語言翻譯 [M]. 北京: 中國對外翻譯出版社, 2001.

[2] 蔡基剛. 大學英語課程教學要求（試行）的銜接性和前瞻性 [J]. 外語界, 2004 (5): 10-17.

[3] 陳安定. 英漢比較與差異 [M]. 北京: 中國對外翻譯出版社, 1998.

[4] 程京豔. 高校英語互動聽力教學設計 [J]. 廣東外語外貿大學學報, 2007 (6): 95-98.

[5] 陳國崇. 新世紀大學英語教師面臨的挑戰與對策 [J] 外語界, 2003 (1): 48-53.

[6] 陳葵陽. 從建構主義觀點談翻譯課堂教學 [J]. 中國翻譯, 2005 (3): 78-81.

[7] 陳士法. 有爭議的詞彙教學策略探析 [J]. 國外外語教學, 2001 (4): 25-30.

[8] 崔剛. 語言學習策略研究述評 [J]. 基礎教育外語教學研究, 2008 (7): 25-31.

[9] 戴建春. 基於QQ網路平臺交互式課外翻譯教學模式構建及應用 [J]. 外語電化教學, 2011 (2): 61-66.

[10] 鄭樹棠. 新視野大學英語聽說教程教師用書 [M]. 北京: 外語教學

與研究出版社，2008.

[11] 鄭樹棠. 新視野大學英語［M］. 3 版. 北京：外語教學與研究出版社，2015.

[12] 鄧炎昌，劉潤清. 語言與文化［M］. 北京：外語教學與研究出版社，1991.

[13] 丁小月. 大學英語教師課堂提問策略對學生口頭應答的影響研究［J］. 揚州大學學報（高教研究版），2015（1）：92-96.

[14] 董菊霞. 大學英語閱讀策略研究［D］. 北京：首都師範大學，2009.

[15] 範琳，夏曉雲，王建平. 中國二語詞彙學習策略研究述評：回顧與展望——基於 23 種外語類期刊 15 年文獻的統計分析［J］. 外語界，2014（6）：30-47.

[16] 高越. 非英語專業大學生詞彙策略研究［J］. 外語教學理論與實踐，2004（3）：24-29.

[17] 顧曰國. 禮貌、語用和文化［J］. 外語教學與研究，1992（4）：10-17.

[18] 關世杰. 跨文化交流學［M］. 北京：北京大學出版社，1995.

[19] 郭新愛. 第二語言聽力學習策略研究綜述［J］. 新疆廣播電視大學學報，2008（4）：47-50.

[20] 郭豔玲，許琳. 從搭配看英語專業學生的詞彙學習策略研究［J］. 外國語文，2010（6）：119-122.

[21] 哈貝馬斯. 交往與社會進化［M］. 張博樹，譯. 重慶：重慶出版社，1989.

[22] 何自然. 語用學概論［M］. 長沙：湖南教育出版社，1988.

[23] 何兆熊. 新編語用學概要［M］. 上海：上海外語教育出版社，1999.

[24] 胡青球，埃德·尼可森，等. 大學英語教師課堂提問模式調查分析［J］. 外語界，2004（6）：22-27.

[25] 胡鄭輝. 英語學習策略［M］. 廈門：廈門大學出版社，2006.

[26] 華維芬. 外語學習者策略訓練芻議［J］. 外語界，2002（3）：2-7.

[27] 黃次棟. 英語語言學［M］. 上海：上海譯文出版社，1987.

[28] 黃國文. Chomsky 的「能力」與 Hymes 的「交際能力」［J］. 外語教學與研究，1991（2）：35-36.

[29] 黃國文. 從以結果為中心到以過程為中心［J］. 外語與外語教學，2000（10）：1.

[30] 黃偉. 提問與對話——有效教學的入口與路徑［M］. 杭州：浙江大

學出版社，2016.

[31] 賈玉新. 跨文化交際學［M］. 上海：上海外語教育出版社，1997.

[32] 蔣祖康. 學習策略與聽力的關係——中國英語本科學生素質調查分報告之一［J］. 外語教學與研究，1994（1）：51-58.

[33] 康志峰，陸效用. 中國英語口語教學的現狀、問題及對策［J］. 外語與外語教學，1998（9）：32-35.

[34] 蒯超英. 學習策略［M］. 武漢：湖北教育出版社，1999.

[35] L.H.克拉克，I.S.斯塔爾. 中學教學法（下）［M］. 趙寶恒，蔡俊年，等，譯. 北京：人民教育出版社，1985.

[36] 李福華. 高等學校學生主體性研究［D］. 上海：華東師範大學，2003.

[37] 李慶生，孫志勇. 課堂提問：是獲取信息還是挑戰？——對大學英語課堂中教師提問功能的會話分析［J］. 中國外語，2011（1）：58-64.

[38] 李瑞華. 英漢語言文化對比研究［M］. 上海：上海外語教育出版社，1996.

[39] 李森，張家俊，王天平. 有效教學新論［M］. 廣州：廣東教育出版社，2010.

[40] 連淑能. 論中西思維方式［J］. 外語與外語教學，2002（2）：40-46.

[41] 連淑能. 翻譯課教學法探索——《英譯漢教程》教學方法提示［J］. 外語與外語教學，2007（4）：29-34.

[42] 林慧華. 樂學始於善誘——大學英語課堂有效提問敘事探究［J］. 外語教學理論與實踐，2012（2）：23-29.

[43] 林莉蘭. 網路自主學習環境下學習策略與學習效果研究——英語聽力教學改革實驗［J］. 外語研究，2006（2）：39-45.

[44] 劉承華. 文化與人格［M］. 合肥：中國科學技術大學出版社，2002.

[45] 劉和平. 翻譯教學模式：理論與應用［J］. 中國翻譯，2013（2）：50.

[46] 劉紹龍. 背景知識與聽力策略——圖式理論案例報告［J］. 現代外語，1996（2）：42-45.

[47] 劉紹忠. 語境與語用能力［J］. 外國語，1997（3）：25-32.

[48] 劉珊. 認知方式和閱讀策略對英語閱讀影響的實證研究［J］. 中國英語教學，2006（3）：56-63.

[49] 劉偉，郭海雲. 批判性閱讀教學模式試驗研究［J］. 外語界，2006（3）：14-18.

[50] 劉亦春.學習成功者與不成功者使用英語閱讀策略差異的研究［J］.國外外語教學，2002（3）：24-28.

[51] 魯吉，周子倫.學習策略教學與英語專業學生創新能力培養——普通高校英語專業教學改革研究新視角［J］.山東外語教學，2008（6）：74-77.

[52] 呂長竑.聽力理解學習策略訓練［J］.外語教學，2001（3）：89-92.

[53] 馬寧，羅仁家，劉江燕.英語閱讀學習與訓練中詞彙處理策略調查研究［J］.外國語文，2015（2）：151-156.

[54] 孟悅.大學英語閱讀策略訓練的試驗研究［J］.外語與外語教學，2004（2）：24-27.

[55] 苗菊.翻譯能力研究——構建翻譯教學模式的基礎［J］.外語與外語教學，2007（4）：47-50.

[56] 倪清泉.大學英語學習策略的多層面研究［J］.江蘇外語教學研究，2008（2）：1-6.

[57] 歐陽文.學生無問題意識的原因與問題意識的培養［J］.湘潭大學學報，1999，23（1）：128-131.

[58] 錢春花.交互式教學對學習者翻譯能力的驅動［J］.外語界，2010（2）：19-24.

[59] 秦建華，王英杰.大學生英語學習策略的個案研究［J］.外語界，2007（2）：73-81.

[60] 秦銀國，郭秀娟.英語課堂學生沉默與教師提問［J］.安徽工業大學學報（社會科學版），2008（1）：127-128.

[61] 冉永平.禮貌的關聯論初探［J］.現代外語，2002（4）：387-390.

[62] 束定芳，莊智象.現代外語教學——理論、實踐與方法［M］.上海：上海外語教育出版社，2004.

[63] 宋倩.非英語專業學生的閱讀策略培訓研究［D］.北京：北京郵電大學，2007.

[64] 宋振韶，張西超，等.課堂提問的模式、功能及其實施途徑［J］.教育科學研究，2004（1）：34-37.

[65] 蘇遠連.如何實施聽力學習策略訓練［J］.外語電化教學，2002（3）：8-12.

[66] 蘇遠連.論聽力學習策略的可教性——一項基於中國外語初學者的實驗研究［J］.現代外語，2003（1）：48-58.

[67] 孫莉.大學英語學習者仲介語中的聽力理解策略使用模型［J］.解放

軍外國語學院學報，2008（6）：49-53.

　　［68］譚曉瑛，魏立明.大學英語學習策略培訓研究［J］.外語界，2002（6）：19-23.

　　［69］唐德根.中國學生交際失誤分析［M］.長沙：中南工業大學出版社，1995.

　　［70］萬光榮.少數民族本科生英語詞彙學習策略研究［J］.內蒙古民族大學學報（社會科學版），2008（2）：46-49.

　　［71］王篤勤.大學英語自主學習能力的培養［J］.外語界，2002（5）：15-17.

　　［72］王惠萍.論英語教師的角色定位［J］.寧波大學學報，2001（3）：63-64.

　　［73］王坤.鼓勵學生自己提問題［J］.學科教育，1998（7）：14-16.

　　［74］王麗波，王晶波.英語專業學生學習策略培訓中的問題探討［J］.牡丹江大學學報，2009（7）：138-139.

　　［75］王立非，陳功.第二語言學習策略的認知模式的構建與解讀［J］.外語與外語教，2009（6）：16-20.

　　［76］王宗炎.談談英語學習策略問題［J］.福建外語，1998（1）：2.

　　［77］王文昌.英語搭配大辭典［M］.南京：江蘇教育出版社，1991.

　　［78］王文宇.觀念、策略與英語詞彙記憶［J］.外語教學與研究，1998（1）：47-52.

　　［79］文秋芳.英語學習策略論［M］.上海：上海外語教育出版社，1996.

　　［80］王宇.關於中國非英語專業學生聽力策略的調查［J］.外語界，2002（6）：5-12.

　　［81］王正平.詞彙學習策略在高校英語教學中的應用研究［J］.西南農業大學學報（社會科學版），2012（7）：128-129.

　　［82］溫雪梅.商務英語專業詞彙學習策略的實證研究［J］.外國語文，2010（5）：134-136.

　　［83］文秋芳.英語學習策略論［M］.上海：上海外語教育出版社，1995.

　　［84］吳霞，王薔.非英語專業本科學生詞彙學習策略［J］.外語教學與研究，1998（1）.

　　［85］伍小君.「交互式」英語翻譯教學模式建構［J］.外語學刊，2007（4）：121-123.

　　［86］夏紀梅.英語交際常識［M］.廣州：中山大學出版社，1995.

[87] 徐淑娟. 大學英語教學改革與任務型教學法 [M]. 北京: 中國水利水電出版社, 2015.

[88] 楊雨寒. 大學英語分層教學課堂提問層次的區別 [J]. 外語教學理論與實踐, 2012 (3): 71-75.

[89] 姚梅林. 當前外語詞彙學習策略的教學研究趨向 [J]. 北京師範大學學報, 2005 (5): 123-129.

[90] 葉苗. 翻譯教學的交互性模式研究 [J]. 外語界, 2007(3): 51-57.

[91] 楊晶. 閱讀策略對大學生英語閱讀能力影響的實證研究 [J]. 揚州大學學報 (高教研究版), 2014 (1): 92-96.

[92] 趙雲麗. 近十年大學英語閱讀策略研究綜述 [J]. 南寧師範高等專科學校學報, 2008 (2): 65-67.

[93] 章春風. 英語詞彙學習策略培訓的必要性 [J]. 咸寧學院學報, 2010 (4): 156-159.

[94] 張殿玉. 英語學習策略與自主學習 [J]. 外語教學, 2005(1): 49-55.

[95] 張東昌. 策略性英語閱讀教學模式的探索和研究 [J]. 外語教學, 2006 (6): 71-74.

[96] 張法科, 趙婷. 非語言性閱讀障礙調查及課外閱讀模式的構建 [J]. 外語界, 2007 (6): 74-79.

[97] 張鳳琴. 對大學生英語自主學習策略培訓的反思與探究 [J]. 齊齊哈爾大學學報, 2008 (5): 147-148.

[98] 張晶. 英語專業學生學習策略的特徵 [J]. 東北農業大學學報, 2009 (5): 62-64.

[99] 張麗麗. 外語學習策略訓練的原則及其效果的測量 [J]. 四川教育學院學報, 2007 (8): 52.

[100] 張萍, 高祖新, 劉精忠. 英語學習者詞彙觀念和策略的性別差異研究 [J]. 外語與外語教學, 2002 (8): 35-37.

[101] 張日美, 司顯柱, 李京平. 國內英語詞彙學習策略實證研究述評 [J]. 蘭州大學學報, 2011 (2): 151-157.

[102] 張瑞娥. 英語專業本科翻譯教學全體交往體系構建研究 [D]. 上海: 上海外國語大學, 2012.

[103] 張燁, 邢敏, 周大軍. 非英語專業本科生英語詞彙學習策略的調查 [J]. 解放軍外國語學院學報, 2003 (4): 44-48.

[104] 中村元. 東方民族的思維方式 [M]. 林太, 馬小鶴, 譯. 杭州: 浙

江人民出版社，1989.

　　［105］周啓加.英語聽力學習策略對聽力的影響——英語聽力學習策略問卷調查及結果分析［J］.解放軍外國語學院學報，2000（3）：62-64.

　　［106］周曉玲，張燕.高校應重視非英語專業大學生英語學習策略的培養［J］.高教論壇，2005（6）：128-130.

　　［107］周星，周韻.大學英語課堂教師話語的調查與分析［J］.外語教學與研究，2002（1）：66-68.

　　［108］周燕.英語教師培訓亟待加強［J］.外語教學與研究，2002，34（6）：405-409.

　　［109］朱麗萍.大學英語聽說教學策略［J］.曲靖師範學院學報，2003（4）：84-86.

　　［110］朱永生，鄭立信，苗興偉.英漢語篇銜接手段對比研究［M］.上海：上海外語教育出版社，2001.

　　［111］朱竹.外語院校非英語專業學生詞彙學習策略使用調查［J］.西安外國語大學學報，2014（1）：83-86.

　　［112］鄒瓊.大學英語教學論［M］.長沙：湖南師範大學出版社，2006.

　　［113］教育部高等教育司.大學英語課程教學要求（試行）［M］.北京：高等教育出版社，2004.

後記

　　自 2007 年碩士畢業參加工作以來，筆者一直從事大學英語教學與研究方面的工作。雖然大學英語是一門公共課程，但是這門課程很容易受到學生的忽視。雖然學校管理部門很重視這門課程，但根據筆者對同行的調研發現，這門課程有著演變成為邊緣課程的趨勢。學生對這門課程的學習聽之任之，對教師布置的作業和任務常常是能拖則拖，課堂氣氛欠佳。作為這門課程的任課教師或多或少也受到影響，在教學過程中難以熱情飽滿地將自己的心血灌註到這門課程的教學當中去。這十年來，筆者一直在思考如何提高大學英語的教學質量，大學英語教師應該如何激發學生學習本課程的興趣，並改變學生學習熱情不高的局面。在工作之餘，筆者將自己的點滴經驗和思考寫成論文試著去解決大學英語教學所面臨的問題，為同行提供相關參考和借鑑。因此，這十年來，筆者陸續在一些學術期刊上發表了一些相關論文，累積了一些研究成果，但回想起來，總感覺到有些意猶未盡，研究成果的條理性和系統性還需要提高。因此，筆者決定寫作一部專著將自己前期取得的成果以及最近的一些思考重新加以整理，使其系統化。本書就是這一勞動成果的結晶。

　　由於教學工作繁重，家裡還有老人和孩子需要照顧，因此本書能夠付諸出版實屬不易。在本書的寫作過程中筆者蒙恩受惠不少。首先，我最應該感謝的是我的愛人，感謝他在本書的寫作過程中，對我的鼓勵與支持。在本書的寫作過程中，他不僅承擔了大部分家務活，而且還適時地替我查閱文獻、審核和打印文稿。其次，我要感謝學校領導、學院領導和同事們給予我的幫助。你們的鼓勵和支持給我增加了動力。

趙　娟

2017 年 5 月

附錄 1　英語學習策略調查問卷

親愛的同學：

您好！為了全面真實地瞭解同學們的英語學習現狀，請配合我們的調查。這個調查旨在瞭解我校本科生英語學習策略是否科學，以便幫助學生改進學習策略、提高學習效率，以期促使大學英語教學工作更有效地進行。希望能占用一下您的寶貴時間，請您對以下問題做如實客觀的回答。謝謝您的合作！

一、您的基本情況：

性別_____　專業_____　學習英語年限_____

英語高考成績_____（總分 120 分/150 分）

二、英語學習策略使用情況

A = 一點不符合我的情況　　B = 有時不符合

C = 有時符合　　　　　　　D = 經常符合

E = 非常符合

1. 我會訂立作息表，以使自己有足夠的時間學習英語。
2. 我會選擇適合自己英語水平的材料來學習。
3. 我會考查自己學習英語的進展，從而找出薄弱環節和改進的措施。
4. 我會借鑑英語成績優秀者的學習經驗，進而改進自己的學習策略。
5. 記憶單詞時，根據發音規則一邊讀，一邊在紙上拼寫。
6. 學習單詞時，準備一個詞彙本，記錄下自己不會的單詞，以便日後復習。
7. 我學到一個新單詞時，要看看這個詞有什麼特徵，然後把與它有關的舊單詞聯繫起來記憶。
8. 記憶單詞時，我注意發現規律，把詞根、詞類等有相同特點的詞放在一起記憶。

9. 把單詞分組記憶，如把表示顏色的單詞放在一起記。

10. 我把要記的單詞放在課文裡或句子中記憶。

11. 學習單詞時利用反義詞、近義詞、同義詞幫助記憶。

12. 在碰到生詞查辭典時，我經常把這個生詞的各種意思都瞭解一下。

13. 我常常通過前後句子或上下文等語境來猜測生詞的意思。

14. 借助英語讀物或英語媒體學習單詞，如英文歌曲、電影、電視節目等來學習擴大單詞量。

15. 我會定期檢測自己的單詞學習情況，如每星期檢測一次，遇到默寫不出來就抄寫幾遍。

16. 我制訂計劃，要求自己每日或每周記憶多少單詞。

17. 我認為有必要制訂詳細的閱讀計劃。

18. 對於主題比較熟悉的閱讀材料，我根據自己已有的知識來推測。

19. 我通過借鑑別人有效的閱讀方法來調整自己的閱讀方法。

20. 我很重視閱讀中的連詞以及各種表明作者觀點和態度的詞語。

21. 對於長難句，我通過分析句子結構來理解。

22. 我通過查辭典來對付閱讀中遇到的生詞。

23. 當閱讀中遇到生詞時，我通過詞根來猜測詞義。

24. 對於我認為不重要的生詞，我在閱讀時候會跳過去。

25. 我對閱讀材料很注意從語篇整體的角度去進行分析，注意文章的整體性。

26. 閱讀時我著重理解主題句。

27. 對於重要的信息，我在閱讀的時候用漢語做標記。

28. 我在課外主動閱讀英文報紙、雜誌或小說。

29. 在學習過程中我會累積有關語音、語調等語言知識來幫助提高聽力。

30. 我覺得詞彙累積對聽力影響很大。

31. 在聽英語時碰到生詞或不懂的句子我會跳過繼續聽。

32. 聽完比較複雜的句子，我會對照聽力材料原文對其做語法結構分析。

33. 在聽力測試前，我會根據相關題目和選項內容預測文章大意。

34. 在聽力過程中，我會通過標記語，如 but/because/therefore 等，來對所聽信息進行推測。

35. 在聽力過程中，我覺得注意力分散等心理現象會對聽力產生很大影響。

36. 聽英語材料時，我會把自己認為重要的信息記下來。

37. 我會背誦一些固定搭配、諺語、格言等相關知識來提高聽力。

38. 當老師叫其他同學回答問題時，我會小聲地自己對自己說。

39. 當我說英語時，會請別人糾正我的錯誤。

40. 課外，我會反覆朗讀課文。

41. 課外，我會盡量用英語與同學和老師會話。

42. 課外，我會自己對自己說英語。

43. 我有意識地模仿正確的語音、語調並將之與外國人灌制的錄音磁帶進行比較，找出差距，進而改正。

44. 我主動參加英語角或英語沙龍等活動練習口語。

45. 在說英語時，我有意識地盡可能使用所學的新單詞或詞組。

46. 英語課上，我盡量主動地爭取回答問題。

47. 我主動地用英語記筆記、留言、寫信或寫日記。

48. 我主動在閱讀後寫小結。

49. 在寫英語時，我有意識地盡可能使用所學的新單詞或詞組。

50. 英語學習策略對英語學習有用嗎？請舉例說明。

51. 你的英語學習存在哪些困難？困難的原因是什麼？

附錄2　常用英語諺語

A

A bad thing never dies. 遺臭萬年。
A bad workman always blames his tools. 不會撐船怪河彎。
A bird in the hand is worth than two in the bush. 一鳥在手勝過雙鳥在林。
A boaster and a liar are cousins-german. 吹牛與說謊本是同宗。
A bully is always a coward. 色厲內荏。
A burden of one's choice is not felt. 愛挑的擔子不嫌重。
A candle lights others and consumes itself. 蠟燭照亮別人，卻毀滅了自己。
A close mouth catches no flies. 病從口入。
Actions speak louder than words. 事實勝於雄辯。
Adversity leads to prosperity. 窮則思變。
Adversity makes a man wise, not rich. 逆境出人才。
A fair death honors the whole life. 死得其所，流芳百世。
A faithful friend is hard to find. 知音難覓。
A fall into a pit, a gain in your wit. 吃一塹，長一智。
A fox may grow gray, but never good. 江山易改，本性難移。
A friend in need is a friend indeed. 患難見真情。
A friend is easier lost than found. 得朋友難，失朋友易。
A friend without faults will never be found. 沒有十全十美的朋友。
A good beginning is half done. 良好的開端是成功的一半。
A good beginning makes a good ending. 善始者善終。
A good book is a good friend. 好書如摯友。
A good conscience is a soft pillow. 不做虧心事，不怕鬼叫門。

A good fame is better than a good face. 美名勝過美貌。

A good medicine tastes bitter. 良藥苦口。

A great talker is a great liar. 說大話者多謊言。

A hedge between keeps friendship green. 君子之交淡如水。

A joke never gains an enemy but loses a friend. 戲謔不能化敵為友，只能使人失去朋友。

A leopard cannot change its spots. 積習難改。

A liar is not believed when he speaks the truth. 說謊者即使講真話也沒人相信。

A light heart lives long. 靜以修身。

A little body often harbors a great soul. 濃縮的都是精華。

A little knowledge is a dangerous thing. 一知半解，自欺欺人。

All good things come to an end. 天下沒有不散的筵席。

All rivers run into sea. 海納百川。

All roads lead to Rome. 條條大路通羅馬。

All that ends well is well. 結果好，就一切都好。

All that glitters is not gold. 閃光的不一定都是金子。

All things are difficult before they are easy. 凡事總是由難而易。

All work and no play makes Jack a dull boy. 只會用功不玩耍，聰明孩子也變傻。

A man becomes learned by asking questions. 不恥下問才能有學問。

A man can do no more than he can. 凡事都應量力而行。

A man cannot spin and reel at the same time. 一心不能二用。

A man is known by his friends. 什麼人交什麼朋友。

A merry heart goes all the way. 心曠神怡，事事順利。

A miss is as good as a mile. 失之毫厘，差之千里。

An apple a day keeps the doctor away. 一天一蘋果，醫生不上門。

A new broom sweeps clean. 新官上任三把火。

An eye for an eye and a tooth for a tooth. 以眼還眼，以牙還牙。

An hour in the morning is worth two in the evening. 一日之計在於晨。

An ounce of prevention is worth a pound of cure. 預防為主，治療為輔。

As a man sows, so he shall reap. 種瓜得瓜，種豆得豆。

A single flower does not make a spring. 一花獨放不是春，百花齊放春滿園。

A snow year, a rich year. 瑞雪兆豐年。

A still tongue makes a wise head. 寡言者智。

A stitch in time saves nine. 小洞不補，大洞吃苦。

A straight foot is not afraid of a crooked shoe. 身正不怕影子斜。

A word spoken is past recalling. 一言既出，駟馬難追。

A year's plan starts with spring. 一年之計在於春。

A young idler, an old beggar. 少壯不努力，老大徒傷悲。

B

Bad news has wings. 好事不出門，壞事傳千里。

Barking dogs seldom bite. 吠犬不咬人。

Beauty lies in the love's eyes. 情人眼裡出西施。

Be swift to hear, slow to speak. 聽宜敏捷，言宜緩行。

Birds of a feather flock together. 物以類聚，人以群分。

Blood is thicker than water. 血濃於水。

Blood will have blood. 血債血償。

Books and friends should be few but good. 讀書如交友，應求少而精。

Business is business. 公事公辦。

By reading we enrich the mind, by conversation we polish it. 讀書使人充實，交談使人精明。

C

Care and diligence bring luck. 謹慎和勤奮才能抓住機遇。

Caution is the parent of safety. 小心駛得萬年船。

Cheats never prosper. 騙人發不了財。

Children are what the mothers are. 耳濡目染，言傳身教。

Choose an author as you choose a friend. 擇書如擇友。

Complacency is the enemy of study. 學習的敵人是自己的滿足。

Confidence in yourself is the first step on the road to success. 自信是走向成功的第一步。

Constant dripping wears away a stone. 水滴石穿，繩鋸木斷。

Content is better than riches. 知足者常樂。

Count one's chickens before they are hatched. 蛋未孵先數雛。

Courtesy on one side only lasts not long. 來而不往非禮也。

Creep before you walk. 循序漸進。

Custom makes all things easy. 有個好習慣，事事皆不難。

D

Diamond cuts diamond. 強中自有強中手。

Do as the Romans do. 入鄉隨俗。

Do as you would be done by. 己所不欲，勿施於人。

Doing is better than saying. 與其掛在嘴上，不如落實在行動上。

Do it now. 機不可失，時不再來。

Do nothing by halves. 凡事不可半途而廢。

Don't claim to know what you don't know. 不要不懂裝懂。

Don't make a mountain out of a molehill. 不要小題大做。

Don't put off till tomorrow what should be done today. 今日事，今日畢。

Don't put the cart before the horse. 不要本末倒置。

Don't trouble trouble until trouble troubles you. 不要自找麻煩。

Don't try to teach your grandmother to suck eggs. 不要班門弄斧。

Do well and have well. 善有善報。

E

Early to bed and early to rise makes a man healthy, wealthy and wise. 早睡早起身體好。

Easier said than done. 說得容易，做得難。

Easy come, easy go. 來也匆匆，去也匆匆。

Eat to live, but not live to eat. 人吃飯是為了活著，但活著不是為了吃飯。

Even Homer sometimes nods. 智者千慮，必有一失。

Every advantage has its disadvantage. 有利必有弊。

Everybody's business is nobody's business. 人人負責，等於沒人負責。

Every dog has his day. 誰都有得意的時候。

Every door may be shut, but death's door. 人生在世，唯死難逃。

Every heart has its own sorrow. 各人有各人的苦惱。

Every man has his faults. 金無足赤，人無完人。

Every man has his hobbyhorse. 蘿蔔青菜，各有所愛。

Every man has his weak side. 人人都有弱點。

Every man is the architect of his own fortune. 自己的命運自己掌握。

Every minute counts. 分秒必爭。
Every potter praises hit pot. 王婆賣瓜，自賣自誇。
Everything is good when new, but friends when old. 東西是新的好，朋友是老的親。
Example is better then percept. 說一遍，不如做一遍。
Experience is the father of wisdom and memory the mother. 經驗是智慧之父，記憶是智慧之母。
Experience must be bought. 吃一塹，長一智。

F

Facts speak louder than words. 事實勝於雄辯。
Failure is the mother of success. 失敗是成功之母。
False friends are worse than bitter enemies. 明槍易躲，暗箭難防。
Far from eye, far from heart. 眼不見，心不煩。
Far water does not put out near fire. 遠水救不了近火。
Fields have eyes, and woods have ears. 隔牆有耳。
Fire and water have no mercy. 水火無情。
Fire is a good servant but a bad master. 火是一把雙刃劍。
First come, first served. 先來後到。
Fools grow without watering. 朽木不可雕也。
Fool's haste is no speed. 欲速則不達。
Fools has fortune. 傻人有傻福。
Fools learn nothing from wise men, but wise men learn much from fools. 愚者不學無術，智者不恥下問。
Fortune knocks once at least at every man's gate. 風水輪流轉。
Four eyes see more than two. 集思廣益。
Friends agree best at distance. 朋友之間也會保持距離。
Friends must part. 再好的朋友也有分手的時候。

G

Genius is nothing but labor and diligence. 天才不過是勤奮而已。
Give a dog a bad name and hang him. 眾口鑠金，積毀銷骨。
God helps those who help themselves. 自助者天助。

Gold will not buy anything. 黃金並非萬能。

Good for good is natural, good for evil is manly. 以德報德是常理，以德報怨大丈夫。

Good health is over wealth. 健康是最大的財富。

Good medicine for health tastes bitter to the mouth. 良藥苦口利於病。

Good watch prevents misfortune. 謹慎消災。

Great barkers are no biters. 好狗不擋道。

Great hopes make great man. 偉大的抱負造就偉大的人物。

Great minds think alike. 英雄所見略同。

Great men have great faults. 英雄犯大錯誤。

Great men's sons seldom do well. 富不過三代。

Great trees are good for nothing but shade. 大樹底下好乘涼。

Great wits have short memories. 貴人多忘事。

Guilty consciences make men cowards. 做賊心虛。

H

Habit cures habit. 心病還需心藥醫。

Handsome is he who does handsomely. 行為漂亮才算美。

Happiness takes no account of time. 歡樂不覺時光過。

Happy is the man who learns from the misfortunes of others. 吸取他人教訓，自己才會走運。

Harm set, harm get. 害人害己。

Hasty love, soon cold. 一見鐘情難維久。

Health is better than wealth. 健康勝過財富。

Health is happiness. 健康就是幸福。

Hear all parties. 兼聽則明。

Heaven never helps the man who will not act. 自己不動，叫天何用。

He is a good friend that speaks well of us behind our backs. 背後說好話，才是真朋友。

He is a wise man who speaks little. 聰明不是掛在嘴上。

He is lifeless that is faultless. 只有死人才不犯錯誤。

He is not fit to command others that cannot command himself. 正人先正己。

He is not laughed at that laughs at himself first. 自嘲者不會讓人見笑。

He is wise that is honest. 誠實者最明智。

He knows most who speaks least. 大智若愚。

He laughs best who laughs last. 誰笑到最後，誰笑得最好。

He sets the fox to keep the geese. 引狼入室。

He that climbs high falls heavily. 爬得越高，摔得越重。

He that will not work shall not eat. 不勞動者不得食。

He who does not advance loses ground. 逆水行舟，不進則退。

He who makes constant complaint gets little compassion. 經常訴苦，沒人同情。

He who makes no mistakes makes nothing. 想不犯錯誤，就一事無成。

He who risks nothing gains nothing. 收穫與風險並存。

History repeats itself. 歷史往往會重演。

Honesty is the best policy. 做人以誠信為本。

Hope for the best, but prepare for the worst. 抱最好的願望，做最壞的打算。

I

I cannot be your friend and your flatterer too. 朋友間不能阿諛奉承。

If you make yourself an ass, don't complain if people ride you. 人善被人欺，馬善被人騎。

If you run after two hares, you will catch neither. 腳踏兩條船，必定落空。

If you sell the cow, you sell her milk too. 殺雞取卵。

If you venture nothing, you will have nothing. 不入虎穴，焉得虎子。

If you want knowledge, you must toil for it. 要想求知，就得吃苦。

Industry is the parent of success. 勤奮是成功之母。

It is better to die when life is a disgrace. 寧為玉碎，不為瓦全。

It is easier to get money than to keep it. 掙錢容易攢錢難。

It is easy to be wise after the event. 事後諸葛亮好當。

It is easy to open a shop but hard to keep it always open. 創業容易守業難。

It is hard to please all. 眾口難調。

It is never too old to learn. 活到老，學到老。

It is no use crying over spilt milk. 覆水難收。

It is the first step that costs troublesome. 萬事開頭難。

It is the unforeseen that always happens. 天有不測風雲，人有旦夕禍福。

It is too late to grieve when the chance is past. 坐失良機，後悔已遲。

It never rains but it pours. 不鳴則已，一鳴驚人。

It takes three generations to make a gentleman. 十年樹木，百年樹人。

J

Jack of all trades and master of none. 門門精通，樣樣稀鬆。

Judge not from appearances. 人不可貌相，海不可斗量。

Justice has long arms. 天網恢恢，疏而不漏。

K

Keep good men company and you shall be of the number. 近朱者赤，近墨者黑。

Kill two birds with one stone. 一箭雙雕。

Kings have long arms. 普天之下，莫非王土。

Knowledge is power. 知識就是力量。

Knowledge makes humble, ignorance makes proud. 博學使人謙遜，無知使人驕傲。

L

Learn and live. 活著，為了學習。

Learning makes a good man better and ill man worse. 好人越學越好，壞人越學越壞。

Learn not and know not. 不學無術。

Learn to walk before you run. 先學走，再學跑。

Let bygones be bygones. 過去的就讓它過去吧。

Let sleeping dogs lie. 別惹麻煩。

Let the cat out of the bag. 洩漏天機。

Lies can never changes fact. 謊言終究是謊言。

Lies have short legs. 謊言不長久。

Life is but a span. 人生苦短。

Life is not all roses. 人生並不是康莊大道。

Life without a friend is death. 沒有朋友，雖生猶死。

Like a rat in a hole. 甕中之鱉。

Like author, like book. 文如其人。

Like father, like son. 有其父必有其子。

Like for like. 一報還一報。

Like knows like. 惺惺相惜。

Like mother, like daughter. 有其母必有其女。

Like teacher, like pupil. 什麼樣的老師教什麼樣的學生。

Like tree, like fruit. 羊毛出在羊身上。

Little things amuse little minds. 小人無大志。

Look before you leap. 摸清情況再行動。

Lookers-on see more than players. 當局者迷，旁觀者清。

Losers are always in the wrong. 勝者為王，敗者為寇。

Lost time is never found again. 歲月既往，一去不回。

Love at first sight. 一見鐘情。

Love is blind. 愛情是盲目的。

Love is full of trouble. 愛情充滿煩惱。

Love is never without jealousy. 沒有妒忌就沒有愛情。

Love me, love my dog. 愛屋及烏。

M

Make hay while the sun shines. 良機勿失。

Make your enemy your friend. 化敵為友。

Man is the soul of the universe. 人是萬物之靈。

Man proposes, God disposes. 謀事在人，成事在天。

Many hands make light work. 眾人拾柴火焰高。

Many heads are better than one. 三個臭皮匠，賽過諸葛亮。

Many things grow in the garden that were never sown there. 有心栽花花不發，無心插柳柳成蔭。

Misfortunes never come alone. 禍不單行。

Misfortune tests the sincerity of friends. 患難見真情。

Money isn't everything. 錢不是萬能的。

Murder will out. 紙包不住火。

N

Never fish in trouble water. 不要渾水摸魚。

Never judge from appearances. 不可以貌取人。

Never say die. 永不言敗。

Never too old to learn, never too late to turn. 亡羊補牢，為時未晚。

New wine in old bottles. 舊瓶裝新酒。

No cross, no crown. 不經歷風雨，怎麼見彩虹。

No garden without its weeds. 沒有不長草的園子。

No living man all things can. 世上沒有萬事通。

No man can do two things at once. 一心不可二用。

No man is born wise or learned. 沒有生而知之者。

No man is content. 人心不足蛇吞象。

No man is wise at all times. 聰明一世，糊涂一時。

None are so blind as those who won't see. 視而不見。

None are so deaf as those who won't hear. 充耳不聞。

No news is good news. 沒有消息就是好消息。

No one can call back yesterday. 昨日不會重現。

No pains, no gains. 沒有付出就沒有收穫。

No pleasure without pain. 沒有苦就沒有樂。

No rose without a thorn. 沒有不帶刺的玫瑰。

No sweet without sweat. 先苦後甜。

No smoke without fire. 無風不起浪。

Nothing brave, nothing have. 不入虎穴，焉得虎子。

Nothing in the world is difficult for one who sets his mind to it. 世上無難事，只怕有心人。

Nothing is to be got without pains but poverty. 世上唯有貧窮可以不勞而獲。

Not to advance is to go back. 不進則退。

No way is impossible to courage. 勇者無懼。

O

Obedience is the first duty of a soldier. 軍人以服從命令為天職。

Observation is the best teacher. 觀察是最好的老師。

Offense is the best defense. 進攻是最好的防禦。

Old friends and old wines are best. 陳酒味醇，老友情深。

Old sin makes new shame. 一失足成千古恨。

Once bitten, twice shy. 一朝被蛇咬，十年怕井繩。

One boy is a boy, two boys half a boy, three boys no boy. 一個和尚挑水喝，兩個和尚抬水喝，三個和尚沒水喝。
One cannot put back the clock. 時鐘不能倒轉。
One eyewitness is better than ten hearsays. 百聞不如一見。
One false move may lose the game. 一著不慎，滿盤皆輸。
One good turn deserves another. 行善積德。
One hour today is worth two tomorrow. 爭分奪秒效率高。
One man's fault is other man's lesson. 前車之鑒。
Out of debt, out of danger. 無債一身輕。
Out of office, out of danger. 無官一身輕。
Out of sight, out of mind. 眼不見，心不煩。

P

Patience is the best remedy. 忍耐是良藥。
Penny wise, pound foolish. 貪小便宜吃大虧。
Plain dealing is praised more than practiced. 說到的多，做到的少。
Please the eye and plague the heart. 貪圖一時快活，必然留下隱禍。
Pleasure comes through toil. 苦盡甘來。
Pour water into a sieve. 竹籃子打水一場空。
Practice makes perfect. 熟能生巧。
Prevention is better than cure. 預防勝於治療。
Pride goes before, and shame comes after. 驕傲使人落後。
Promise is debt. 一諾千金。
Pull the chestnut out of fire. 火中取栗。
Put the cart before the horse. 本末倒置。

R

Reading enriches the mind. 開卷有益。
Reading is to the mind while exercise to the body. 讀書健腦，運動強身。
Respect yourself, or no one else will respect you. 要人尊敬，必須自重。
Rome is not built in a day. 冰凍三尺，非一日之寒。

S

Saying is one thing and doing another. 言行不一。

Seeing is believing. 眼見為實。

Seek the truth from facts. 實事求是。

Short accounts make long friends. 好朋友勤算帳。

Something is better than nothing. 有勝於無。

Soon learn, soon forgotten. 學得快，忘得快。

Soon ripe, soon rotten. 熟得快，爛得快。

Speech is silver, silence is gold. 能言是銀，沉默是金。

Still water run deep. 靜水常深。

Strike the iron while it is hot. 趁熱打鐵。

Success belongs to the persevering. 堅持就是勝利。

T

Take things as they come. 既來之，則安之。

Talking mends no holes. 空談無補。

Talk of the devil and he will appear. 說曹操，曹操就到。

U

Unity is strength. 團結就是力量。

Unpleasant advice is a good medicine. 忠言逆耳利於行。

Until all is over one's ambition never dies. 不到黃河心不死。

V

Venture a small fish to catch a great one. 吃小虧占大便宜。

Virtue is fairer far than beauty. 美德遠遠勝過美貌。

W

Walls have ears. 小心隔牆有耳。

Wash your dirty linen at home. 家醜不可外揚。

Water dropping day by day wears the hardest rock away. 滴水穿石。

Wealth is nothing without health. 失去健康，錢再多也沒用。

We know not what is good until we have lost it. 好東西，失去了才明白。

Well begun is half done. 好的開始，是成功的一半。

We never know the worth of water till the well is dry. 井干方知水可貴。

We shall never have friends if we expect to find them without fault. 欲求完美無缺的朋友必然成為孤家寡人。

We should never remember the benefits we have offered nor forget the favor received. 自己的好事別去提，別人的恩惠要銘記。

Whatever you do, do with all your might. 不管做什麼，都要一心一意。

What is learned in the cradle is carried to the grave. 兒時所學，終生難忘。

What's done cannot be undone. 生米煮成熟飯了。

What's lost is lost. 失者不可復得。

What we do willingly is easy. 願者不難。

When in Rome, do as the Romans do. 入國問禁，入鄉隨俗。

When everybody's somebody then nobody's anybody. 人人都偉大，世間沒豪杰。

When sorrow is asleep, wake it not. 傷心舊事別重提。

When sorrows come, they come not single spies, but in battalions. 新仇舊恨，齊上心頭。

When the fox preaches, take care of your geese. 黃鼠狼給雞拜年，沒安好心。

When wine is in truth, wit is out. 酒後吐真言。

Where there is a will, there is a way. 有志者事竟成。

Where there is life, there is hope. 留得青山在，不怕沒柴燒。

Where there is smoke, there is fire. 事出有因。

While the priest climbs a post, the devil climbs ten. 道高一尺，魔高一丈。

Who chatters to you, will chatter of you. 搬弄口舌者必是小人。

Whom the gods love die young. 好人不長命。

Wise man have their mouths in their hearts, fools have their hearts in their mouths. 智者嘴在心裡，愚者心在嘴裡。

Work makes the workman. 勤工出巧匠。

Y

You cannot burn the candle at both ends. 蠟燭不能兩頭點，精力不可過分耗。

You cannot eat your cake and have it. 魚與熊掌，不可兼得。

You can take a horse to the water but you cannot make him drink. 強扭的瓜不甜。

You may know by a handful the whole sack. 由一斑可知全貌。

You never know what you can till you try. 不嘗試你就永遠不知道你能做些什麼。

國家圖書館出版品預行編目(CIP)資料

大學英語教學研究 / 趙娟 著. -- 第一版.
-- 臺北市：財經錢線文化出版：崧博發行，2018.11
　面； 公分
ISBN 978-957-680-258-4(平裝)
1. 英語教學
805.103　　107018639

書　名：大學英語教學研究
作　者：趙娟 著
發行人：黃振庭
出版者：財經錢線文化事業有限公司
發行者：崧博出版事業有限公司
E-mail：sonbookservice@gmail.com
粉絲頁　　　　　　網　址：
地　址：台北市中正區延平南路六十一號五樓一室
8F.-815, No.61, Sec. 1, Chongqing S. Rd., Zhongzheng Dist., Taipei City 100, Taiwan (R.O.C.)
電　話：(02)2370-3310　傳　真：(02) 2370-3210
總經銷：紅螞蟻圖書有限公司
地　址：台北市內湖區舊宗路二段 121 巷 19 號
電　話：02-2795-3656　傳真：02-2795-4100　網址：
印　刷：京峯彩色印刷有限公司（京峰數位）

　　本書版權為西南財經大學出版社所有授權崧博出版事業有限公司獨家發行電子書及繁體書繁體版。若有其他相關權利及授權需求請與本公司聯繫。
定價：400元
發行日期：2018 年 11 月第一版
◎ 本書以POD印製發行